Minestrone um Mitternacht

Simone Hausladen wurde 1977 in der Oberpfalz geboren. Die Therapeutin (HPG) und Autorin ist Mutter von drei Kindern. Sie lebte zehn Jahre lang in Zürich und sechs Jahre in Schanghai. Derzeit ist sie mit ihrer Familie in Münster zu Hause.

Simone Hausladen

Minestrone um Mitternacht

Kulinarischer
Kriminalroman

emons:

Bibliografische Information der Deutschen Nationalbibliothek
Die Deutsche Nationalbibliothek verzeichnet diese Publikation
in der Deutschen Nationalbibliografie; detaillierte bibliografische
Daten sind im Internet über http://dnb.d-nb.de abrufbar.

© Emons Verlag GmbH
Alle Rechte vorbehalten
Umschlaggestaltung: Nina Schäfer, unter Verwendung des Bildmotivs
shutterstock.com/Ardea-studio
Gestaltung Innenteil: DÜDE Satz und Grafik, Odenthal
Lektorat: Susann Säuberlich, Neubiberg
Druck und Bindung: CPI – Clausen & Bosse, Leck
Printed in Germany 2023
ISBN 978-3-7408-1735-0
Kulinarischer Kriminalroman
Originalausgabe

Unser Newsletter informiert Sie
regelmäßig über Neues von emons:
Kostenlos bestellen unter
www.emons-verlag.de

We lie awake in love and in fear,
in turmoil and in tears.
We stare at walls and drink until they speak back.
We twist in our self-made cages
and pray that we aren't – right this minute –
about to make some fateful life-altering mistake.

Taylor Swift, Album Midnight, Oktober 2022

Prolog

Beim Fälschen von Kunstwerken oder Schriftstücken gilt es, viele Regeln zu beachten. Viktor Faber beherrschte sie alle. Gemälde, Statue, Holzfigur, Dokument – ganz egal. Übung macht eben den Meister. Er hatte nie etwas anderes getan und sein Talent schon früh entdeckt. In den vergangenen Jahren war er zu Europas erfolgreichstem Fälscher und Kopisten geworden. Er war längst kein Geheimtipp in der Szene mehr, sondern der Star, was seine Arbeit nicht unbedingt einfacher und in jedem Fall gefährlicher machte. Mit geübten Bewegungen rührte er den rötlichen Farbton, mit dem er die Lippen der Statue, die vor ihm stand, bemalen würde. Hatte er der schlichten Holzfigur die richtigen Farbtöne verpasst, kam sie nach dem Trocknen noch für einige Stunden in den Backofen. Das imitierte den natürlichen Alterungsprozess. Ein Laie würde tatsächlich glauben, es handele sich um die Statue der heiligen Katharina des spanischen Dorfes Catí, die dort zufällig in einem Kloster wiederentdeckt worden war.

Das Bearbeiten von Statuen gehörte nicht zu seinen Lieblingsbeschäftigungen, aber es ging ihm leicht von der Hand und brachte gutes Geld. Leute, die sich Heiligenfiguren in die Häuser stellten, hatten häufig keinen ausgeprägten Kunstverstand, geschweige denn ein Auge für wahre Schönheit, fand Viktor. Die Gefahr aufzufliegen hielt sich bei diesen Geschäften in Grenzen. Niemand würde sich die Mühe machen, die Heilige einer komplizierten Echtheitsprüfung zu unterziehen. Diese Menschen hatten nur Geld, zu viel, wie dieser französische Kunde, der es sich in den Kopf gesetzt hatte, das Bildnis der Katharina in sein Büro zu stellen.

Viktors Auftraggeber waren sowohl Galeristen als auch Privatkunden, manchmal sogar Museen, wie eines in Irland, das ums Überleben gekämpft hatte, sich aber keinen Publikumsmagneten hatte leisten können. Viktor hatte mit einem Jan Vermeer Abhilfe geschaffen. Vor Jahren war ein eher unbekanntes Gemälde des holländischen Barockmalers bei Sotheby's in London an einen privaten Sammler per Telefon versteigert worden. Der Käufer wurde nie publik gemacht. Viktor fälschte das Bild und verkaufte es dem Museum. Ein schlechtes Gewissen hatte er nicht. Schließlich schadeten diese Deals niemandem. Im Gegenteil: Er schuf Kunst. Außerdem schätzten Experten, dass weltweit sowieso circa vierzig Prozent der ausgestellten Gemälde in Museen Kopien oder Fälschungen waren. Da kam es auf ein paar mehr nicht an, fand er. Nur manchmal musste er Originale stehlen, was aber den besonderen Kick in seinem Leben darstellte. Er liebte es, die Kunstermittler der Polizei an der Nase herumzuführen und ihnen immer ein paar Schritte voraus zu sein.

Der einzige Beamte, vor dem er Respekt hatte, war Gabriel Peartree, der Kunstexperte Interpols, der für Viktor alles andere als ein Unbekannter war. Der junge Kommissar war gerissener als seine europäischen Kollegen. Irgendwann würde Peartree für ihn zu einem Problem werden; dessen war sich Viktor bewusst. Aber er würde wachsam bleiben und rechtzeitig aussteigen. Sein Bankkonto auf den Kaimaninseln wies bereits eine stattliche Summe auf. Von den Bitcoins, die er besaß, ganz zu schweigen. Davon würde er ein paar Jahre komfortabel leben können, wenn es Zeit war unterzutauchen.

Gefüllte Zucchiniblüten

»Erde an Clara! Erde an Clara! In welchen Sphären schwebst du wieder?«

Clara zuckte zusammen, als ihr Kollege Enzo, der Patissier, sie anrempelte und dabei unsanft mit dem rechten Ellenbogen in die Rippen stieß.

»Ach, lass mich in Ruhe, Enzo. Ich muss mich konzentrieren.«

»Eben. Deshalb sollst du aufhören zu träumen, sonst überwürzt du die Füllung für die *fiori di zucchina ripieni*.« Er betonte jedes seiner Worte und machte dazu diese typisch italienische Geste, für die er die Fingerspitzen von Daumen, Zeige- und Mittelfinger zusammenpresste und vor seinem Gesicht wippen ließ. Grinsend steckte er sich einen seiner duftenden Mandelkekse, die den Gästen zum Kaffee serviert wurden, in den Mund. Er hatte sie vor ein paar Minuten aus dem Ofen geholt.

»Jaja, schon gut.« Enzo hatte recht. Sie sollte sich besser auf ihre Arbeit konzentrieren.

Die zerbrechlichen zartorangen Zucchiniblüten, die sie gleich füllen würde, lagen ungeduldig wartend vor ihr auf der blank polierten Arbeitsfläche. Mit geübter Hand vermengte sie Ricotta und frisch gehackte Kräuter zu einer glatten Paste und löffelte diese in einen Spritzbeutel. Es war höchste Zeit, dass das Gemüse in seinem weichen Bett aus Weißwein und Butter zur Ruhe kam.

Claras Gedanken waren heute häufiger abgeschweift als sonst. Der Tag war schleppend langsam vergangen, aber nun, bevor die ersten Gäste des Abends in die Cucina Ventura kommen würden, stand sie unter Zeitdruck.

Es war Donnerstag. Für Clara der aufregendste Tag der Woche. Jeden Donnerstag aß seit ein paar Monaten ein Mann in der Cucina zu Abend, der durch ihre Tagträume zu einem ständigen Begleiter für sie geworden war. Der Unbekannte übte auf sie eine unbegreifliche Faszination aus. Seine Ausstrahlung war besonders, anders. Fand sie.

In ihrer Phantasie brach sie aus dem starren Rahmen ihres Alltags aus. Häufig träumte sie nur so vor sich hin und malte sich ein anderes Leben aus. Ihre Parallelwelt, die sie sich erschaffen hatte, schien ihr manchmal realer als die Wirklichkeit. Sie sehnte sich nach Abenteuer und Aufregung. Alles war so eingefahren. Ihr Job, ihre Beziehung, die Freundschaften, die sie pflegte. Wenn sie träumte, konnte sie sein und aussehen, wie sie es sich schon als Mädchen gewünscht hatte. Sie konnte tun, was sie wollte. In den lebendigen, vor Farbe strotzenden Bildern, die sie sich ausmalte, sah sie sich in ihrem eigenen Restaurant. Die zahlreichen Bewunderer ihres Kochhandwerks lagen ihr zu Füßen wie dampfende Cannelloni, die in Reih und Glied in eine Auflaufform geschichtet waren. Die Restaurantkritiker überschlugen sich mit Lob. Nicht nur für den extravaganten und unverkennbaren Stil ihrer Gerichte, sondern auch wegen der außergewöhnlichen Selbstverständlichkeit der kulinarischen Neuschöpfungen, die sie ihren Gästen immer wieder aufs Neue kredenzte. Sie zierte die Titelseiten von Kochmagazinen und Kochbüchern, ihr eigenes war kürzlich erschienen. Die Hautevolee Münchens gab sich die Klinke ihres Restaurants in die Hand.

In ihren Träumen war Clara groß, schlank, in den Bewegungen anmutig wie eine Elfe, die mit ihren zarten Fingerspitzen aus frischen Zutaten Wonne und Freude kreierte. Ihr ebenmäßiges Gesicht rahmten dichte, glänzende goldene Haarwellen ein, auf denen ihre Kochmütze wie ein Diadem aus Edelsteinen saß. Wenn sie lächelte, faszinierte das Strahlen ihrer tiefblauen Augen die anderen, und jeder hing an ihren wohlgeformten Lippen, beobachtend, wie sie von silbernen Löffeln Delikatessen verkostete.

Die Wirklichkeit offenbarte der Welt ein anderes, wenn auch liebenswürdiges, hübsches Gesicht. Dass Essen in ihrem Leben eine große Rolle spielte, lag ja für eine Köchin auf der Hand, was man ihrer Figur auch ein wenig ansah. An der Taille zwickte die Jeans. Ihre Haare, die sie zur Arbeit streng nach hinten zu einem Zopf geflochten trug, zeigten ein Erdbeerblond, in dem sich das gemütliche Licht der abendlichen Restaurantbeleuchtung weich brach. Obwohl ihr die Dämpfe aus Töpfen, Brätern, Siphons und Pfannen mehrmals täglich den Schweiß auf die Stirn trieben, schminkte sie ihre grünen Augen, bedeckte ihre Wangen mit roséfarbenem Rouge. Seit sie in der offenen, für die Gäste einsehbaren Küche der Cucina Ventura arbeitete, legte sie Wert darauf, auch sich selbst ansprechend zu präsentieren, nicht nur die von ihr liebevoll dekorierten Teller. Und das vor allem an Donnerstagabenden, wenn der Mann ihrer Träume zum Essen kam.

Niemand kannte den Namen des geheimnisvollen Gastes, er reservierte nie einen Tisch. Das taten stets seine Begleiter, die jede Woche wechselten.

Clara wusste nichts über diesen Menschen und fühlte sich ihm trotzdem verbunden. Für sie war er einmal ein Spion, dann ein Erfinder, ein Arzt oder ein einsamer Single, der nur auf sie gewartet hatte und sich nicht traute, sie anzusprechen. In ihrer Vorstellung verliebte er sich jedes Mal unsterblich in sie, nahm sie mit in sein Haus im Süden, und nichts konnte die Liebenden mehr trennen – für den Rest ihres Lebens.

Eines Abends hatte er auf dem Weg zu seinem Tisch an der Theke der offenen Küche haltgemacht und ein paar Worte an Clara gerichtet. Er hatte ihr freundliche Floskeln darüber gesagt, dass er sich wieder auf ihr Wochenmenü freue und alles, was sie bisher für ihn gekocht hatte, köstlich fände.

Das Gespräch war nichts Besonderes gewesen. Viele Gäste plauderten ab und an mit den Köchen. Das war der Gedanke der »offenen Küche«. Für Clara war es nur er: seine Stimme, das schöne Gesicht, die tiefschwarzen Haare, die einen Hauch zu lang in die hohe Stirn hingen. Seine braunen Augen, deren Intensität sie kaum hatte standhalten können. Ihre Knie waren weich geworden, in ihr baten die Schmetterlinge zum Tanz.

Von diesem Moment an war es ihr sehr bewusst gewesen. Sie hatte sich verliebt. Lächerlich kindisch verliebt in einen Fremden, in eine Phantasie. Verliebt wie ein Teenager in ein Popidol. Und das mit dreiunddreißig Jahren. Sie dachte Tag und Nacht an den

Fremden. Bei der Arbeit, in der Freizeit und vor allem in ihrem Zuhause, das sie sich seit drei Jahren mit ihrem Freund Franklin teilte.

***

»Clara, leg bitte einen Zahn zu! Ich habe eben noch eine Reservierung für einen Fünfer reinbekommen. Wir sind wieder voll.« Dante Ventura, Claras Chef, fuhr mit seinem dicklichen Zeigefinger den Rand der Schüssel entlang, die noch vor Clara stand, und leckte ihn schmatzend ab.

Als sie vor zwei Jahren als neue Souschefin bei Dante begonnen hatte, hatte es sie einiges an Überzeugungskraft gekostet, ihrem Chef klarzumachen, dass der Trend der modernen italienischen Küche an seinen Rezepten und Ideen längst vorbeigezogen war. Sie war eine der wenigen Frauen, die sich in einer professionellen Küche behaupten konnten, und hatte im Laufe der Zeit gelernt, nicht klein beizugeben und sich durchzusetzen. So war es ihr gelungen, Dante davon zu überzeugen, das Restaurant neu zu positionieren, umzudekorieren und junge Köche einzustellen. Schließlich waren die samtenen Vorhänge, die früher die Gäste vor neugierigen Passanten auf der Straße geschützt hatten, verschwunden. Die ausladenden runden Tische und die Stühle mit den schweren brokatüberzogenen Sitzflächen waren schlichtem Holzmobiliar gewichen. Unbemerkt hatten sich die Tische 20 und 21 eingereiht und trugen an guten Abenden dazu bei, die Investition schnellstmöglich zu amortisieren. Auf die silbernen Platzteller und das unhandliche Besteck hatte Dante aber trotz Abraten des Inneneinrichters bestanden. Es gab schließlich Grenzen, hatte er zu Clara gesagt. Sie hatte gelacht und es akzeptiert. Sie mochte Dante und wusste, dass er in ihr manchmal die Tochter sah, die er nie gehabt hatte. Beide trieb ein unerschütterlicher Ehrgeiz in der Küche, und sie teilten die Liebe zur Perfektion, die keinen Wert legte auf unnötige Täuschung und Dekoration auf Tellern und in Gerichten. Was zählte, war Qualität. Die brauchte keine Ablenkung.

Die Speisekarte der Cucina trug noch Dantes Handschrift, den Titel Chef de Cuisine ließ er sich nicht nehmen. In ausladenden marineblauen Lettern prangte der zusammen mit seinem Namen auf der blendend weißen Kochjacke, die er jeden Abend trug. Clara störte das nicht. Sie liebte ihren Beruf wegen seiner Vielfältigkeit und brauchte den Titel nicht. Bisher war sie glücklich damit, die Speisen der Menüs zeitgemäß zu gestalten und auf die Klientel des Restaurants zuzuschneiden, die, wie Dante immer wieder lautstark feststellte, jedes Jahr jünger wurde. Dante Ventura hatte seine Karriere betreffend keine Ambitionen mehr. Das betonte er bei jeder Gelegenheit. Mehr und mehr zog er sich in Repräsentationsaufgaben zurück, für die Clara die Zeit fehlte.

Gemeinsam mit seiner Ex-Frau hatte Dante vor mehr als zwanzig Jahren die Cucina Ventura gegründet und mit seinem Konzept der offenen Küche eine neue Ära der Restaurantszene in München eingeläutet. Er hatte sein Leben dem Restaurant gewidmet und kochte seit der Trennung von seiner Frau, die genug von ihm und der Cucina gehabt hatte, nur noch für Menschen, die ihm am Herzen lagen. Oder wenn es darum ging, eine Dame, die sein Interesse geweckt hatte, zu beeindrucken. Die wirkliche Arbeit machten Clara und ihr Team.

Clara hatte ihn immer bewundert und sich als Kind bei Spaziergängen rund um den Gärtnerplatz vorgestellt, wie es wohl wäre, dort zu essen. Sie hatte schon sehr früh davon geträumt, hinter einem Kochtresen wie dem in der Cucina zu stehen oder vielleicht sogar ihr eigenes Restaurant zu besitzen. Inzwischen war es nichts Besonderes mehr, dass man Köchen bis zu einem gewissen Grad bei der Arbeit über die Schulter schauen konnte, und sie mochte diese Art zu arbeiten sehr. Viele Lokale und Hotelrestaurants hatten die Methode aufgegriffen. Es war schön zu sehen, wie die Gäste sich am Essen freuten.

Saltimbocca

Stetig füllten sich die Tische, und die Kellner riefen die ersten Vorspeisen ab. Ein Bon nach dem anderen flatterte an das Brett mit den Bestellungen. Um den Küchenbereich herum wurde es lauter. Geschirr schepperte, das Fett in den Pfannen zischte, Wasser brodelte.

Clara verteilte systematisch die Aufgaben an ihre Kollegen und machte sich anschließend selbst daran, den Thunfisch für Tisch 4 zuzubereiten. Das rote Fleisch kam für ein paar Sekunden auf den heißen Grill. Nur so lange, bis das Steak außen knusprig gebräunt war, innen sollte es roh bleiben. Aus dem Augenwinkel heraus sah sie zufrieden, dass der Entremetier, der Beilagenkoch, das dazugehörige Gemüse auch ohne ihre Aufforderung bereits blanchierte.

Als Souschefin war es ihre Aufgabe, die Küche zu leiten, wenn Dante das nicht selbst tat; was so gut wie nie vorkam. Sie hatte ein gutes Verhältnis zu ihren Kollegen, und sie waren ein eingespieltes Team, aber darauf verließ sie sich für gewöhnlich nicht. Sie behielt den Überblick.

Noch hatte sie nicht die Zeit gefunden, nach hinten in die Umkleide zu verschwinden, um ihr Rouge und den verblassten Lippenstift aufzufrischen. Nun, um beinahe halb acht, würde Mr. Dreamy, wie sie den unbekannten Schönen nannte, bald das Restaurant betreten. Sofern er seiner donnerstäglichen Routine treu bleiben würde.

»Guten Abend, Clara. Wie geht es Ihnen?« Freundlich winkte der Professor ihr hinter der Küchentheke zu. Er und seine Frau waren gern gesehene Stammgäste Dantes.

»Gut, danke, Herr Professor. Ich habe wieder ein wunderbares Ossobuco für Sie. Das wird Ihnen gefallen.«

»Davon bin ich überzeugt«, antwortete der Professor lächelnd.

Clara mochte das Ehepaar. Schon etwas zittrig und langsamen Schrittes gingen die beiden Hand in Hand zu dem Tisch am

Fenster. Ihre stets gleiche Flasche Rotwein stand schon für sie bereit. Tisch 6 in der Cucina war nicht Tisch 6, sondern hieß »Der Tisch des Professors«. Das Ehepaar kam zu Dante, seit dieser das Restaurant eröffnet hatte. Er hatte ihre Kinder erwachsen werden sehen.

Auch wenn sie sympathisch waren, konnte Clara dennoch nicht umhin, das Leben des Paares in Frage zu stellen. Warum besuchte man zwanzig Jahre lang dasselbe Restaurant? Wie konnte man sich ein Leben lang mit demselben Partner zum Abendessen an einen Tisch setzen? War es tatsächlich möglich, dass eine einzige Liebe diese Routine aushielt?

Obwohl Clara schon seit fünf Jahren mit Franklin zusammen war, bezweifelte sie, dass eine Beziehung ein Leben lang halten konnte und man dabei glücklich war. Aber natürlich sind Ausnahmen möglich, dachte sie.

Ihr Blick wanderte von der Kochinsel aus über ihre Schulter zum Eingangsbereich des Restaurants. Dort rührte sich nichts. Clara konnte die Gäste beim Hereinkommen nicht sofort sehen. Sie mussten erst an der Garderobe vorbei, bevor sie in den Gastraum gelangten. Aber man hörte das Klingelspiel an der Tür, das jedes Mal grüßte, wenn sich neuer Besuch ankündigte.

»Ich bin gleich wieder da«, sagte Clara zu ihren Kollegen. Sie wollte einen Moment für sich haben.

In der Umkleidekabine gönnte sie sich trotz des steigenden Drucks in der Küche eine Pause. Aus ihrem Spind holte sie ein pinkes Schminktäschchen. Sich auszuklinken war nicht ihre Art, aber in letzter Zeit ertappte sie sich häufiger dabei, nicht bei der Sache zu sein. Sie mochte ihren Job. Was sie störte, war der immer gleiche Trott. Sie fühlte sich oft träge und lustlos. Manchmal war sie sogar wütend auf sich selbst, weil ihr der Antrieb fehlte, ihr Leben oder wenigstens ihre Einstellung dazu zu ändern und wieder glücklicher zu sein. Andererseits – was hätte sie auch schon groß ändern sollen? Sie hatte einen guten Job als Köchin. Und sie lebte in einer unaufgeregten, stabilen Beziehung mit Franklin, hatte einen netten Freundeskreis. Andere sehnten sich nach einem Leben wie dem ihren.

Am Waschtisch in der Umkleide, um den sich mehrere Flaschen Desinfektionsmittel aufreihten, stellte sie sich auf die Zehenspitzen, um mit dem Gesicht möglichst nah an den Spiegel heranzukommen. Sie überprüfte ihr Make-up. Seufzend registrierte sie, dass nicht mehr viel davon vorhanden war. Von dem Lidstrich, den sie vor Arbeitsbeginn gewissenhaft zu ziehen versucht hatte, war nichts mehr zu sehen. Das Rouge und der Lippenstift waren ebenfalls verschwunden, ihre Haut glänzte von den Fettdämpfen, die sich mit ihrem Schweiß vermischt hatten. Unzufrieden mit ihrem Spiegelbild puderte sie ihr Gesicht ab. Danach legte sie Lidschatten und neues Rouge auf. Die Haarsträhnen, die sich aus ihrem Zopf gelöst hatten, glättete sie mit ein paar routinierten Handbewegungen zurück und flocht sie wieder in den Strang des Zopfes ein.

Unentschlossen versuchte sie ein freundliches Gesicht. Für ein paar gestohlene Sekunden sah sie in ihrer Vorstellung in die Augen des Unbekannten. Ihr Lächeln wurde echt.

***

Flammen schossen aus den Pfannen, der Grill war voll belegt mit einer sich langsam bewegenden Karawane von Fleisch und Fischfilets. Aus sämtlichen Töpfen zischte und dampfte es. Eine Bestellung für Saltimbocca, geschmorte Tauben, Kalbsleber venezianisch und Schwertfisch kam herein. Alles für einen Tisch.

Die vorbereiteten Tauben mussten zurück auf den Herd, um fertig geschmort zu werden. Das erledigte Clara als Erstes. Für das Gemüse erhitzte sie dazu in einer tiefen Pfanne Olivenöl und briet Pancetta darin an, bevor sie Spitzkohl untermischte. Der musste ein Weilchen dünsten, deshalb kam er als Nächstes an die Reihe und konnte weich werden, bis die anderen Gerichte so weit waren.

Aus der Kühlschublade unter der Arbeitsfläche holte sie eine Portion geschnittene Leber, wendete sie in Mehl und ließ sie in eine weitere Pfanne mit heißer Butter und Olivenöl purzeln. Obendrauf verteilte sie Zwiebelringe; das war zwar die falsche

Reihenfolge – zuerst hätte sie die Zwiebel bräunen müssen –, aber so ging es auch. In eine weitere Pfanne legte sie die Kalbsschnitzel, die sie am Nachmittag schon mit Schinken und Salbeiblättern gespickt hatte.

»Ist Platz auf dem Grill?«, fragte sie nach. »Mein Schwertfisch kommt.«

Unsanft warf sie die Filets auf den Rost und schielte verstohlen erst wieder zur Eingangstür, dann auf die große Uhr, die im Gastraum hing. Sie zeigte halb neun. Die Leber brutzelte und fauchte inzwischen nach Aufmerksamkeit heischend. Clara stellte ihr die gewürfelten Tomaten vor und rührte sorgfältig um, ehe sie mit Rotwein ablöschte.

Die geöffnete Flasche des Küchenweins warf ihr ein rubinrotes Lächeln entgegen. Was würde sie für ein Glas davon geben! Der Fisch war gewendet und fertig gegrillt und kam auf einen weißen Teller in den Spiegel einer Soße aus Kapern und Zitronen.

»Ist das Risotto für die Saltimbocca angerichtet?«

Noch rechtzeitig zog sie den Kohl für die Tauben von der Flamme und beeilte sich, auch dieses Essen zum Gast schicken zu können. Bewaffnet mit Pinzette und Rosmarinzweigen verlieh sie den Gerichten mit geübter Hand den letzten Schliff.

»Tisch 9 ist fertig. Alles kann raus. Beeilung bitte!«

Halb zehn. Kam Mr. Dreamy nicht?

Ihr Magen meldete sich. Wie so oft war ihr eigenes Abendessen zugunsten desjenigen der Gäste auf der Strecke geblieben. Wieder und wieder wanderte ihr Blick zur Eingangstür, und wenn diese doch noch einmal geöffnet wurde und das Klingelspiel ertönte, hoffte sie nur auf ein einziges Gesicht.

Weitere Bestellungen regneten in gemächlichem Strom. Noch ein Schwertfisch, die Saltimbocca, die Pasta von der Tageskarte.

* * *

Zwei Stunden später waren die Bestellungen abgeebbt. Nur Enzo arbeitete noch an ein paar Nachspeisen. Der Feierabend nahte. Mr. Dreamy war nicht gekommen. Die Hoffnung auf sein Erscheinen hatte Clara mit der letzten Portion Pasta des Abends im heißen Wasser ertränkt. Die bittere Enttäuschung saß ihr auf den Schultern und ließ ihre Bewegungen schwer und träge sein. »Ich mache Schluss. Mir reicht es.« Sie löste das Geschirrtuch, das an ihrem Schürzengürtel baumelte, und legte beides achtlos zum Rest der schmutzigen Wäsche in der Küche.

»Du gehst schon, Clara? Ich wollte die Specials für Samstag noch vorbesprechen.«

Dante ließ sie nach getaner Arbeit ungern gehen. Das wusste Clara genau. War sie weg, verschwanden die anderen auch schnell, und er blieb allzu früh verlassen zurück. Auf ihn wartete niemand, und manchmal versuchte er, die Sperrstunde nach hinten zu drängen.

»Ich bin müde, Dante.« Clara hatte keine Lust, ihrem Chef Gesellschaft zu leisten. Sie verstand, warum es ihn nicht nach Hause zog. Besser, als sie es ihm erklären konnte. Der Unterschied war nur, dass sie nicht in ihre Wohnung wollte, weil sie sich im Gegensatz zu Dante nach Ruhe sehnte. Sie wollte mit Franklin nicht über ihren Tag reden. Die einzige Person, die sie heute interessiert hätte, war Mr. Dreamy. Aber von ihm hatte es keine Spur gegeben.

Bevor Dante noch etwas erwidern konnte, war sie in der Umkleide verschwunden. Die Kochschürze, die die Spuren aller Gerichte der heutigen Speisekarte trug, legte sie in den Behälter für die dreckige Wäsche. Die Reinigung würde sie morgen abholen. Die schwarze Hose, die in verschiedenen Ausführungen jeden Abend Teil ihrer Kochuniform war, behielt sie an. Sie schlüpfte nur in eine graue Strickjacke, die in ihrem Spind hing.

Während sie schon auf dem Weg nach draußen war, zog sie ihren schwarzen Mantel über und knotete einen dicken blauen Schal eng um den Hals. Auf ihrem Gesicht brannte noch die Hitze der Küche, als die Nachtkälte sie traf. So schwarz wie der Himmel war ihre Stimmung. So schwer wie ihre Schritte war ihr Herz.

Risotto

Zügig ging sie in Richtung Fraunhoferstraße. Der Wind hatte aufgefrischt, ein Hauch Februarschnee legte sich auf die Klenzestraße. Die Nacht war besonders kalt. Clara zog die Schultern hoch, um sich vor der Kälte zu schützen. Ihr Schal roch nach Küche, nach Risotto. Sie war müde. Nicht nur erschöpft vom Arbeitstag. Sie fühlte sich ausgebrannt. Zum ersten Mal seit drei Monaten war Mr. Dreamy nicht gekommen. Warum? War er weggezogen? Im Urlaub? Ging er jetzt woanders essen?

Clara wusste rein gar nichts über den Mann, aber sie war verletzt und kam sich zurückgewiesen vor. Wie lächerlich das war, war ihr bewusst. Er kam nicht ihretwegen. Er wusste nicht einmal, wer sie war, dass sie existierte. Doch nur sein Anblick hatte ihr die letzten Wochen geholfen, nicht vollends in Alltagsresignation zu versinken. Dieser Mann löste Gefühle in ihr aus, die sie bei Franklin nie erlebt hatte. Hätte sie jemand nach ihrer Vorstellung von dem perfekten Mann gefragt, wäre ihre Antwort »Mr. Dreamy« gewesen.

Jeden Donnerstag hatte sie ihn von ihrem Posten in der Küche aus beobachtet. Sie kannte sein Gesicht auswendig, und wenn sie ihre Augen schloss, sah sie es so dicht und real vor sich, dass sie es hätte berühren können, wenn sie ihre Hände nach ihm ausgestreckt hätte. Wenn er lächelte, zeigten sich an seinen Wangen zwei winzige Grübchen. Waren seine schwarzen Haare frisch geschnitten, legten sie die Ohren und den elegant geschwungenen Nacken frei. Die gebräunten Hände hatten schlanke Finger, mit denen er sie in ihren Träumen liebkoste. Er hielt ihr Gesicht und strich ihr durch die Haare. Er war für sie der Ritter auf dem weißen Pferd, der gekommen war, um sie zu retten.

Bei diesen Gedanken kam sie sich lächerlich vor, wie ein kleines Mädchen. Aber sie gab sich ihnen hin und ließ sich in sie fallen.

Sie schien in ihrem Leben angekommen und war es eben nicht. Sollte sie die nächsten zehn oder fünfzehn Jahre für Dante arbeiten und mit Franklin zusammenleben? Der Gedanke machte ihr Angst. Klar, es gab die Option, Kinder zu haben oder sich selbstständig zu machen. Aber würde sie das glücklich machen? Irgendwie hatte sie sich ihr Leben aufregender vorgestellt. Als sie die Treppen zur U-Bahn hinabstieg, senkte sich mit jedem weiteren Schritt ihre Stimmung.

Die Bahn fuhr ein, und sobald sich die Türen öffneten, drängte sich Clara an den Aussteigenden vorbei hinein und ließ sich auf einen Platz am Fenster fallen. Vom langen Stehen in der Küche schmerzte ihr Rücken mehr als sonst, und ihre Hände brannten. Die von der Küchenarbeit trockene und gerötete Haut spannte über den Fingerknöcheln. Sie kramte in ihrer Handtasche nach einer Creme. Eine Schnittwunde am linken Zeigefinger hatte noch nicht entschieden, ob sie sich entzünden wollte, und der Nagel vom Ringfinger war eingerissen. Von den zahlreichen Schwielen und Brandnarben abgesehen. Clara vergrub die Hände tief in den Taschen ihres Mantels.

Die U-Bahn verlangsamte ihre Fahrt. Sie näherten sich der nächsten Haltestelle Josephsplatz. Clara stieg aus. Trotz der Erschöpfung, die ihr an diesem Abend besonders in den Gliedern saß und ihren Körper schwer machte, wählte sie einen längeren Nachhauseweg in die Elisabethstraße. Sie hoffte, die kalte Luft würde ihre Gedanken klar werden lassen. Außerdem schlief Franklin meistens schon, wenn sie erst nach Mitternacht aus dem Restaurant zurückkam. Das war besser so. Sonst würde sie ihm gegenüber nur wieder gereizt und ungerecht sein und mit schlechtem Gewissen den Tag beenden.

Franklin war aufmerksam und liebevoll. Als sie sich vor fünf Jahren über gemeinsame Bekannte kennengelernt hatten, waren sie verliebt und glücklich gewesen. Schnell waren sie zusammengezogen. Aber ebenso schnell war der Trott eingekehrt, der für Clara von Tag zu Tag unerträglicher wurde.

Hinzu kam, dass es bei ihren Arbeitszeiten schwierig war, überhaupt eine Beziehung zu führen. Wenn andere Paare Zeit füreinander hatten, ausgingen und Freunde trafen, stand sie am Herd. Ein gemeinsames Frühstück, ein gemeinsames Starten in den Tag kannten sie nicht. Clara schlief lang, und Franklin ging früh aus dem Haus. Aber er hatte sich noch nie darüber beklagt und passte sich ihr an. Nach seinem Arbeitstag als Lehrer erledigte er die Hausarbeit, kaufte ein, putzte die Wohnung und wusch die Wäsche. Alles, um Clara den Rücken freizuhalten und die wenige gemeinsame Zeit nicht mit Alltagsarbeiten vergeuden zu müssen. Ihre Freunde – und sogar ihre Mutter – mochten ihn. Jeder mochte Franklin.

Clara mochte ihn auch. Aber sie liebte ihn nicht mehr; hatte sie vermutlich nie, dachte sie. Als Freunde hätte sie gern mit ihm zusammengewohnt. Nicht aber als Liebespaar. Sie empfand keine Leidenschaft mehr für ihn, er langweilte sie. Seine Erzählungen aus der Schule oder seine Hobbys – Spieleabende und Fahrradfahren – fand sie gewöhnlich. Weil er aber ein guter Kerl war und sie nur selten Streit hatten, außer Clara provozierte diesen, wusste sie nicht, ob und wie sie die Beziehung beenden sollte. Und wäre ein Leben als Singlefrau besser gewesen? War es sogar normal, nach fünf Jahren so zu fühlen? Franklin drängte zunehmend darauf, eine Familie zu gründen. Er hätte die Elternzeit übernommen und wäre sicher ein toller Vater gewesen. Aber Clara hatte noch nicht für sich entschieden, ob und wann sie Kinder haben wollte.

* * *

Ein feiner ziehender Nebel lag über der nächtlichen Straße, in die sie auf ihrem Fußmarsch einbog. Kein Auto. Kein Mensch. Aus der Entfernung hörte sie das Sausen und An- und Abfahren der Straßenbahn. Ein Klapperschritt an der Straßenecke, dann wieder Stille und nur ihre eigenen Schritte und Gedanken.

Der Sirenenalarm, der plötzlich in der Luft hing, kam ihr im ersten Moment surreal vor. Das Geräusch und das blaue Blinken, das über ihr schwebte, riss sie aus der Lethargie. Was war da los? Sie sah Rauch über dem Nordfriedhof. Unbeirrt setzte sie ihren Weg an der St.-Josephs-Kirche vorbei fort, als sich ein mulmiges Gefühl in ihrem Magen ausbreitete. Etwas war hier nicht in Ordnung. Sie konnte die Situation nicht einordnen – die Feuerwehrsirene, den Rauch, das Blaulicht. Gab es in der Nähe einen Unfall?

Wie aus dem Nichts wurde sie zu Boden gestoßen. Begraben unter einem schweren Körper, lag sie hilflos auf der Straße und wusste nicht, wie ihr geschah. Das Gesicht zur Seite gedreht, fühlte sie den eisigen Asphalt an ihrer linken Wange.

So schnell, wie es sie niedergerissen hatte, löste sich das Gewicht wieder von ihr. Der Schock und die Angst machten sie für ein paar Momente bewegungsunfähig. Als zwei Hände nach ihr griffen und sie unsanft auf die Beine zerrten, war sie noch benommen. Wie in einem Nebel sah sie drei Männer, die schwarze Masken über dem Kopf hatten. Sie stritten sich, gestikulierten wild vor sich hin, deuteten wiederholt in ihre Richtung.

Clara verstand kein Wort von dem, was sie sagten, sie schrien durcheinander. Ihre Gedanken rasten wild, und die Angst lähmte ihr für einen Moment die Sinne.

Neben ihr quietschten Reifen, die Seitentür eines Kleinbusses öffnete sich, sie wurde hektisch hineingezerrt und auf eine der beiden sich gegenüberliegenden Sitzbänke gedrückt. Wieder Reifenquietschen, das Fahrzeug beschleunigte abrupt. Clara saß mit dem Rücken zum Fahrer und hatte Mühe, nicht vom Sitz zu fallen.

Sie kauerte sich zusammen, indem sie die Arme zum Schutz um den Körper schlang, und fühlte Panik, die ihr die Kehle zuschnürte. Sie brachte keinen Laut hervor. Unruhig schaute sie zwischen den gesichtslosen Kerlen hin und her und konnte dennoch nichts erkennen.

Das konnte nur ein riesengroßer Irrtum sein! Was wollten die Banditen ausgerechnet von ihr?

»Was soll das, du Idiot?«, blaffte der fülligste der Männer denjenigen an, der Clara umgerannt hatte.

»Ich habe die Frau nicht gesehen, sie stand plötzlich da. Sie kam aus dem Nichts«, erwiderte der aufgebracht.

»Du kennst das Credo unserer Arbeit! Keine menschlichen Opfer, keine Verletzten – zumindest nicht, wenn es sich vermeiden lässt. Was machen wir mit ihr? Eine Zeugin kann das Aus für unseren Auftrag bedeuten, das weißt du. Du bist ein Idiot! Ich frage mich, weshalb ich dich überhaupt noch mitnehme. Du wirst von Auftrag zu Auftrag tollpatschiger«, schimpfte der Mann neben ihr.

»Wir könnten sie betäuben, zurückfahren und auf den Friedhof werfen. Oder mit einem Genickbruch kaltmachen.« Der Vorschlag kam emotionslos vom Dritten der Bande, er war unter der dunklen Kleidung mit Muskeln bepackt, die sich deutlich abzeichneten. Das Vorhaben wäre ihm sicher leicht von der Hand gegangen.

Clara versteifte sich noch mehr auf ihrem Sitz. Die Angst kroch ihr den Nacken entlang, Schweiß sammelte sich auf der Stirn. Das konnte nur ein böser Traum sein! Sie wollte aufwachen, schloss aber die Augen.

»Hast du komplett den Verstand verloren?«, fragte wieder der Mann neben ihr. »Wir nehmen sie mit und sehen später weiter.« Keiner widersprach. »Hast du wenigstens die Maria sicher im Griff?«

Einer der Männer hielt eine Art Bündel oder Paket an sich gedrückt. »Sicher im Griff, jawohl, Boss.«

»Sei vorsichtig damit, du darfst sie nicht beschädigen. Der marienbesessene Italiener zahlt nur für saubere Ware«, sagte der Boss und zog sich plötzlich ruckartig die schwarze Haube ab. Die beiden anderen taten es ihm gleich.

Clara starrte ihr gegenüber in zwei grobe Männergesichter. Gesichter, die zu Vorsicht rieten. Adrenalin schoss durch ihren Körper. Pure Angst. Was bedeutete es für sie, wenn die Ganoven ihre Masken abnahmen? Bis auf den Fahrer, der sich noch nicht umgedreht hatte, würde sie die Männer wiedererkennen. Aus Krimis im Fernsehen wusste sie, dass es für Opfer gefährlich wurde, wenn sie die Täter identifizieren konnten. Sie wollte nicht verschleppt oder umgebracht werden!

Die nächste Adrenalinausschüttung versetzte ihr innerlich

einen Schock, der noch heftiger war als ihre Angst. Ihr Herzschlag setzte tatsächlich für einen kurzen Moment aus. Der Mann zu ihrer Rechten war kein Unbekannter. Sie blickte direkt in das Gesicht des geheimnisvollen Gastes aus der Cucina. Der Boss war Mr. Dreamy.

Pizza

Claras Kehle fühlte sich staubtrocken an. Sie rang nach Luft. Verkrampft klammerte sie sich an den Sitzpolstern fest.

»Beruhigen Sie sich. Wir werden Ihnen nichts tun. Es war nicht geplant, Sie in die Sache hineinzuziehen – oder überhaupt jemanden. Bei diesem Auftrag ist einiges schiefgelaufen.« Mr. Dreamy musterte Clara argwöhnisch. »Moment, ich kenne Sie doch.«

»Ich bin Köchin in der Cucina in der Klenzestraße«, erwiderte Clara ängstlich.

»Genau!«, rief Mr. Dreamy begeistert. »Sie machen das unverschämt gute Ossobuco. Noch ein Grund, Sie unversehrt zu lassen.«

»Sehr witzig.« Clara beruhigte sich ein wenig. »Bitte lassen Sie mich aussteigen. Ich werde niemandem etwas verraten. Ich weiß nicht, um was es geht oder wer Sie sind. Wir tun, als wäre nichts geschehen.«

»Ich glaube, das geht nicht.« Mr. Dreamy rieb sich nachdenklich das Kinn. »Ich heiße Viktor. Sie kennen nun also meinen Namen und mein Gesicht, und ich weiß, wo Sie arbeiten. Wir sollten uns in Ruhe unterhalten.«

Die anderen Männer lachten grunzend.

Der Lieferwagen wurde langsamer und hielt schließlich an. Nach Claras Einschätzung mussten sie irgendwo auf der anderen Seite des Englischen Gartens sein. Richtig orientieren konnte sie sich in der Aufregung nicht. Die Schiebetür öffnete sich, und die Männer samt Fahrer sprangen heraus.

Viktor blieb stehen. Mit einer galanten Handbewegung wies er Clara an, auch herauszukommen.

Sie hatte keine Wahl. Gegen vier Männer hätte sie niemals eine Chance.

Und da war noch etwas, das sich in ihr regte. Mit jeder Minute verflog ihre Angst mehr, und Neugierde keimte auf. Was ging hier vor sich? Was trieb dieser Viktor? Wer war er?

Als Clara ebenfalls auf der Straße stand, versuchte sie, die Gegend einzuordnen. Sie sah nur gepflegte Häuser und vermutete, dass sie sich in Bogenhausen befanden, eventuell in der Nähe zum Herzogpark, war sich aber nicht sicher. Große Äste der Kastanien, die jetzt im Februar noch keine Blätter trugen, verdeckten vereinzelt die Sicht in beleuchtete Fenster.

Viktor nahm sie am Oberarm und führte sie in die Villa, vor deren Treppenaufgang der Lieferwagen parkte. Herrschaftliche Säulen stützten das Vordach, das wie ein Krönchen aussah. Das Krachen der schweren Eingangstür, die hinter ihnen ins Schloss fiel, ließ Clara zusammenzucken. Eine breite Holztreppe führte in die oberen Stockwerke zu mehreren Wohnungen. Die Männer stiegen gemächlich nach oben. Einer von ihnen hielt das Bündel aus dem Lieferwagen in der Hand. Offensichtlich war es schwer. Er schnaufte laut.

Im Dachgeschoss angekommen, stellte sich Clara in eine Ecke zu der Bande, damit Viktor im engen Treppenhaus die Tür zu einer Wohnung aufschließen konnte. Sie roch Schweiß. Ohne Zögern gingen die Kerle an ihr vorbei und traten ein. Sie kannten den Weg. Keiner beachtete Clara, als hätten sie das Interesse an ihr verloren. Für einen Moment stand sie allein da. Fluchtreflex kam auf. Sollte sie sich trauen und die Treppe wieder nach unten stürzen? Blitzschnell wägte sie die sich ihr erschließenden Optionen ab. Würde sie es schaffen, sich auf die Straße zu retten? Wüsste sie sofort, wo sie war oder in welche Richtung sie laufen sollte? Sie könnte sich in einem Park, Vorgarten oder Graben verstecken und mit ihrem Handy Hilfe rufen. Sollte sie schreien, um andere Hausbewohner zu wecken?

Sie wusste nicht, wie gefährlich die Männer tatsächlich waren oder wer noch in diesem Haus wohnte und ihr zu Hilfe kommen könnte. Der Muskulöse hatte im Auto zumindest an Gewalt gedacht. Würde er sie wirklich töten? Eben hatten sie einen entspannten Eindruck auf sie gemacht, sodass ihre Angst beinahe vollständig der Neugierde gewichen war. Doch war dem zu trauen? Die Männer waren immerhin Einbrecher. Wieso hatten sie sonst Masken getragen?

Sie war so neugierig und wollte mehr über Mr. Dreamy erfahren. War das zu leichtsinnig von ihr? Den ganzen Abend hatte sie auf ihn gewartet, den ganzen Tag an ihn gedacht. Jetzt war er hier. Sie musste nur durch diese Tür gehen. Schließlich gab sie sich einen Ruck und betrat die Wohnung. Ob das ein fataler Fehler war, würde sich bald herausstellen. Sie sehnte sich so sehr nach Leben, dass die Leichtsinnigkeit und Lust auf Abenteuer alles schlugen. Ein schmaler, dunkler Flur öffnete sich nach wenigen Metern in ein geräumiges Loft. In den großen Fenstern, die beinahe die gesamte rechte Hälfte des Raumes einnahmen und von denen man einen guten Blick auf die Straße unter ihnen hatte, spiegelte sich das Mondlicht. Tagsüber musste der Raum wunderbar lichtdurchflutet sein.

Die Wohnung war spärlich möbliert. In der Mitte stand ein langer und abgewohnter Holztisch mit zehn zusammengewürfelten Stühlen darum. Die drei Männer hatten Platz genommen und das Bündel auf dem Tisch abgestellt. Viktor entfernte vorsichtig die Decke. Zum Vorschein kam eine Marienstatue, eine Heiligenfigur, wie sie in Kirchen oder Klöstern zu finden war.

In der hinteren linken Ecke des Raumes lag eine Matratze auf dem Boden, die zur Flurseite hin von etlichen vollbehängten Garderobenständern auf Rollen abgeschirmt wurde.

Das soll wohl das Schlafzimmer sein, dachte Clara.

Die kleine Kücheninsel befand sich zu ihrer Rechten. Die Arbeitsfläche war voll von Geschirr, Bechern, Pinseln, Farbtöpfen und Pizzakartons. Clara fiel eine Sammlung von unvollendeten Gemälden auf Staffeleien auf, die wie Zinnsoldaten aufgereiht an der Fensterseite standen. Sie hatte keine Ahnung von Kunst, hatte sich nie dafür interessiert, aber dass hier ein echter Könner am Werk war, sah auch sie.

An der Wand lehnten verschiedene Bilderrahmen. Die meisten davon wirkten schwer, aus altem Holz mit breiten, aufwendig verzierten Rändern.

»Setz dich bitte«, sagte Viktor, ohne die Statue aus den Augen zu lassen. Mit seinen schlanken Fingern tastete er sie behutsam, fast zärtlich, ab. Schließlich holte er aus einer Schublade unter der Tischplatte eine Lupe hervor und knipste ein kleines Licht daran an. Seine Nasenspitze berührte beinahe das Gesicht der hölzernen Madonna, als er vorsichtig jedes Detail des Kopfes untersuchte.

Clara setzte sich zögerlich auf die Kante des Stuhles, der am weitesten von den anderen Männern entfernt stand, die unbeteiligt in ihre Handys schauten.

Der Große kaute schmatzend auf einem Kaugummi. Er schaute von seinem Telefon auf und musterte Clara aus dunklen Augen. »Hab keine Angst. Wir sind nicht gewalttätig. Wir werden dir nichts tun.«

»Haben Sie die Statue gestohlen?« Sie deutete auf die Madonna. »Was wollen Sie damit? Lassen Sie mich bitte gehen. Ich sage nichts. Versprochen. Was könnte ich schon erzählen?«

»Ich habe dir schon gesagt, dass das nicht möglich ist.« Viktor legte die Lupe am Tisch ab und ging hinter die Kücheninsel. Er kam mit einem Glas Wasser für Clara und drei Flaschen Bier für die Kerle wieder. Die ließen sich nicht lange bitten, schnippten die Deckel an der Tischkante weg, und nahmen gierige Schlucke.

»Einer meiner Kunden, ein sehr reicher Italiener, hat diese spezielle Marienstatue bei mir in Auftrag gegeben. Sie entstammt der Sammlung eines spanischen Klosters, das der Josephskirche die Figur geschenkt hat.«

»Und Sie gehen drauflos und stehlen, was man bei Ihnen bestellt?«

»Ja, er ist ein Dieb«, erklärte der Mann, der den Lieferwagen gefahren hatte, trocken.

»Ich bin kein Dieb!« Viktor schlug mit der Faust auf den Tisch, sodass die Flaschen und das Glas einen Satz taten. »Ich bin Händler und Künstler.«

»Pfff, ja klar«, blaffte der Muskulöse.

»Halt den Mund!« Viktor wurde laut.

Clara erschrak. So hatte sie sich Mr. Dreamy nicht vorgestellt. Im Restaurant war er immer absolut kultiviert und wie ein echter Gentleman.

»Und was ist mit den Bildern dahinten? Die meisten sind noch nicht fertig. Haben Sie die gemalt?«

Viktor trat vor eines der Gemälde, das ein unvollendetes Pferd zeigte.

»Das ist im Original ein Stubbs. Im 18. Jahrhundert war der ein angesehener Maler. Seine Leidenschaft galt den Pferden. Das Bild heißt ›Das von einem Löwen erschreckte Pferd‹. Engländer lieben solche Werke.«

»Sie kopieren also berühmte Künstler und verkaufen die Bilder dann? Als Originale? Das ist doch illegal, oder nicht?« Clara war ebenfalls aufgestanden und Viktor vor die Staffelei gefolgt. Direkt neben ihr stehend, war er noch größer, als sie ihn sich vorgestellt hatte.

»So einfach ist das nicht.« Viktor schien nachzudenken und fuhr fort: »Das Kopieren ist eine der ältesten Tätigkeiten der Menschheit. Mit den Anfängen der Bilderschrift und der Felsenmalerei begann es schon vor zehntausend Jahren vor unserer Zeitrechnung. Gleich ob Schriften, Zeichnungen, Keramik, Bauten oder Gräber. Manche Kulturen setzten dafür Sklaven oder Gefangene ein, andere überließen dieses Handwerk ihren Priestern oder Schamanen.« Er schritt die Reihe der Leinwände entlang und drehte sich zu Clara um. Als er sie ansah, zitterten ihr die Knie.

»In der Gegenwart lassen viele Museen Kopien von Kunstwerken anfertigen, um zum Beispiel die Originale zu schonen. Niemand weiß, welches Bild in einem Museum tatsächlich der Hand des Künstlers entsprungen ist.« Abrupten Schrittes ging er zum Tisch zurück und setzte sich. »Also – um deine Frage zu beantworten: Ja, ich kopiere berühmte Künstler und verkaufe die Bilder schließlich als Originale, wenn man es simpel ausdrücken möchte.«

Die Stille im Raum war greifbar. Hatte Viktor soeben gestanden, dass er ein Betrüger, ein Kunstfälscher, ein Krimineller war?

»Apropos verkaufen«, sagte der Große. »Zahlst du uns noch aus, oder wie verbleiben wir?«

»Und was ist mit der Kleinen?«, fragte der Fahrer ungeduldig. »Ich will langsam nach Hause. Außerdem plauderst du mir zu munter drauflos, Viktor.«

»Lasst das Mädchen meine Sorge sein.« Viktor stand auf, ging wieder zur Kücheninsel und öffnete eine Schublade, aus der er Bargeld holte. Zurück am Tisch, verteilte er das Geld an die Männer. Die griffen nach den Scheinen, schnappten sich ihre Bierflaschen und verließen wortlos die Wohnung.

Clara blieb mit Mr. Dreamy zurück. Verloren stand sie mitten im Raum, überfordert von der Situation. Unzählige Male hatte sie davon geträumt, Zeit zu zweit mit diesem Mann zu verbringen. Der Unbekannte aus dem Restaurant war ihr nicht aus dem Kopf gegangen. Tage-, wochen-, monatelang hatte er ihr Denken bestimmt. Jetzt war er direkt vor ihr. Unwirklich. Er sah anders aus in seinem schwarzen Hoodie und der Jeans. Sonst hatte er immer einen Anzug getragen.

Sie betrachtete sein Gesicht. Es war ihr vertraut und doch vollkommen fremd. Für ihre erste Verabredung hatte sie an ein schönes Abendessen oder einen Spaziergang im Englischen Garten gedacht. Nicht an eine – ja, was war das hier? – Entführung. Sie fühlte sich unwohl, dem, was geschah, nicht gewachsen.

»Möchtest du noch etwas zu trinken? Wein?«, fragte Viktor, als hätte er eine Freundin zu Besuch. Er benahm sich absolut selbstsicher; keine Spur von Reue, Vorsicht oder Unsicherheit.

»Ich könnte dir auch ein Stück Pizza vom Nachmittag anbieten. Sonst habe ich nichts in der Wohnung.«

»Nein danke. Ich würde lieber gehen.«

Er hatte sich selbst ein Glas Weißwein eingeschenkt, das er lässig in der Hand hielt. »Ich habe dir schon mehrmals gesagt, dass ich dich nicht gehen lassen kann.« Er schlenderte durch den Raum, blieb direkt vor Clara stehen und sah sie eindringlich an.

Ihre Hände wurden feucht.

»Schmerzt deine Wange? Du solltest sie gut reinigen.«

Clara tastete ihr Gesicht ab. Die Schürfwunde vom Fall auf den Asphalt hatte sie vollkommen vergessen. »Nein.«

»Du brauchst keine Angst zu haben. Im Prinzip ist es Schicksal, dass du in meiner Wohnung gelandet bist. Ausgerechnet du.« Viktor schüttelte den Kopf und lächelte.

»Was soll das heißen?«

»Es ist dir wahrscheinlich nicht aufgefallen, aber ich esse jeden Donnerstag bei dir im Restaurant. Und das nicht nur, weil du eine hervorragende Köchin bist.«

»Jeden Donnerstag? Wenn ich dich so ansehe, glaube ich, du kommst mir bekannt vor.« Wenn der wüsste, dachte Clara.

»Ich komme in das Restaurant, weil es der perfekte Ort ist, um bestellte Waren loszuwerden.«

»Welche Waren?«

»Pässe. Impfpässe. Diplome. Zeugnisse. Gefälschte Kontodaten. Gefälschte Kreditkarten. Trojaner für Antivirensoftware. Die Liste ist lang.«

»Pässe? Gefälschte Kreditkarten? Wer braucht denn einen falschen Pass, und wo bekommst du den her?«

»Ich mache sie selbst. Ich bin nicht nur sehr geschickt im Fälschen von Gemälden, sondern auch von Dokumenten. Ich habe mir in der Branche einen Namen gemacht, und die Geschäfte laufen ziemlich gut. Wer einen neuen Pass braucht? Du hast keine Vorstellung. Vorbestrafte, Betrüger, Leute, die untertauchen wollen oder müssen … die Gründe dafür sind unendlich. Euer Restaurant ist als Übergabeort gut geeignet. Alteingesessen, aber trotzdem auch irgendwie jung und meistens recht gut besucht. Und dein Chef, dieser Italiener, treibt sich den lieben langen Abend so auffällig im Gastraum herum und ist dabei derart laut, dass niemand auf mich oder meine Begleiter achtet.« Viktor nahm einen Schluck Wein. »Außerdem mag ich dein Essen wirklich. Ich freue mich immer darauf.«

Clara hatte es die Sprache verschlagen. Diese Informationen wüteten unkoordiniert in ihr. Ihr vermeintlicher Traummann war also ein Krimineller, der seine Geschäfte in ihrem Restaurant abwickelte. Das war doch allerhand!

»Manchmal kommt es allerdings zu terminlichen Schwierigkeiten, oder meine Auftraggeber bekommen kalte Füße«, fuhr er fort. »Ich könnte einen Verbündeten gebrauchen. Und dabei kommst du ins Spiel. Du bist uns vor die Füße gefallen. Das ist Schicksal.« Er machte eine Pause, ließ Clara aber nicht aus den Augen. »Hättest du Interesse an einem kleinen Nebenverdienst?«

Sie war überrascht, verwirrt, schockiert. Und sie dachte nach. Wurde ihr gerade ein krimineller Job angeboten? Von Viktor, ihrem Traummann? Mr. Dreamy? Wieder verspürte sie diese Abenteuerlust. Hatte sie nicht mehr Aufregung in ihrem Leben gewollt?

»Was müsste ich tun? Ich arbeite schließlich jeden Abend, und mein Job ist stressig.«

»Was du für mich tun solltest, würde den normalen Ablauf deines Abends kaum beeinflussen. Deine Aufgabe wäre nicht kompliziert. Hier und da die eine oder andere Übergabe oder die gelegentliche Annahme von Zahlungen. Du hast doch bestimmt einen Spind oder ein Fach in einem Nebenraum. Den könnten wir als Zwischenlager benutzen. Zum Beispiel für diese Dame da.« Er zeigte auf die Marienstatue, die noch in der Mitte des Tisches stand.

»Für dieses Ding? Wie stellst du dir das vor? So ein Monstrum kann ich doch nicht zwischen meinen Kochjacken im Spind verstecken. Die Statue ist doch bestimmt einen halben Meter hoch.«

»Achtundvierzig Zentimeter. Denk in Ruhe darüber nach. Du bist doch eine Frau, die bereit ist, konventionelle Wege hin und wieder zu verlassen. Du willst mehr vom Leben als einen geregelten Job und einen langweiligen Freund, oder?«

Clara entgegnete nichts. Konnte er Gedanken lesen? Stellte er sie auf die Probe? Wollte er sie provozieren?

»Für dich bestünde keinerlei Risiko. Wir würden uns regelmäßig hier im Loft treffen, und ich würde dir deine Aufträge erklären und Waren übergeben.« Viktor trank sein Glas aus und lachte. »Und wenn du Lust hast, kannst du auch gern für mich kochen. In dieser Küche wird nie gekocht. Was das angeht, habe ich zwei linke Hände.«

Und so wurde Clara in wenigen Stunden von einer Köchin zu einem Überfallopfer und schließlich zu einer Kleinkriminellen.

Frühstück Continental

In ihrer Wohnung in der Elisabethstraße war alles dunkel. Franklin war schon lange zu Bett gegangen. Claras Feierabend lag bereits vier Stunden zurück. Vier Stunden, in denen sich ihre Wirklichkeit auf den Kopf gestellt hatte. Ihre Gefühle, von innen nach außen gekehrt, hatte sie in dem Taxi, das Viktor ihr nach ihrem Gespräch gerufen hatte, nur schwer in den Griff bekommen. Halt gab ihr allein der Notizzettel, auf den er seine Handynummer geschrieben hatte und den sie umklammert hielt.

Viktor hatte ihr bei der Verabschiedung nicht gedroht, aber er hatte deutlich gemacht, dass er kein Nein auf seine Aufforderung, sie solle in der Cucina als seine Mittelsfrau agieren, akzeptieren würde. Bestimmt hatte er auch nicht damit gerechnet. Wie Clara ihn einschätzte, war er ein Mann, der bekam, was er wollte.

In der Diele steckte sie den Notizzettel in das Seitenfach ihrer Handtasche und hängte sie zusammen mit der Jacke, dem blauen Schal und der letzten Kraft, die sie noch im Körper hatte, an die Garderobe. Es war an sich schon ein langer und anstrengender Arbeitstag gewesen, hinzu kamen die Enttäuschung, dass ihr unbekannter Traummann nicht ins Restaurant gekommen war, und schließlich der Zusammenstoß mit der Bande, ihre Verschleppung und die unerwartete Begegnung mit Viktor.

Sie versuchte, keinen Mucks zu machen. Wenn Franklin aufwachte, würde er bestimmt wieder aufstehen, um sie zu begrüßen. So etwas tat er. So nett und lieb war er. Er wollte dann wissen, wie ihr Tag gewesen sei und wo sie gesteckt habe. Was sollte sie ihm dann sagen? Etwa: Mein Tag war beschissen, weil mein Traummann nicht zum Essen ins Restaurant gekommen ist? Danach hat er mich verschleppt, und übrigens bin ich nun eine Kriminelle, weil ich Fälschungen aller Art unter die Leute bringen werde? Aber ich bin nicht traurig darüber, weil ich hier rauswill? Weil ich dich und unser gemeinsames Leben satthabe? Weil mein Leben mieft?

Der Seufzer, der diese Gedanken beendete, war lang und tief. Auf leisen Sohlen schlich sie in die Küche. Der Hunger meldete sich doch noch. Sie öffnete die Kühlschranktür. Franklin war einkaufen gewesen. Das Gemüsefach quoll über vor frisch leuchtenden Paprika, Auberginen und Zucchini. Ihr Lieblingsjoghurt, Eier, Milch, Käse – nichts fehlte. Auf dem Küchentisch stand ein bunter Strauß der ersten Tulpen des Jahres, die es schon im Supermarkt zu kaufen gab. Tulpen waren ihre Lieblingsblumen. Warum musste dieser Kerl nur so verdammt perfekt sein? Wieso konnte er ihr nicht einen einzigen Grund liefern, ihn zu hassen und einen Weg ohne schlechtes Gewissen aus dieser Beziehung zu finden? Nur einen einzigen lächerlichen Grund.

Sich selbst für diese Gedanken verachtend, schloss sie die Kühlschranktür. Wie Franklin und seiner Liebenswürdigkeit zum Trotz ignorierte sie ihren Hunger.

Das Spiegelbild im Badezimmer zeigte ihr ein Gesicht, das sie resignieren ließ. Wäre sie nicht so müde gewesen, hätte sie sich vermutlich vor sich selbst erschreckt. Aus ihrem Zopf hatten sich etliche Haarsträhnen gelöst, die wie elektrisiert abstanden. Sie hatte tiefe Augenringe, und die Schürfwunde an ihrer Wange war nicht nur schmutzig, sondern von Blut verschmiert.

Achtlos warf sie ihre Kleider auf den Boden und stellte sich unter die Dusche. Bis das Wasser warm kam, schüttelte sie sich, als wolle sie sich sortieren. Was war in den letzten Stunden passiert?

※ ※ ※

»Du bist die Liebe meines Lebens, Clara. Ich bin dankbar, dass ich dich gefunden habe, und werde dich nie mehr gehen lassen. Komm, wir fangen neu an. Wo möchtest du leben? Die Welt steht uns offen.«

Mr. Dreamy schloss sie in die Arme und drückte sie an sich. Clara bettete lächelnd den Kopf an seine Brust und atmete seinen Duft. Er roch nach Vanille.

Sie wickelte sich noch tiefer in die Decke und genoss den Dämmerzustand zwischen Schlaf und Wachsein. Als sie einen zarten

Kuss auf ihrer Stirn fühlte, stöhnte sie zufrieden und wohlig vor sich hin.

Diesen Geruch kannte sie aber doch! Er verdrängte langsam ihren Traum. Das war nicht ihr Mr. Dreamy. Widerwillig öffnete sie die Augen. Franklin lächelte sie an. Sein Gesicht war viel zu nah an ihrem.

»Guten Morgen, Clara.« Er küsste sie wieder. Diesmal auf den Mund. »Ich habe dich gestern Abend gar nicht mehr gehört. Ist wohl wieder sehr spät geworden?«

»Hm. Ja, sehr spät.« Sie drehte sich zur Seite, damit er sie nicht mehr küssen konnte und die Schürfwunde nicht sah, und schloss noch einmal die Augen. Sie wollte den Traum noch nicht loslassen.

»Bist du noch müde? Was hältst du davon, wenn ich aufstehe und uns ein schönes Frühstück mache? Ich habe erst zur dritten Stunde Unterricht.«

»Ich würde lieber noch ein paar Minuten schlafen.«

»Nimm dir Zeit.« In einer einzigen Bewegung schlug Franklin seine Bettdecke zurück und war auch schon munter und ausgeschlafen auf dem Weg ins Badezimmer.

Schon wieder so gute Laune. Er ödete Clara an.

Sie vergrub das Gesicht noch tiefer in den Kissen und versuchte, erneut in ihren Traum einzutauchen, was ihr nicht mehr richtig gelingen wollte. Die Bilder und Stimmen der letzten Stunden in Viktors Loft drängten sich wieder in ihr Bewusstsein. Ein Schnitt dämmrigen Morgenlichts stahl sich zwischen den zugezogenen Vorhängen herein. Sie blinzelte, und sobald sich ihre Augen an das Licht gewöhnt hatten, grinste ihr der Überdruss des kleinen Schlafzimmers mit den weißen Wänden und dem schlichten Schrank entgegen.

Als sie mit Franklin zusammengezogen war, hatten sie kreative Ideen und Pläne für ihre gemeinsame Wohnung gehabt. Nur wenige davon waren in die Tat umgesetzt worden. Im Wohn- und Esszimmer hatten sie sich noch gemeinsam bemüht, und es war ihnen gelungen, dort ein gemütliches Ambiente zu schaffen. Clubsessel, zwei kleine kuschelige Sofas, warme Farben, kein erkennbarer Stil in Bildern und Accessoires und unzählige Bücher und Rezeptsammlungen, die gestapelt auf dem dunklen Esstisch lagen. Daran standen sechs Stühle, die sie auf einem Flohmarkt gefunden hatten.

In der kleinen, weißen, nach Claras Wünschen funktionell gestalteten Küche hatte sie ebenfalls auf einen Tisch für mindestens vier Personen bestanden. Um Platz zu sparen, hatten sie eine Sitzbank eingebaut. Als ihre Karriere in Schwung gekommen war, hatte sie häufig Freunde zu Probeessen zu sich eingeladen und an ihnen ihre neuesten Kreationen und Menüideen getestet. Sie fand es schön, beim Kochen mit ihnen plaudern zu können, und hatte stets den Tisch in der Küche gedeckt.

Für die gemütliche Gestaltung des Schlafzimmers hatten ihr schließlich die Zeit und Franklin die Muße und der Eifer gefehlt, sodass der Raum kahl und unpersönlich geblieben war. Damals war sie noch glücklich gewesen mit Franklin und davon überzeugt, vor ihnen liege ein gutes gemeinsames Leben. Einst hatte die einzige Fotografie im Raum für die Erinnerung an den gemeinsamen Urlaub in Griechenland und für einen wundervollen Nachmittag in einer Taverne inmitten eines Olivenhains gestanden. Nun barg der Anblick des Bildes nichts als Langeweile und Stupidität für sie. Bis gestern hatte sie sich gefühlt, als werde sie für den Rest ihres Lebens auf bessere Zeiten warten, von denen sie wusste, dass sie nie kommen würden. Aber dann war Mr. Dreamy real geworden.

»Das Frühstück ist fertig. Kommst du?«, rief Franklin in Richtung der halb offenen Schlafzimmertür.

Ihr blieb keine andere Wahl. Würde sie nicht gleich in die Küche gehen und mit ihm frühstücken, käme er sicher ins Schlafzimmer zurück und würde sie wieder küssen wollen – oder mehr.

»Ich bin gleich da!«

Sie quälte sich aus dem warmen Bett, warf den Morgenmantel über, der an einem Haken an der Tür hing, und ging barfuß über den Flur. Dort erwartete sie ein einladend gedeckter Tisch mit frisch geschnittenem Obst, Käse, Brot, Marmelade. Ein perfektes Frühstück Continental – wie immer. Wie langweilig.

Franklin goss dampfenden Kaffee in zwei große Tassen und setzte sich. »Wie war es gestern in der Cucina? War es voll? Ich war mit Markus aus und wäre fast noch auf einen Schlummertrunk bei euch vorbeigekommen.« Er sah auf. »Was ist denn mit deinem Gesicht passiert? Hattest du einen Unfall?« Er stellte die Kaffeekanne achtlos ab und beugte sich über den Tisch, um ihre Wange aus der Nähe zu betrachten.

»Ach das.« Clara berührte die Schürfwunde. »Ich war nur wieder tollpatschig und bin doch tatsächlich gegen eine Wand gelaufen. Du kennst mich doch. Ist nicht schlimm.« Etwas Besseres fiel ihr in diesem Moment nicht ein.

»Du solltest dich gut ausruhen. Wollen wir am Nachmittag in der Stadt bummeln? Was hältst du davon?«

»Ich wollte früher los, um noch mit Dante das neue Menü zu besprechen.«

»Du arbeitest zu viel.« Franklin biss herzhaft in ein Brötchen, das er dick mit Butter und Marmelade beschmiert hatte, und fuhr kauend fort: »Stell dir vor, Markus' Freundin ist schwanger. Er will ihr einen Antrag machen.«

»Schön für sie. Gibt es in der Schule Neuigkeiten?« Nur schnell das Thema wechseln, dachte Clara.

»Ich habe erst zur dritten Stunde Unterricht. Die Elfte schreibt eine Klausur. Wir haben also alle Zeit der Welt.« Er streichelte über den Tisch hinweg ihre Schulter.

Clara rang sich ein halbherziges Lächeln ab, während sie ein Brot belegte. Seine Berührung war ihr unangenehm.

»Was machen wir am Wochenende? Willst du am Sonntag in die Berge fahren?« Früher hatten sie an dem einzigen Tag der Woche, an dem Clara freihatte, häufig Ausflüge ins Allgäu unternommen. Doch das taten sie schon lange nicht mehr. Die letzten Sonntage hatten sie auf dem Sofa verbracht. Ohne miteinander zu reden.

»Wie wird denn das Wetter?«

»Ich weiß es nicht, ist doch egal. Sollte es schneien oder regnen, setzen wir uns in eine Hütte und trinken Tee. Was meinst du?«

»Ich müsste mal wieder meine Mutter besuchen.«

»Deine Mutter? Seit wann willst du Margot freiwillig besuchen? Normalerweise muss ich dich zwingen, sie auch nur anzurufen.«

»Ich werde doch wohl meine Mutter besuchen können, oder?«

»Sicher kannst du das. Sie wird sich freuen.« Franklin musterte sie skeptisch. »Was ist denn nur los mit dir, Clara? Du bist schon seit Wochen total komisch.«

»Was meinst du?«

»Du bist so unzufrieden und unglücklich. Du lachst nicht mehr, du erzählst mir nichts mehr. Wir unternehmen nichts mehr gemeinsam. Und du triffst dich auch nicht mehr mit Kitty oder Daniela.«

»Ich hatte die letzten Wochen immer Spätschicht. Das kann dir kaum entgangen sein, oder? Und Kitty sehe ich nachher zur Maniküre in ihrem Salon.« Dass sie häufig die Spätschicht übernommen hatte, war ihre Wahl gewesen. Dann war es einfacher, Franklin aus dem Weg zu gehen.

»Wieso reagierst du so gereizt? Was habe ich dir denn getan? Habe ich etwas falsch gemacht?« Franklin war für seine Verhältnisse laut geworden und knallte sein Buttermesser auf den Teller, der vor ihm stand.

»Es tut mir leid, Franklin.« Sie wusste, dass sie ungerecht war. »Ich bin nur müde. Lass uns am Sonntag was unternehmen. Aber ich will nicht in die Berge. Wir könnten jemanden zum Brunch treffen«, schlug sie vor. Dann müsste sie nicht mit ihm allein sein.

»Wie du meinst.« Den Rest des gemeinsamen Frühstücks steckte Franklin seine Nase in eine Zeitung.

Clara war das nur recht. Sie hatte andere Probleme. Mit einer Tasse Kaffee im Magen und bei Tageslicht verlor die Nacht an Unwirklichkeit. Der Schrecken war wieder da. Stand sie tatsächlich an der Schwelle zur Kriminalität? War ein ruhiges Familienleben mit Franklin nicht doch besser? Wie kam sie aus dieser Nummer wieder heraus? Und aus welcher genau?

***

»Hast du mein blaues T-Shirt gesehen? Ist es noch in der Wäsche?«, rief Franklin aus dem Schlafzimmer. Nach dem Frühstück hatte er die Küche aufgeräumt und dabei die Zeit vergessen. Er war spät dran. Clara hatte sich mit der Zeitung und einer weiteren Tasse Kaffee ins Wohnzimmer zurückgezogen und wartete darauf, dass er ging.

»Woher soll ich das wissen?«

»Stimmt. Kannst du gar nicht. Du hilfst ja im Haushalt nicht mehr mit.«

Er konnte auch anders, das wusste Clara. Zwar zeigte er diese Seite nicht häufig, aber sie verstand, dass ihre finstere Miene und die patzigen Antworten ihm inzwischen auf die Nerven gingen. Sie hatte ihn nie richtig ernst genommen, weil er nachsichtig und konfliktscheu war. Und in den letzten Wochen hatte sie sich ihm gegenüber nur noch beleidigend und abweisend verhalten.

»Du könntest dein blödes Schlabbershirt gegen etwas für Erwachsene tauschen. Du bist kein Student mehr.«

»Langsam reicht es mir. Lass deine Launen doch an jemand anderem aus«, erwiderte Franklin ungehalten, schlüpfte in ein rotes Shirt, stieg in die Socken, die noch von gestern Abend auf dem Schlafzimmerboden lagen, und suchte nach einer Jacke.

»Würde ich mit Vergnügen«, murmelte sie in ihren Kaffee. Sie dachte an Viktor.

»Was hast du gesagt?«

Hatte er sie gehört? Vom Wohn- ins Schlafzimmer?

»Ich habe gesagt, zieh doch ein Hemd an. Du könntest dich wenigstens optisch von deinen Schülern unterscheiden.« Das war gemein. Eine Antwort blieb aus. »Franklin?«

Die Wohnungstür setzte krachend einen Schlusspunkt hinter ihren Streit. Er war gegangen. Einfach so. Kein Wunder. Einmal hatten sie sich ihr Wort darauf gegeben, nicht im Streit schlafen oder auseinanderzugehen. Dieses Versprechen galt schon lange nicht mehr.

Clara seufzte. Sie fühlte sich erleichtert, dass sie die Wohnung endlich für sich hatte. Sie ging ins Bad und duschte erneut. Getreu der täglichen Routine begann sie nach dem Föhnen, ihre Haare zu einem langen Zopf zu flechten. Doch mitten in der Bewegung hielt sie plötzlich inne und löste die Stränge schließlich wieder. Sie würde sie lieber offen tragen.

Für ihr Make-up nahm sie sich mehr Zeit. Sie experimentierte mit dem Lidschatten und deckte die Wunde ab. Sie wollte anders aussehen als sonst. Wenigstens ein kleines bisschen.

Die Auswahl in ihrem Kleiderschrank war nicht aufregend. Unentschlossen stand sie davor. Grau, schwarz, weiß ... ihr war nach Farbe, nach Veränderung! Das Einzige, was sie fand, waren ein Jeanskleid und ein bunter Schal, den sie noch nie getragen hatte.

Panna cotta

Ein verschlafener Februarvogel experimentierte oben auf einem dünnen Zweig mit seiner Stimme mitten in der vormittäglichen Großstadthektik. Das nahm Clara wahr. Sonst nichts. Ohne Elan schlenderte sie die Straßen zum Kosmetiksalon ihrer besten Freundin Kitty Kaufmann entlang. Jeden Monat gönnte sie ihren strapazierten Köchinnenhänden in der Winzererstraße eine Maniküre.

In der Luft hing schwerer Nebel. Die Wintersonne würde schon wieder keine Chance haben. Das Wetter passte perfekt zu Claras Stimmung. Sie hätte es nicht anders haben wollen. Franklins stummer Abgang hatte ein unschönes Gefühl hinterlassen. Sie war sich selbst keine gute Gesellschaft. Sie hätte dringend jemanden zum Reden gebraucht. Über Viktor, über Franklin, über eine Entscheidung, die sie zu treffen hatte. Sollte sie sich auf Viktor und sein Angebot einlassen? Sollte sie Franklin noch eine Chance geben?

Warum war sie so unglücklich und unzufrieden? Ihr Leben fühlte sich an wie die Straßenbahn, die sie in der Nähe quietschen hörte, als sie abfuhr – allerdings ohne sie. Auch ihr Leben passierte ohne sie. Ihre Tage glitten dahin, wurden fremdgesteuert abgespult. Wollte sie zu viel? War sie undankbar?

Die Antworten auf diese Fragen suchte sie vergeblich in den Schrittgeräuschen, die ihre Stiefel auf dem vom Streusalz knirschenden Gehweg machten.

Vor Kittys Kosmetikstudio atmete sie ein paarmal tief ein und wieder aus. Schließlich setzte sie ein künstliches Lächeln auf und ging in den Salon.

Ihre Freundin begrüßte sie in gewohnter Manier sofort überschwänglich. »Clara! Guten Morgen, meine Liebe! Schön, dich zu sehen.« Einer herzlichen Umarmung folgte ein prüfender Blick. »Was ist mit deinem Gesicht passiert? Hattest du einen Unfall?«

»Nein, ich bin nur gegen eine Wand gelaufen. Du kennst mich doch. Ich kann tollpatschig sein. Halb so schlimm.« Clara wusste, dass Kitty ihr nicht glaubte. Sie hatte ihr noch nie etwas vormachen können. Sie kannten sich seit ihrer Grundschulzeit und waren gemeinsam erwachsen geworden.

»Bist du sicher? Du siehst traurig aus.«

Kitty warf ihre langen, seidigen blonden Haare kapriziös über die Schultern, als spiele sie die Hauptrolle in einem Werbespot für eine Shampoomarke. Das machte sie nicht absichtlich oder um zu zeigen, wie umwerfend sie war. So war sie eben. Auffällig, laut – und außergewöhnlich schön. Wunderschön. Sie war eine strahlende Erscheinung. Wo sie auch hinkam, jeder drehte sich nach der großen Blonden um.

Clara wusste, dass Kitty diese Aufmerksamkeit, die ihr ohne Anstrengung von ihren Mitmenschen zuteilwurde, stets in vollen Zügen genoss. Obwohl sie auch über dreißig war, träumte sie noch davon, Model oder Schauspielerin zu werden. Ihren Kosmetiksalon sah sie als Zwischenlösung. In Teenagerjahren war sie ein paarmal zu Probeaufnahmen eingeladen worden, doch irgendwie hatte es nie gereicht. Schließlich hatte sie schweren Herzens einen anderen beruflichen Weg eingeschlagen. Dem Thema »Schönheit« war sie aber treu geblieben.

Clara ermunterte Kitty bis heute, ihren Traum nicht aufzugeben. Aber wenn sie ehrlich war, glaubte sie nicht mehr daran, dass ihrer besten Freundin der Durchbruch als Model noch gelingen könnte. Manchmal tat sie ihr leid.

»Wie geht es Franklin?«, fragte Kitty und dirigierte Clara in den Behandlungsstuhl für die Maniküre. »Ist alles in Ordnung bei euch?«

»Warum fragst du?« Claras Ton war unbeabsichtigt scharf.

»Ohne speziellen Grund. Darf ich mich nicht erkundigen?« Kitty hatte vor Clara auf einem kleinen Rollhocker Platz genommen und inspizierte abwechselnd ihre Freundin und ihre Arbeitsgeräte auf dem Beistelltisch.

»Sicher, entschuldige bitte. Ich kann mich gerade selbst nicht leiden. Ich habe nicht gut geschlafen.« Nach einer kurzen Pause fuhr Clara fort:»Bei uns gibt es nichts Neues.« Sie dachte: was das eigentliche Problem ist. Das warme Wasserbad, in dem ihre Hände ruhten, fühlte sich unglaublich weich an. Clara atmete durch.»Wie läuft es denn bei dir? Ein neuer Flirt in Sicht? Oder sollte ich lieber sagen: Wer ist diesen Monat der Glückliche?« Kitty war ein klassischer Dauersingle. Mehr oder weniger freiwillig. Da sie aber an Verehrern tendenziell eher zu viel hatte, trug sie diesen Umstand mit Humor und lachte selbst über die Scherze, die in der Clique zu ihrem Männerverschleiß gemacht wurden.

»Ich überlege noch. Nicht jeder kann das große Los ziehen wie du mit deinem Franklin.«

»Hm.« Clara wusste, dass Kitty sie um ihre beständige Beziehung mit dem zuverlässigen Franklin beneidete. Sie lenkte vom Thema ab.»Wie geht es Daniela?«

»Gut, alles beim Alten. Sie war gestern bei mir und hat sich die Augenbrauen machen lassen.«

»Kommt ihr am Mittwoch wieder zu mir?« Da Clara abends, wenn ihre Freunde Feierabend hatten, meistens arbeitete, traf sich die Clique regelmäßig bei ihr in der Cucina.

»Ach ja«, sagte Kitty.»Daniela kann diesen Mittwoch nicht. Wir kommen am Donnerstag. Kannst du uns einen Tisch reservieren?«

»Am Donnerstag?« Clara überlegte. Das war Viktors Tag. »Das ist schwierig. So kurz vor dem Wochenende ist es sicher voll. Ich werde keine Zeit für euch haben.«

»Die Cucina ist doch jeden Abend voll. Es ist nur dieses eine Mal.«

Warum Clara ihre Clique an einem Donnerstag nicht im Restaurant haben wollte, konnte sie Kitty nicht erzählen. Obwohl sie es gern getan hätte. Trotz des bequemen Behandlungsstuhls lehnte sie sich verkrampft zurück, während Kitty ihre Nagelhaut bearbeitete.

Der Moderator im Radio kündigte die Nachrichten an. Clara konnte sich dabei nicht konzentrieren. Sie hatte eine wichtige Entscheidung zu treffen und wünschte sich Ruhe.

Sie schloss die Augen. Der Vanilleduft der Handlotion, mit der Kitty ihre Handflächen massierte, stieg ihr in die Nase. Sie dachte an Vanilleschoten, Panna cotta, den Lammrücken, in dessen Soße sie stets einen Hauch Vanille gab, und wie selbstverständlich an Viktor, der ebenfalls nach Vanille gerochen hatte.

»… kam es in der Josephskirche zu einem Diebstahl und zeitgleich zu einem rätselhaften Brand auf dem Nordfriedhof, der zwar einen Feuerwehreinsatz ausgelöst hat, bei dem aber nichts beschädigt wurde. Lediglich ein kleiner Tannenbaum hat gebrannt. Ein nicht unerheblicher Schaden entstand allerdings der Kirchengemeinde St. Joseph. Entwendet wurde eine wertvolle Marienstatue. Von den Tätern fehlt jede Spur. Die Polizei vermutet, der Brand diente der Ablenkung vom Diebstahl …«

Noch einmal hörte Clara das Quietschen der Autoreifen der vergangenen Nacht, spürte den Zusammenstoß und fühlte das Adrenalin durch sich hindurchrauschen.

»Was hast du? Ist dir nicht gut? Du bist kreidebleich.«

»Ich bin … nicht ich selbst«, stammelte Clara.

»Du solltest echt Urlaub nehmen.«

»Ja, vielleicht.«

»Wieso kommst du nicht mit mir zu meinem Achtsamkeitstraining? Oder meditiere oder treibe Sport. Tu dir was Gutes.«

»Das sind lieb gemeinte Vorschläge, Kittylein, aber du kennst meine Arbeitszeiten.«

»Das sind nur Ausreden. Du könntest vormittags einen Kurs buchen.«

»Was soll ich in einem Achtsamkeitskurs lernen?« Clara betonte das Wort »Achtsamkeit« herablassend.

»Zum Beispiel, wie du deinen Alltag entschleunigst. Achtsamkeit ist eine Art natürliches Gegengift gegen Stress und Zerstreuung im Alltag. Mir hilft es jedenfalls.«

»Ich fühle mich nicht gestresst. Eher gelangweilt. Ich bräuchte Abwechslung von meinem Alltag. Ich möchte mich nicht damit beschäftigen.«

»Wie du meinst.« Kitty gab auf. Sie hatte Clara noch nie umstimmen können.

Die hatte soeben eine Entscheidung getroffen. Sie griff in die Tasche ihres Jeanskleids und fühlte den Notizzettel mit Viktors Nummer. Sie konnte es kaum erwarten, seine Stimme zu hören.

Hühnchen mit eingelegten Zitronen

Clara starrte auf ihr Telefon. Vom langen Halten fühlte es sich warm an. Viktors Nummer war inzwischen unter »Mr. Dreamy« in den Kontakten abgespeichert. Sie würde ihn gleich anrufen. »Alles okay bei dir, Clara?«, fragte die Kellnerin. Als Stammgast kannte Clara die junge Frau schon lange, sie pflegten einen freundlichen Umgang und plauderten gern miteinander. In das »Café 36« in der Nähe der Cucina kam Clara ab und zu vor ihrer Schicht. Es schloss um achtzehn Uhr, daher war es spätnachmittags nicht gut besucht. In den bequemen weißen Sesseln konnte Clara ein paar Minuten die Seele baumeln lassen. Allerdings nicht jetzt. Ihre Gedanken überschlugen sich. Eine These löste die andere ab, ein Zweifel den nächsten. Ständig ploppten in ihren Überlegungen neue Probleme auf, die wohl auf sie zukommen würden. Das Kopfkarussell drehte sich unaufhörlich. Kam es doch einmal zum Stillstand, lief es nur auf eines hinaus: Sie wollte Viktor wiedersehen, alles andere war ihr egal. Die Tatsache, dass er ein Krimineller war, arbeitete zwar in ihr, aber an ihren Gefühlen zu diesem Mann änderte das nichts. Er faszinierte sie zu sehr.

»Ja, es geht mir gut. Ich habe gleich Schicht und wollte noch einen Cappuccino trinken.«

Die Kellnerin sah sie mit hochgezogenen Augenbrauen an. Der Cappuccino war unberührt.

»Weißt du was?« Clara lächelte. »Bring mir doch einen Prosecco. Mir ist danach. Das Leben ist kurz, oder?«

»Gut, klar. Soll ich die Tasse gleich mitnehmen, oder trinkst du den noch?« Mit dem Tablett deutete die Kellnerin in Richtung des verwaisten Getränks.

»Nimm ihn mit.«

***

Als der kühle Prosecco ihre Kehle hinunterrann, schluckte Clara ihre Bedenken mit. Sie starrte auf die Nummer im Display und genoss den Moment in vollen Zügen, wollte ihn noch nicht loslassen. Viktor war durch einen riesigen Zufall gestern Abend real geworden. Der Augenblick, bevor sie den Anruf tätigen würde, nahm sie vollständig ein. Sie fühlte sich wieder jung. Ein Abenteuer wartete. Sie war aufgeregt, ängstlich, skrupellos und zu allem bereit. Sie war wach!

Sie atmete tief ein, schloss die Augen und versuchte, das Potpourri an Gefühlen in sich zu speichern. Dann gab sie sich den letzten Ruck und rief Viktor an.

»Ja.«

»Äh, hallo. Ich bin es, Clara. Wer ist da?«

»Clara! Die kleine Köchin von letzter Nacht. Schön, dass du anrufst. Ich habe schon an dich gedacht. Die Maria muss übergeben werden. Kannst du sie bald abholen? Der Zwischenhändler kommt nächsten Donnerstag zu dir ins Restaurant. Ich würde sie gern aus der Wohnung haben. Man weiß nie.«

»Meine Schicht fängt gleich an«, erwiderte Clara verdutzt. »Ich muss mindestens bis zweiundzwanzig Uhr dreißig arbeiten.«

»Das passt doch wunderbar. Komm nach Restaurantschluss zu mir. Ich arbeite sowieso die Nacht durch. Die Adresse hast du ja.« Viktor machte eine Pause. »Und wenn du was für mich kochen könntest, würde ich mich sehr darüber freuen. Ich habe nichts Essbares im Loft. Direkt nach einem Coup gehe ich nicht raus. Am Vormittag hat es sogar eine Meldung im Radio über den Raub gegeben. Die Statue ist eben doch ganz besonders – wie du.«

Was hatte er da gesagt? Sie sei etwas Besonderes?

»Na gut.« Die Schmetterlinge in ihrem Bauch ließen ihre Stimme zittern. »Ich kann um dreiundzwanzig Uhr bei dir sein. Aber an die Adresse erinnere ich mich nicht. Ich war zu aufgebracht. Ihr habt mich ziemlich aus der Bahn geworfen.«

»Das tut mir leid. War keine Absicht. Schönbergstraße 8 in Bogenhausen. Gleich beim Herzogpark.«

Eine der besten Lagen in der Stadt. Clara selbst konnte von einer Wohnung in dieser Gegend nur träumen. Für einen professionellen Fälscher war das keine schlechte Tarnung. Niemand würde dort Kriminelle vermuten. Zumindest keine, die sich selbst die Finger schmutzig machten.

»Erstklassige Adresse, oder?«, sagte sie. »Was soll ich denn für dich kochen?«

»Was du willst. In diesem Fall bist du der Profi«, erwiderte Viktor und legte ohne ein weiteres Wort auf.

Clara blieb mit etlichen Fragezeichen und einem Kieselstein Unmut im Bauch zurück. Der störte die Schmetterlinge. Wieso war sich Viktor sicher gewesen, dass sie anrufen und die Madonna für ihn übergeben würde? Wie sollte sie das bewerkstelligen? Das Ding war riesig und ziemlich schwer. Und geklaut.

**

»Mensch, Clara, hast du auf die Uhr geschaut? Dante springt im Dreieck. Du wolltest mit ihm vor der Schicht die Specials fürs Wochenende durchgehen. Jetzt kommst du sogar zum Arbeitsbeginn zu spät.« Enzo schloss seinen Spind im Umkleideraum und zog die blütenweiße Schürze fest.

»Es ist siebzehn Uhr fünf. Entspann dich.« Clara wusste, dass sie zu spät dran war. Das war sie sonst nie. Sie hatte schlicht die Zeit vergessen. Nach dem Telefonat mit Viktor hatte der Rest des Proseccos kaum geholfen, ihre Atmung wieder zu normalisieren. Von Beruhigung konnte noch keine Rede sein. Seine Stimme zu hören, die Aussicht auf ein baldiges Treffen, die Tatsache, dass sie praktisch eingewilligt hatte, ihm zu helfen – all das war viel für eine unscheinbare Köchin, die gestern noch Opfer eines Überfalls gewesen war.

»Clara!« Dante kam aus der Tür, die zum Lagerraum in den hinteren Räumen des Personalbereichs gehörte. »Clara!« Er fasste sich mit der rechten Hand ans Herz, was ihm angesichts seines dicken Bauches und der kurzen Arme schwerzufallen schien. »Willst du mich ins Grab bringen?«

»Sei nicht so theatralisch, Dante.« Clara verschwand im Umkleideraum, in den ihr Dante hemmungslos folgte. »Ich entschuldige mich dafür, dass ich mich verspätet habe. Dafür habe ich mir schon ein simples, aber raffiniertes Special fürs Wochenende überlegt. Wir haben die Zutaten da, und es geht ganz schnell.« Dante atmete erleichtert durch. Seine Gesichtsfarbe wechselte von Rot zu Rosa. »Was denn?« Essen, Rezepte oder nur Ideen für solche zogen bei ihm immer. »Ich dachte an *pollo marinato con limone.* Na, wie hört sich das für dich an?« Clara stopfte ihre Jacke in den Spind und nahm sich vom Stapel auf der Sitzbank eine frisch gestärkte und gefaltete Schürze. »Ich wollte schon lange ein Gericht mit den eingelegten Zitronen machen, die du im Sommer aus Sizilien mitgebracht hast.«

»Wie gehen wir vor?«, fragte Dante streng. Vermutlich wollte er ihr ihre Nachlässigkeit noch nicht gänzlich verzeihen.

Witzig, dachte Clara. Er sagt »wir«. Sie ließ ihm die Genugtuung. »Wir nehmen die Innenfilets der Hühnchen, die wir sowieso im Kühlhaus haben, und betten sie in eine mit Olivenöl und Thymianzweigen ausgelegte Form. Portionsweise. Darauf legen wir halbiert die eingelegten Zitronen. *Wir*«, das betonte sie, »streuen Chilipulver, Knoblauchpulver, Salz und Pfeffer darüber, schieben alles unter den Grill, garnieren mit frischen Kräutern, sprenkeln mit Olivenöl und servieren mit Rosmarinkartoffeln.«

Dante wirkte zufrieden. »Mach das. Aber sei nie wieder unpünktlich, Clara. Das ist der Anfang vom Ende. Ich habe es oft genug erlebt. Erst fangen die Mitarbeiter an, zu spät zu kommen, und schließlich bleiben sie ganz fort. Du kannst mir das nicht antun. Du weißt, du bist wie eine Tochter für mich. Außerdem mag ich deine Mutter. Sie würde gut zu mir passen. Vermassle mir das nicht.«

»Wovon redest du bitte, Dante? Ich war fünf Minuten über der Zeit. Das erste Mal in drei Jahren. Und was hat das alles mit meiner Mutter zu tun?«

»Du solltest sie häufiger anrufen. Geh jetzt an die Arbeit,

Mädchen.« Er machte auf dem Absatz kehrt und ließ die Tür zum Umkleideraum offen stehen.

Clara blieb verdutzt zurück. Sie hasste es, wenn er sie »Mädchen« nannte. Wie konnte er wissen, dass sie nicht mehr glücklich und mit ihren Gedanken unentwegt woanders war? Sie hatte sich doch solche Mühe gegeben, das zu verbergen.

Der Drucker, der die Bons ausspuckte, die Clara an die Ablage über dem Ofen hängte, schnatterte nonstop. Sie linste auf die Bestellungen und versuchte, rasch zu erfassen, was sie brauchte. Ihr *pollo marinato con limone* war seit neunzehn Uhr der Bestseller. Dante hatte es auf die Tafel mit dem Tagesgericht geschrieben. Die Kellner mussten es den Gästen gar nicht erst anpreisen.

Carlos, der Gardemanger, war mit den Vorspeisen auf dem Laufenden, und Clara fühlte sich ziemlich gut, im Auge des Sturms. Egal, was hereinkam oder wie viel, ihre Hände landeten am richtigen Platz, ihre Handgriffe waren zackig, und ihr Posten sah sauber und gut organisiert aus. Sie beherrschte ihren Job eben im Schlaf.

Noch eine halbe Stunde, und sie konnte aufräumen. Sie hatte hin und her überlegt, was sie für Viktor kochen sollte, und war schließlich bei ihrer einfachen, aber wunderbaren Minestrone gelandet.

»Clara, du kannst nach Hause gehen. Nimm dir morgen frei. Dann musst du Samstag und Sonntag nicht arbeiten und hast ein richtiges Wochenende. Wir schaffen es auch einmal ohne dich. Ruh dich aus, schlafe, lass dich von Franklin verwöhnen. Unternehmt mal was Schönes gemeinsam. Ich mache mir Sorgen um dich.« Dante war zu ihr hinter den Kochtresen der offenen Küche gekommen und hielt sie mit der rechten Hand am Oberarm fest.

»Danke, Dante. Das ist sehr lieb von dir.« Clara fiel ein Stein vom Herzen. Es war erst kurz nach zehn. Sie konnte früher los.

»Hättest du was dagegen, wenn ich ein paar Sachen aus dem Kühlraum mitnehme? Ich schreibe auch alles auf und bezahle es natürlich. Ich dachte, ich koche morgen für Franklin zu Hause.«

»Nimm dir, was du willst. Nur nicht die Trüffel. Euer Essen

geht auf mich. Franklin könnte doch auch mal wieder vorbeikommen. Er war lange nicht mehr hier. Grüß ihn schön von
mir.«

»Das mache ich. Danke.« Clara umarmte Dante und dachte:
Sieht er mich nicht als Tochter? Das kann er haben. Klappt gut
mit der neuen Clara. Ob Viktor wohl Minestrone mag?

Minestrone

Die wuchtige Eingangstür der Villa, in der Viktor Faber das Loft im oberen Stockwerk bewohnte, ließ sich durch einen kleinen Stoß öffnen. Vierundzwanzig Stunden nach ihrer Verschleppung betrat Clara das Haus am Herzogpark erneut. Diesmal freiwillig und bepackt mit einer Kühltasche des Gemüselieferanten der Cucina. Die Erinnerung an den Überfall und an Viktors Komplizen, die ihr Angst gemacht hatten, war noch präsent. Sie schüttelte sie ab. Jetzt war sie in einer anderen Situation.

Die Treppen bis ins Dachgeschoss kamen ihr kürzer vor als gestern. Die Wohnungstür stand einen Spaltbreit offen, schwaches, warmes Licht schien durch den Schlitz ins Treppenhaus. Clara hielt inne, um wieder zu Atem zu kommen.

»Hallo, ist da jemand?«, rief sie und schubste die Tür ein Stück weiter auf.

»Komm rein. Ich habe schon auf dich gewartet.«

Clara ging hinein und weiter durch den schmalen Flur direkt in den Wohnraum. Das Loft war nur spärlich beleuchtet. Viktor saß hinter einer Staffelei, die vom hellen Licht einer Stehlampe angestrahlt wurde, und wirkte tief versunken in seine Arbeit. Er sah nur eine Sekunde lang auf, lächelte sie an und ließ den Pinsel wieder über die Leinwand fliegen.

Clara stellte die Tasche mit dem Gemüse auf den Küchentresen, der überquoll vor leeren Flaschen, Farbdosen, Pinseln und Pizzakartons. Seit gestern war noch einiges dazugekommen.

»Wie geht es dir? Ich hoffe, unser kleiner Zusammenstoß letzte Nacht hat dich nicht zu sehr verängstigt. Meine Mitarbeiter sehen gefährlicher aus, als sie sind. Ich hätte nicht zugelassen, dass sie dich verletzen.« Diesmal sah er ihr tief in die Augen, prüfend und lang. »Du bist nicht freiwillig mitgekommen, aber ich konnte dich nicht direkt wieder gehen lassen. Es passt einfach so gut mit uns. Dass du in dem Restaurant arbeitest, das ich häufig als Übergabeort nutze, ist perfekt.« Er wandte sich wieder seiner

Arbeit zu. »Kochst du was für uns? Wenn du fertig bist, reden wir.«

Clara war kaum in der Lage, sich zu bewegen. Viktors Blick ging ihr durch und durch. Seine Stimme hüllte sie ein.

»Alles okay?«, fragte er.

»Jaja. An was arbeitest du?«

»An einem impressionistischen Porträt. Komm doch her und sieh es dir an.«

Clara ging quer durch den Raum und stellte sich hinter Viktor. Das Porträt zeigte ein Mädchen, das ein blaues Kleid trug. Es war das schönste Gesicht, das Clara je gesehen hatte. »Wer ist sie? Sie ist sehr hübsch.«

»Du fragst, wer das Mädchen ist? Du bist ja drollig.«

»Tut mir leid. Ich bin keine Kunstexpertin«, antwortete Clara. Ihr gefiel nicht, dass Viktor sie nicht ernst nahm. Keine Frau wollte als »drollig« bezeichnet werden. »Mein Talent liegt eben im Kochen und nicht im Malen oder Gaunern oder was du auch machst.«

»Du hast recht. Das war nicht sehr galant von mir.« Viktor schenkte ihr ein umwerfendes Lächeln. »Für mich ist Kunst so selbstverständlich, dass ich immer wieder vergesse, dass nicht jeder die bedeutendsten Werke der großen Maler kennt. Das Original ist von Renoir. Sieh her, ich habe einen Ausdruck.« Er deutete auf das Bild in DIN-A5-Größe, das neben der Staffelei auf dem Fußboden lag. »Das Motiv heißt ›Porträt eines jungen Mädchens mit blauen Augen‹. Ein New Yorker Unternehmer hat es erst gestern bei mir bestellt. Das Original hängt in Tokio in einem Museum. Er hatte seiner Frau versprochen, es ihr von seiner Geschäftsreise nach Japan zum Hochzeitstag mitzubringen. Das Mädchen sieht ihr wohl ähnlich. Natürlich stand das Bild nicht zum Verkauf, und um seine Frau nicht zu enttäuschen, hat er recherchiert und ist durch einen Galeristen, mit dem ich zusammenarbeite, auf mich gekommen. Voilà! Und schon bekommt er in Lichtgeschwindigkeit, zumindest was die Fertigstellung eines Kunstwerks betrifft, einen Renoir zu einem Spottpreis geliefert – im Vergleich zum Original natürlich. Was im Prinzip absolut lächerlich ist. Renoir selbst hat an einigen seiner Bilder Jahre gearbeitet. Ich bin mit der ersten Fassung bereits fertig und perfektioniere nur noch die Lichtreflexe und Farbverläufe. Außerdem müsste ich es im Freien und bei Tageslicht malen. Das gehört sich normalerweise so im Impressionismus.« Clara hing an seinen Lippen.»Ich finde, du bist ein richtiger Künstler. Das Bild ist wunderschön.«

»Ich bin tatsächlich ein richtiger Künstler. Ob du es glaubst oder nicht. Ich habe Malerei studiert, und ich bin begabt. Aber danke. Es bedeutet mir trotzdem viel, dass du das sagst.« Viktor sah plötzlich sehr traurig aus.»Und nun hätte ich Hunger.«

Clara musste lachen.»Ich fange ja schon an zu kochen. Fragt sich nur, wo.« Mit einer Kopfbewegung deutete sie zur Kochinsel.»Die Arbeitsfläche ist zugemüllt. Wir müssten erst den Herd freiräumen. Hast du überhaupt einen Topf?«

»Na klar habe ich einen Topf. Mehrere sogar, und das mit dem Kram haben wir gleich.« Viktor stand auf und holte aus einer Schublade eine Mülltüte. Mit großen Handbewegungen schob er alles von der Arbeitsplatte hinein.

Er war so groß und bewegte sich elegant. Er lachte, und die schwarzen Haare fielen ihm in die Stirn.

»Voilà, jetzt bist du dran.« Er hievte einen großen Topf auf den Herd.»Was brauchst du sonst noch?«

»Nur ein Messer.«

»Die sind in einer der Schubladen. Fühl dich wie zu Hause.« Viktor setzte sich wieder vor die Staffelei. Sogleich versank er in seine Arbeit und tanzte hoch konzentriert mit dem Pinsel über das Gesicht vor ihm auf der Leinwand.

Clara fand ein Geschirrtuch und wischte damit den Arbeitsplatz sauber. Danach packte sie das Gemüse aus, goss Öl in den Topf und stellte die Herdplatte an. Sie schälte den Knoblauch und schnitt ihn in hauchdünne Scheiben. Wie Viktor am Pinsel war Clara eine Künstlerin am Küchenmesser. Die Knoblauchscheiben waren perfekt. Perfekt in Gleichmäßigkeit und Breite. Ein Gourmet wusste, dass das auf jeden Fall einen entscheidenden Einfluss auf runden Geschmack in jedem Gericht hatte.

Die Zwiebel würfelte sie fein. Fein wie eine Sterneköchin. Mit bloßem Auge waren die Quadrate kaum als solche zu erkennen. Beides gab sie in das warme Öl. Mit einem Holzlöffel, der achtlos in dem Schrank mit den Gläsern gelegen hatte, rührte sie um und drückte das Tomatenmark aus der Tube dazu.

»Hast du Zucker, Viktor?« Noch nie hatte sie ihn mit seinem Namen angesprochen. Sie mochte es.

Er sah sie überrascht an, als registriere auch er, dass sie ihn zum ersten Mal Viktor genannt hatte. Auf Du und Du mit einem Betrüger, kam ihr in den Sinn. Sie wusste nicht, woher. Es fühlte sich wie selbstverständlich an, mit Viktor hier in seiner Wohnung zu sein und für ihn zu kochen.

»Im Schrank hinter dir müsste noch Zucker sein.«

Sie fand ihn, gab einen Kaffeelöffel voll davon in den Topf, rührte wieder um und fügte nach und nach das Gemüse dazu. Bohnen, Kartoffeln, Sellerie, die Tomaten, alles gleichmäßig geschnitten und in dieser Reihenfolge, der Garzeit geschuldet.

Sie löschte mit der Gemüsebrühe, die sie in der Cucina in eine leere Wasserflasche gefüllt hatte, ab und ließ die Suppe vor sich hin köcheln.

»In ungefähr zwanzig Minuten können wir essen«, verkündete sie.

»Ist gut. Öffne doch eine Flasche Rotwein und nimm dir ein Glas. In den linken unteren Küchenschränken findest du beides. Oder möchtest du etwas anderes?«

»Nein, ich trinke gern ein Glas Rotwein. Danke.« Clara fand einen Öffner, entkorkte die Flasche und goss zwei Gläser ein.

Die Farbe des Weines schien im schummerigen Licht des Lofts unzählige Facetten zu haben. Das dunkle Rot brach sich in Violett und Burgunderrot.

Clara genoss es, hier zu sein. Alles andere in ihrem Leben existierte jetzt nicht. Nicht nur die Tatsache, dass sie nicht an Franklin, ihre Mutter, ihre Freunde, ihre Arbeit dachte, half ihr, sich zu entspannen. Alles war neu. Alles war anders. Alles war besser.

Viktor saß beinahe regungslos auf dem Hocker vor der Leinwand. Abwechselnd starrte er gedankenverloren aus dem Fenster, dessen Scheibe den Innenraum des Lofts spiegelte, und auf die Farbmischpalette in seiner linken Hand. Für die nächsten Minuten bewegte sich der Pinsel in seiner rechten Hand wieder. Mal waren es kleine Striche, zaghafte Kreise und schließlich wieder ausladende Bewegungen. Er schien einer Partitur zu folgen. Das Kunstwerk existierte bereits, er gab es nur wieder. In Claras Augen besser als das Original. Das Mädchen mit den blauen Augen entwickelte sich stetig weiter. Mit jedem Pinselstrich, den Viktor setzte, erweckte er sie mehr zum Leben.

Als Clara ihn beobachtete – still und mit Abstand –, fühlte sie nichts als Bewunderung für diesen Mann. Viktor war derart in die Arbeit am Gesicht des Mädchens versunken, dass es wirkte, als würde er es liebkosen. Ihr sanftes Lächeln wurde durch jede Berührung mit dem Pinsel weicher und wohlwollender. Wie konnte man nur so etwas schaffen?

Clara prüfte die Konsistenz der Kartoffeln. Sie waren fast gar. Zeit, noch eine Handvoll Pasta in den Topf zu werfen.

Sie hielt sich nicht an das klassische Minestrone-Rezept. Als sie die Suppe zum ersten Mal auf ihre Weise für Gäste gekocht hatte, hatte Dante an ihrem Verstand gezweifelt, aber sie fand, die Pasta rundete das Gericht perfekt ab.

Die Teigwaren brauchten nur fünf Minuten im heißen Sud, um al dente zu sein. Schließlich kamen noch frische Kräuter und frisch geriebener Parmesan dazu.

Clara legte eine zusammengefaltete Zeitung als Hitzeschutz in die Mitte des großen Tisches, an dem sie gestern verängstigt gesessen hatte, stellte den Topf darauf und deckte mit zwei Suppentellern und Löffeln ein.

»Die Minestrone ist fertig.«

Prompt legte Viktor den Pinsel beiseite. »Gut, ich habe riesigen Hunger. Das duftet ja herrlich. Das brauche ich jetzt. Ein warmes Essen.« Er setzte sich, füllte seinen Teller mit der Suppenkelle und bedeutete Clara, die ihm gegenüber Platz genommen hatte, es ihm nachzutun.

Zwischen ihnen stand nur der Tisch. Ihre Hände hätten sich

berühren können. Clara verlor sich in dem Braun seiner Augen, von dem sie seit Monaten träumte. Sie dachte an tiefe Wälder, an Freiheit, an Unendlichkeit.

Der Glockenklang einer Kirchturmuhr in der Nähe riss sie aus ihren Gedanken.

»Minestrone um Mitternacht«, sagte Viktor leise. »Das passt ja. Ich danke dir fürs Kochen.« Als er anfing zu essen, war der Zauber des Augenblicks verloren.

Clara zögerte noch. Sie wusste, dass sie diesen Moment nie mehr vergessen würde. Wie man den ersten Kuss, den ersten Tag an einer neuen Schule, in einem neuen Job, die erste eigene Wohnung, den ersten Urlaub ohne Eltern … all die ersten Male … nie vergaß. Die Kirchenglocken um Mitternacht würden sie für immer an diesen Abend erinnern.

»Hast du keinen Hunger?« Viktor löffelte gemächlich vor sich hin. Dass es ihm schmeckte, war nicht zu übersehen.

»Ich habe tatsächlich kaum Appetit.« Clara probierte nur wenig. »Sag mal, Viktor, wie hast du dir unsere Zusammenarbeit im Detail vorgestellt? Ich kann deine Ware nicht an meinem Arbeitsplatz zwischenlagern. Das traue ich mich nicht. Mein Chef steht mir nahe. Wenn was schiefgeht, wäre er mit dran. Das könnte ich nicht verantworten.«

Viktor legte den Löffel beiseite und griff über die Tischplatte nach ihrer Hand. »Was sollte denn schiefgehen, meine Liebe? Das ist die einfachste Sache der Welt. Außerdem machst du im Prinzip nichts Verbotenes. Du tust einem Freund einen Gefallen und übergibst eine Tasche oder einen Umschlag. Das ist auch schon alles. Wir vereinbaren ein Codewort. Wenn das jemand zu dir sagt, holst du die Ware und deponierst sie zum Beispiel an der Garderobe, gleich neben der Eingangstür. Voilà.« Er lachte, griff wieder nach dem Suppenlöffel und aß weiter.

Clara schwieg. Sie hatte seine Worte zwar gehört, aber nicht verstanden. Sie fühlte noch das Gewicht seiner Hand auf der ihren. Die Berührung war unerwartet gekommen.

»Die Kühltasche, in der du das Gemüse mitgebracht hast, passt perfekt für die Madonna. Ich habe sie am Nachmittag fertig gemacht. Du kannst sie später gleich mitnehmen. Sie wird nächsten Donnerstag bei dir abgeholt. Ich selbst werde dann nicht dabei sein. Das schaffst du auch allein.«

»Am Donnerstag erst? Und wo soll ich das Ding fast eine Woche lang verstecken? Sie ist ja nicht gerade unauffällig und ziemlich schwer.«

»Du findest eine Lösung. Du bist doch eine kluge Frau. Zudem würde kein Mensch bei dir die Heiligenstatue aus der Josephskirche vermuten. Wie sollte jemand auf diese Idee kommen? Niemand weiß von der Verbindung zwischen uns. Oder?« Er sah sie abwartend an. »Du hast doch niemandem von unserem Treffen oder von dem Zusammenstoß gestern erzählt, hoffe ich.«

»Nein. Das ist doch klar.« Dass sie sehr gern mit Kitty über ihn gesprochen hätte, verschwieg Clara. »Und was springt bei der Sache für mich heraus? Du hast doch wohl nicht gedacht, dass ich das Risiko umsonst eingehe?« Sie hätte alles für Viktor getan. Auch umsonst, aber sie wollte sich auf keinen Fall vor ihm bloßstellen. Er sollte denken, sie sei stark und gerissen und nicht einfach zu haben oder zu überzeugen.

Er lächelte, als könne er ihre Gedanken lesen, sagte aber: »Natürlich nicht. Ich bezahle dich je nach Aufwand. Sagen wir, für deinen ersten Einsatz mit der schweren Statue bekommst du nach erfolgreicher Abwicklung eintausend Euro. Was hältst du davon?«

»Tausend Euro?« Clara arbeitete zwar zu häufig zu unethischen Stunden, aber das hieß noch lange nicht, dass sich das auch in ihrem Verdienst widerspiegelte. Was Viktor ihr anbot, war eine Menge Geld.

»Na gut, ich lege noch zweihundert drauf.« Viktor hatte ihre Erwiderung falsch gedeutet.

»Tausendzweihundert. In bar. Okay«, konterte sie.

Viktor lachte laut. »Na klar, in bar. Was dachtest du denn? In Diamanten? Aber PayPal ginge auch noch, wenn dir das lieber ist.«

Clara mochte es nicht, wenn er über sie lachte. Sie wollte, dass er sie als eine Frau sah, die er ernst nehmen musste. »Dann pack mal deine Statue in die Kühltasche. Ich hatte einen langen Tag. Ich möchte nach Hause.«

Viktor war zwar verwundert über ihren raschen Aufbruch, hielt sie aber nicht zurück. »Sie ist in meinem besten Versteck.«

Er legte den Suppenlöffel, den er noch in der Hand hielt, in den Teller und trug diesen zusammen mit Claras zum Spülbecken. Dann ging er in den hinteren Teil des Lofts zu der Matratze, die Clara bereits am Vortag hinter den Kleiderständern aufgefallen war, warf die Decke und das Kissen achtlos zu Boden, zog das Betttuch ab und öffnete in der Mitte der Matratze einen Reißverschluss. Nachdem er die Seiten auseinandergezogen hatte, holte er eine Holzbox heraus und trug sie zum Tisch, auf dem er sie vorsichtig abstellte. Er öffnete die Box und schaute mit verträumter Miene hinein. Darin lag in Samt gebettet die Statue der Madonna.

»Wie bist du denn auf *das* Versteck gekommen?« Clara stand auf und beugte sich über die Statue. Sie konnte ihr nichts abgewinnen. Für sie war sie nur ein Gegenstand, den sie niemals hätte besitzen wollen.

»Ich bin eben kreativ.«

Die Gemüsetasche war wie für die Kiste gemacht. Sogar der Verschluss ging noch zu.

»Ich rufe dir ein Taxi, oder hast du ein Auto?«

»Nein.«

»Das habe ich mir gedacht. Du müsstest dann nur an der nächsten Ecke auf den Fahrer warten. Wir wollen schließlich auch diesbezüglich kein Risiko eingehen, oder?« Er wartete auf ihre Zustimmung.

»Natürlich nicht. Ist kein Problem.« Sie zog ihre Jacke an und hob die Tasche vom Tisch. Das schmutzige Geschirr und die Kochutensilien, die noch auf der Arbeitsfläche der Küchenzeile lagen, beachtete sie absichtlich nicht. Viktor sollte nicht denken, sie würde hinter ihm herräumen.

»Hey, Clara.« Er war auf dem Weg zurück zu seinem Arbeitshocker. »Ich bin dir wirklich dankbar. Jemanden wie dich habe ich gesucht. Es war echt eine glückliche Fügung, dass wir uns gestern begegnet sind.«

»Das finde ich auch.« Clara zögerte noch einen Augenblick. Wollte er noch etwas sagen? Sollten sie sich wieder verabreden? Wann würde er sie wegen des Codeworts kontaktieren? Sie hätte noch so viele Fragen gehabt. Aber Viktor war bereits wieder in das Gesicht des Mädchens mit den blauen Augen versunken.

Ohne weitere Verabschiedung ging Clara aus dem Loft und verließ das Haus. Schweren Herzens dachte sie an ihre eigene Wohnung, in die sie nun zurückmusste. Hier würde sie sich so viel wohler fühlen.

Vor einem der Nachbarhäuser rief sie mit dem Handy ein Taxi, das sie rasch abholte.

Auf der Rückbank des Wagens fühlte sie sich anders als gestern. Genau so, wie sie es sich in den vergangenen Monaten gewünscht hatte.

Spaghetti mit Garnelen

Die letzten sechs Tage seit ihrem Besuch bei Viktor waren schleppend langsam vergangen. Nach dem Überfall und dem Abend im Loft hatte Clara die darauffolgende Ereignislosigkeit als quälend empfunden. Sie wünschte sich das Adrenalin in ihrem Körper zurück, das sie endlich wieder lebendig hatte sein lassen. Franklin und sie lebten nebeneinanderher. Man konnte sich sogar in einer gemeinsamen Wohnung kaum begegnen. Abends blieb sie länger im Restaurant, was Dante wohlwollend zur Kenntnis nahm. Morgens stellte sie sich schlafend, bis Franklin zur Schule gegangen war.

Als sie noch verliebt ineinander gewesen waren, hatten sie es immer geschafft, sich Zeit zu nehmen, um als Paar in den Tag zu starten. Auch wenn Clara noch müde gewesen war von ihrer Abendschicht, war sie zumindest aufgestanden, um mit Franklin einen Kaffee zu trinken. Dieses Bedürfnis war weg. Sie konnte sich nicht mehr vorstellen, jemals so empfunden zu haben. Ihre Liebe hatte nicht gehalten. Was zwischen ihnen gewesen war, war nicht genug. Es schmerzte Clara nicht. Sie empfand lediglich Bedauern um die verlorenen Jahre. Sie blieb nur noch in der Wohnung, weil sie im Moment mit anderen Dingen beschäftigt war und sich nicht mit einer Trennung von ihrem Freund auseinandersetzen wollte.

In erster Linie drehten sich ihre Gedanken natürlich um Viktor. Er hatte für sie nichts an Faszination eingebüßt. Im Gegenteil. Sie dachte viel über ihren Besuch bei ihm nach. Sein Talent, seine Unerschrockenheit, seine Klugheit faszinierten sie immer mehr. Als er noch als unbekannter Gast in die Cucina gekommen war, war er wie eine Fata Morgana gewesen – sichtbar, aber nicht echt. In der Zwischenzeit war er real geworden. Mit ihm eröffnete sich ihr eine Welt, von der sie nicht gewusst hatte, dass sie in solch unmittelbarer Nähe, praktisch vor ihrer Nase, existierte.

Doch noch etwas anderes beschäftigte sie: die Marienstatue. Als Clara von Viktor nach Hause gekommen war, hatte sie die Kühltasche mit dem kostbaren Inhalt unten in ihren Kleiderschrank gestellt und gestern mit in die Cucina genommen, wo sie den gesamten Boden ihres Spinds einnahm. Viktor hatte ihr eine SMS geschrieben mit dem Codewort, das ihr die Leute sagen würden, denen sie die Tasche aushändigen sollte. Es lautete »Sommerabend«.

Wie sie es anstellen sollte, das schwere Ding unbemerkt zu übergeben, hatte sie sich lange überlegt. Sie entschied, es wäre wohl am besten, die Tasche vor dem Restaurant am Lieferanteneingang abzustellen. Die Mittelsmänner – sie ging davon aus, dass es Männer waren – konnten sie dann unbemerkt nehmen und gehen. Die Tragetasche eines Lieferanten würde keinem ihrer Kollegen komisch vorkommen. Ab und zu bestellte Clara abends noch Ware nach, wenn sie zum Beispiel die benötigte Menge von Fleisch oder Fisch nicht richtig eingeschätzt hatte.

Inzwischen war es sechzehn Uhr, ihre Schicht begann wie fast immer erst in einer Stunde. Clara hatte Lust, sich mit ihrer Frisur und dem Make-up Mühe zu geben. Die Schürfwunde an ihrer Wange war in den letzten Tagen fast geheilt. Die blauen Flecken an den Knien und Beinen hatten sich grünlich verfärbt.

Für sie war es ein besonderer Abend. Und sie wollte in jeder Hinsicht gut vorbereitet sein. Mit sicherer Hand steckte sie die Haare am Hinterkopf fest. Ihren gewöhnlichen Zopf erachtete sie nicht als passend. Schließlich stieg sie zu Viktors Komplizin auf, da wollte sie nicht wirken wie sonst auch. Kitty hatte ihr schon häufig Tipps fürs Schminken gegeben, und sie wandte sie alle an.

Ihr Kleiderschrank gab für diesen besonderen Anlass nur eine rosafarbene Seidenbluse her, eines ihrer besten Stücke. Den Einsatz in der Küche würde sie wohl nicht unbeschadet überstehen, doch Clara fand sie angemessen.

Bevor sie die Wohnung verließ, prüfte sie das Ergebnis ihrer Bemühung im Spiegel im Flur und schenkte sich selbst ein aufmunterndes Lächeln.

Auf dem Weg zur U-Bahn setzte sie zielstrebig einen Fuß vor den anderen. Sie fühlte sich frei, atmete tief ein und aus, ließ die kühle Vorabendluft ihre Lungen füllen, sah in den blauen

Himmel, dessen Farbe schon Hoffnung auf Frühling machte, bis ihr die grünblasse Kirchturmspitze der gelben Josephskirche ins Auge stach. Neugierde überkam sie. Obwohl sie schon seit Jahren in der Nähe wohnte, hatte sie sich nie die Zeit genommen hineinzugehen. Würde man als Besucher bemerken, dass die Marienstatue fehlte? Sie schaute auf ihre Armbanduhr. Die U-Bahn fuhr im Zehn-Minuten-Takt. Auch die nächste würde sie noch früh genug zum Gärtnerplatz bringen.

Sie überquerte den Platz zur Kirche, fand einen offenen Seiteneingang und drückte die schwere Tür auf.

Das Mittelschiff schien menschenleer, und die Größe überraschte Clara. Ebenso die Helligkeit.

Sie schritt den Seitengang zum Altar entlang und suchte die Wand nach einem leeren Sockel oder einer Säule ab, auf der bis vor einer Woche noch eine Muttergottes gethront hatte. Sie fand keine. Aber sie fühlte sich beobachtet – von Zeugen des Diebstahls. Von Joseph, Petrus, Gabriel, Simon, Jesus. Wie sie auch hießen, die ihre Augen, ihre stummen Gesichter auf Clara richteten. Jeder Einzelne rief ihr lautlos zu: Pass auf! Überlege dir gut, was du tust! Noch ist nichts verloren. Noch bist du in Sicherheit.

Plötzlich sah sie ihn. Den verlassenen Platz neben der Kanzel auf der linken Seite des Altars. Ein rot-weißes Absperrband der Polizei rahmte den betroffenen Bereich ein. Auf dem grauen Steinsockel, der circa zwei Meter hoch über dem Fußboden an der Wand befestigt war, musste die Marienstatue gestanden haben. Clara konnte sich die Szene des Raubes gut vorstellen. Sie sah Viktor mit der schwarzen Gesichtsmaske in die Kirche gehen – nicht laufen, das hatte er nicht nötig –, die Statue behutsam in die Decke wickeln und wie selbstverständlich mit sich nehmen. Sie fühlte seine Gegenwart und hörte seine Worte: »Du willst doch mehr vom Leben!«

Ja, das wollte sie.

***

»Hi, Clara.« Einer der Kellner war in den Umkleideraum gekommen.

Clara hatte ihre Winterjacke in den Schrank gehängt und sich wieder davon überzeugt, dass die Maria noch an Ort und Stelle lag.

»Du siehst anders aus. Steht dir gut, die neue Frisur.« Der Kellner nahm eine der frisch gestärkten Schürzen vom Stapel.

»Danke.« Clara hatte keine Lust, mit ihm zu reden. Sie wollte mit niemandem reden. Sie war nervös. Die Situation beschäftigte sie mehr, als sie gedacht hatte. Ein Zurück war ausgeschlossen, aber so komplett in ihrer Rolle als Viktors Komplizin war sie noch nicht angekommen. Außerdem waren restlos alle Tische reserviert, manche sogar zweimal für ein frühes und ein späteres Abendessen. Das bedeutete eine Menge Arbeit und Stress.

Auch ihre Freunde hatten sich angemeldet, um den wöchentlichen Abend bei ihr im Restaurant zu verbringen, was Clara so gar nicht passte. Wenn sie mittwochs kamen, nahm sie sich Zeit und setzte sich zu ihnen, wenn die Hauptgerichte serviert waren. Dante hatte nichts dagegen. Da er Clara als Mitglied einer Familie betrachtete, die er nicht hatte, waren ihm auch ihre Freunde immer willkommen. Ein Dessert für jeden oder auch eine Flasche Wein spendierte er dann gern.

»Guten Abend.« Dante kam zu ihr hinter den Kochtresen und schaute ihr über die Schulter. »Fertig vorbereitet? Es wird gleich losgehen. Für neunzehn Uhr haben wir vier Tische. Daniela und Kitty wollten um neunzehn Uhr dreißig hier sein. Deine Mutter auch. Ich habe sie eingeladen.«

»Meine Mutter?« Clara wurde nervös. Ihre Freunde, ein voll besetztes Restaurant, ihre Mutter und eine Übergabe. Das war viel. Andererseits war Trubel nicht die schlechteste Ablenkung. »Was läuft da zwischen dir und Mama? Ihr verbringt häufig Zeit miteinander.«

»Margot ist eine wunderbare Frau. Ich genieße die Treffen mit ihr. Weißt du, sie ist allein, ich bin allein – warum nicht?« Dante zuckte mit den Schultern und sah Clara fragend an.

»Dafür habe ich jetzt keine Zeit«, sagte sie abwehrend. Der

Gedanke an Dante mit ihrer Mutter schien ihr total abwegig. Seit der Scheidung ihrer Eltern vor ewigen Zeiten hatte Margot keinen Partner mehr in ihrem Leben gehabt. Clara hatte sie nie mit einem Mann gesehen. »Wir reden ein anderes Mal darüber. Ich muss mich konzentrieren.«

»Alles klar. Du hast fleißig gearbeitet diese Woche. Du bist länger geblieben, und die Idee, diese ›Minestrone à la Maria‹ auf die Wochenkarte zu nehmen, war genial. Ein typisches italienisches Gericht, das an Glück erinnert. Nimm dir auf jeden Fall auch Zeit für deine Freunde.« Er lächelte sie an.

Clara schwieg. Die abendliche Stoßzeit im Genick und die Madonna im Spint, harrte sie der Dinge, die sie nun nicht mehr beeinflussen konnte.

»Hallo, Clärchen!«

Sie sah vom Grill, auf dem zwei Fischfilets zischten, auf. Von der anderen Seite der Kochtheke grinsten sie ihre Mutter, Kitty und Daniela an.

»Hallo! Habt ihr drei euch verabredet?«

»Wir haben uns zufällig vor der Tür getroffen«, sagte Daniela.

Clara wusste, dass die Abende in der Cucina ein Highlight für sie waren. Ihr Ex-Mann passte dann auf ihre Tochter auf.

»Schön, setzt euch doch. Dante hat euch einen der besten Tische reserviert. Ich komme später dazu. Wir sind ausgebucht.«

»Ist gut«, sagte ihre Mutter. Sie ließ die anderen vorgehen. »Ist alles in Ordnung bei dir? Du hast dich diese Woche wieder nicht gemeldet.«

»Ich hatte eine Menge zu tun.« Clara wendete den Fisch. »Aber sag mal rasch, Mama, unter uns: Was gibt es von dir Neues? Ich glaube, das ist interessanter. Dante hat so was angedeutet.«

»Das würde ich dir gern erzählen, wenn du ausnahmsweise für mich Zeit hättest.« In Margots Stimme schwang ein Vorwurf mit. »Dass ich mich mit Dante treffe, hast du also mitbekommen?«

»Ja. Das habe ich. Ich bin gespannt zu hören, wie es dazu gekommen ist. Nächste Woche wird es besser. Ich nehme mir Zeit. Versprochen. Der Fisch ist fertig, ich muss den Teller anrichten. Bis gleich, ja?«

Endlich folgte ihre Mutter Kitty und Daniela an den Tisch, wo der Kellner schon auf sie wartete.

Um halb neun waren alle Gäste da. Am Brett über dem Herd flatterten die Bestellbons im Sog der surrenden Dunstabzugshauben.

Wer waren wohl die Leute, denen sie die Madonna übergeben sollte? An Tisch 5 saß ein Pärchen, das Clara noch nie gesehen hatte. Die Frau war stark geschminkt. Am 8er löffelten zwei Männer einen Teller Suppe. Machte sie das verdächtig?

Clara trug das Klemmbrett mit den Vorbereitungslisten, die sie jeden Abend neben ihrer Arbeit am Herd oder Grill schrieb, unter dem Arm. Heute waren sie kürzer als sonst. Die Bestellungen für morgen würden bestimmt nicht vollständig sein. Ihre Konzentration ließ zu wünschen übrig. Wenigstens konnte sie schon abschätzen, dass sie Gemüse und Fisch nachbestellen musste, und notierte es sofort. Das Fleisch würde fürs Wochenende auf jeden Fall reichen.

Am Dessertposten bei Enzo war es noch ruhig. Die meisten warteten erst auf das Hauptgericht.

Irgendwo stockte der Ablauf, es dauerte zu lang. Der Koch am Grill brauchte dringend die Gemüsebeilagen.

Clara legte das Klemmbrett beiseite und half bei den Kartoffeln. Momentan ging es dort viel zu langsam. Sie sprang an so stressigen Abenden an der Station ein, an der Not am Mann war. Das hatte sich für den Souschef schon immer am besten bewährt, um das Zeitmanagement in der Küche möglichst effizient zu halten.

Die Gäste plauderten angeregt, auf den meisten Tischen stand Wein. Der Lärmpegel war hoch, fröhliches Lachen war zu hören. »Clara!«, rief Enzo ihr zu. »Die Teller müssen raus! Gib sie frei! Meine Creme wird zu warm, wenn ich nicht bald an der Reihe bin.« Mit besorgtem Gesichtsausdruck drehte er die Schüssel vor sich hin und her. Die dunkle Masse musste in die Kühlung zurück.

Der Ablauf hakte an ihr selbst. Sie war es, die heute zu langsam arbeitete und unkonzentriert war.

Sie gab sich einen Ruck und prüfte die Teller, die ihre Kollegen fertig gemacht hatten. An ein paar wenigen arbeitete sie noch. Sie legte einen Rosmarinzweig auf ein ruhendes Steak und Basilikum auf einen Teller Spaghetti mit Garnelen. »Kann zum Gast!«

Die Flut der Hauptspeisen ebbte langsam ab, leere Teller wurden von den Kellnern abgeräumt. Enzo wurde hektischer. Die ersten Tiramisus wurden abgerufen.

»Die Damen an Tisch 3 möchten mit dir sprechen. Ich weiß nicht, was sie wollen. Ich habe gesagt, ich sei der Küchenchef, aber sie haben ausdrücklich nach dir verlangt.« Dante klang beleidigt.

Es ist so weit, dachte Clara. Ihr Herz raste. Sie holte tief Luft und steuerte den Tisch an.

»Guten Abend, Sie wollten mich sprechen?«

Die beiden älteren Damen sahen mit rosigen Wangen zu ihr auf. Eine trug eine Brille mit auffälligem schwarzem Gestell, die andere hatte kurze, knallrote Haare.

Ob die Frisur Tarnung ist?, dachte Clara.

»Ja, wir wollten Ihnen für das wunderbare Essen danken und Sie fragen, ob Sie uns eine Empfehlung für einen süßen Abschluss geben könnten?«, sagte die eine freundlich. »Eventuell ein leichtes Dessert. Etwas, das auch zu einem Sommerabend passen würde?«

Das Codewort! Clara schluckte. »Da haben Sie Glück. Enzo, unser Patissier, hat Panna cotta mit den ersten frischen Erdbeeren vorbereitet.«

Die Damen lächelten zufrieden. »Das hört sich wunderbar an«, sagte die Rothaarige. »Zweimal bitte, und danach würden wir gern bezahlen und gehen.«

»Vergessen Sie nicht die Tasche, die ich für Sie vor dem Lieferanteneingang deponieren werde. Er ist gleich um die Ecke.« Clara hatte zwar ihre Stimme gedämpft, was aber bei der Lautstärke um sie herum nicht nötig gewesen wäre. Die Worte, die sie sich in den letzten Tagen zurechtgelegt hatte, nun auszusprechen, gefiel ihr ungemein gut.

»Wir werden daran denken. Vielen Dank.«

Das war's. Das war's? Clara nickte den Damen höflich zu, machte auf dem Absatz kehrt, gab die Dessertbestellung an Enzo weiter und ging in den Umkleideraum. Dort ließ sie sich auf die Bank fallen und wartete ein paar Sekunden, bis sich ihr Puls beruhigt hatte. Zwei ältere Damen? Keine Mafialeute oder grobbärtige Ganoven? Sie musste lächeln. Dieser Viktor war gerissen. Sie fühlte sich, als hätte sie eine der wichtigsten Prüfungen ihres Lebens bestanden.

Als sie die Tasche aus dem Spind nahm, kam sie ihr nicht mehr so schwer vor wie bisher. Sie ging zum Lieferanteneingang und stellte sie außen neben die Tür, sodass sie nur zu sehen war, wenn man wusste, dass sie da war. Der Hintereingang war nicht gut beleuchtet. Es war der perfekte Platz.

※ ※ ※

»Du bist ja prächtig gelaunt?« Kitty war angetrunken. Sie hielt ihr drittes Glas Wein in der Hand.

Der Bestellstrom war weiter abgeebbt, und es war schon ruhig. Einige Gäste hatten noch Kaffee vor sich, andere leckten die Löffel mit Süßem sauber.

»Ja, es ist doch ein schöner Abend, oder? Ich bin auch gar nicht müde. Lasst uns noch ausgehen, wenn ich fertig bin. Ich kann mich beeilen.« Clara fühlte sich großartig. Das Adrenalin, das sie von der Übergabe noch im Körper hatte, wirkte euphorisierend.

»Ich muss doch morgen wieder ins Studio. Um neun habe ich die erste Kundin. Ich kann ihr schlecht die Nägel machen, wenn ich nach Alkohol rieche und zu wenig geschlafen habe«, sagte Kitty.

»Und du, Daniela?« Clara gab nicht auf.

»Ich muss morgen auch früh raus. Tut mir leid. Vielleicht nächste Woche.«

»Mann, seid ihr langweilig geworden.« Clara trank das Glas Weißwein aus, das Dante ihr gebracht hatte. Er saß neben ihrer Mutter und hörte ihnen zu. Die beiden waren sehr still. Clara nahm zur Kenntnis, dass sich ihre Arme berührten. Sie musste unbedingt mit ihrer Mutter reden.

Die Cucina leerte sich stetig. Die Kellner putzten schon die ersten Tische. Auch Kitty und Daniela, ihre Mutter und Dante verabschiedeten sich. Clara wischte die Arbeitsplatte sauber und ging ins Büro, wo sie die Bestelllisten für morgen auf den Schreibtisch legte. Sie war mit sich, dem Abend im Restaurant und der erfolgreichen Übergabe sehr zufrieden.

Nachdem sie kontrolliert hatte, ob die Damen die Tasche auch tatsächlich mitgenommen hatten, fiel aller Druck von ihr ab. Sie würde in dieser Nacht gut schlafen.

Genau wie der Mann, der um einundzwanzig Uhr dreißig unerkannt an einem versteckten Zweiertisch eine Minestrone gegessen hatte.

Kamillentee mit Honig

»Das hast du gestern souverän gemacht«, sagte Viktor zufrieden. Im Hintergrund hörte Clara durchs Telefon vorbeifahrende Autos. »Und Rosa steht dir gut. Die Bluse solltest du häufiger tragen.«

»Woher weißt du, was ich gestern anhatte?«

»Ich habe meine Mittel und Wege. Dein Honorar liegt in einem braunen Umschlag im oberen Fach deines Spinds im Restaurant. Neben deiner Kosmetiktasche.«

»Du bist da gewesen? Wieso hast du die Madonna nicht gleich selbst übergeben?«

»Dir ist doch wohl klar, dass ich meine Mitarbeiter prüfen muss, oder?«

»Und wie bist du in meinen Schrank gekommen? Wie hast du das Schloss aufbekommen?«

»Dieses billige Zahlenschloss? Ich bitte dich! Ein solches zu öffnen dauert nur ein paar Sekunden. Die Anleitung dazu findest du sogar auf YouTube. Hör zu, hättest du Interesse daran, mir morgen bei einem kleinen Einbruch in Grünwald zu assistieren?«

Sich an einem richtigen Einbruch zu beteiligen war etwas anderes, als eine Statue zu übergeben. Damit würde sie sich endgültig zur Kriminellen machen.

»Du überlegst noch?«, fragte Viktor. Im Hintergrund waren Stimmen zu hören.

»Ich weiß nicht. Ein geplanter Raub ist eine heftige Sache.«

»Nur beim ersten Mal. Ich gehe dabei kein Risiko ein. Die Zielperson befindet sich nicht in München, ich weiß, was ich klauen möchte, und ich habe die Gegend gut ausgekundschaftet.«

»Und wie kommst du in das Haus?«

»Ich sperre auf und schalte die Alarmanlage aus.«

»Aha. So einfach?«

»Wenn man weiß, wie: ja. Es kommt auf das richtige Werkzeug an. Ein Dietrich aus dem Baumarkt oder von eBay bringt hier nichts. Aber mit einer Profiausstattung geht das. Was ist? Hättest du Lust, mir zu helfen?«

»Was müsste ich machen?«

»Mir ein wenig zur Hand gehen. Nichts Weltbewegendes. Zu zweit ist es leichter. Außerdem unterhaltsamer. Komm schon, Clara! Das wird ein Spaß.«

Clara wägte ab. Natürlich fand sie Viktors Angebot verlockend. Nach der erfolgreichen Übergabe gestern hatte sie sich großartig gefühlt. Andererseits war da die Angst, in Schwierigkeiten zu geraten. Sie hatte sich Aufregung und Abwechslung gewünscht, aber wegen eines Raubes verurteilt zu werden? Der Gedanke gefiel ihr nicht.

Viktor ließ nicht locker. »Was ist nun, Clärchen? Bist du dabei?«

»Nenn mich nicht Clärchen. Das hasse ich.«

»Okay. Tut mir leid, Clara. Kommst du mit?«

»Du gibst wohl nie auf?«

»Nein, nie.«

»Na gut. Ich bin echt neugierig. Wo treffen wir uns?«

»Sei morgen um neun Uhr in Geiselgasteig, Robert-Koch-Straße, Ecke Gartenweg. Ich komme mit einem Handwerkerauto.«

»Da arbeite ich.«

»Du arbeitest doch meistens erst ab siebzehn oder achtzehn Uhr. Ich meine, neun Uhr morgens. Und achte bei deiner Garderobe darauf, dass du wie eine Handwerkerin aussiehst. Jeans und eine Arbeitsjacke wären gut. Du weißt schon, so eine aus dem Baumarkt.«

»Du willst am helllichten Tag in ein Haus in Grünwald einbrechen?«

»Sicher, es liegt doch auf der Hand. Die Nachbarn sind unterwegs oder frühstücken gemütlich. Man muss kein Licht im Haus machen. In der Gegend kommen ständig Gärtner oder Arbeiter in die Anwesen, die von Hausangestellten eingelassen werden. Und tagsüber parken immer Autos dort, die nicht dahin gehören.

Jeder weiß, dass die Besitzerin den Winter in Marbella verbringt und das Haus gepflegt werden muss.«

»Hm.« Das klang sehr plausibel. »Und was ist tatsächlich mit Angestellten? Gibt es keine?«

»Die Putzfrau kommt freitags zum Blumengießen und Lüften.«

»Aha. Das hast du wohl auch ausgekundschaftet?«

»Klar. Ich habe gleich einen Termin, Clara.« Sie hörte durch das Handy, wie er seine Schritte beschleunigte.

»Was springt für mich raus?«

»Ich würde sagen, fünf Prozent vom Erlös, allerdings erst nach Verkauf.«

»Zehn.«

Er lachte. »Na gut. Aber nur weil du es bist.«

»Mit welcher Summe kann ich diesmal rechnen? Lohnt sich der Aufwand denn?« Clara wollte professionell erscheinen. In Wirklichkeit war ihr das Geld nicht wichtig. Wenn tatsächlich die tausend Euro in ihrem Spind lagen, was sie später sofort überprüfen würde, hatte sie ihre nächste Urlaubsreise gestern Abend eben nebenbei finanziert.

»Ich schätze, du kannst mit fünf bis sechs Mille rechnen.«

Clara schluckte. »Ich werde da sein.«

***

Zum Frühstück hatte Clara nur Kamillentee mit Honig getrunken, um ihre angespannten Nerven zu beruhigen. Nun stand sie in Jeans, Boots und dunkler Jacke an der vereinbarten Ecke im noblen Grünwald und kam sich absolut lächerlich vor. Von den Straßenseiten salutierten ihr die großen Eichen, die um diese Jahreszeit zwar noch ohne Blätterkleid, jedoch nicht minder stolz Wache hielten.

Alle paar Meter gab es Auffahrten oder Eingänge zu Häusern, von denen Clara nicht einmal träumen konnte, selbst darin zu leben. Große, gepflegte Villen mit riesigen Flügelfenstern, Wohnungen mit grünen Läden, hinter denen die Menschen keine andere Wahl hatten, als glücklich zu sein, grüßten sie stumm. Hier und da war eine Spur Geschäftigkeit erkennbar, aber grundsätzlich herrschte die angenehme Ruhe von gutbürgerlichem Wohlstand, die nicht in eine Welt mit Kriegen, Pandemie und Klimakrise passen wollte.

Ein blauer Lieferwagen hielt neben ihr. Das auffällig gelbe Logo an der Tür zeigte eine lustige Ratte, die frech grinste. Darunter stand: »Wir bieten Rattenfreiheit.«

Viktor drehte das Fenster herunter. »Guten Morgen, Sonnenschein! Steig ein!«

Clara ging um das Fahrzeug herum, öffnete die Tür und setzte sich auf den Beifahrersitz. »Guten Morgen. ›Rattenfreiheit‹? Ist das dein Ernst?«

»Mein voller Ernst. Soll ich es dir erklären?«

»Ich bitte darum.«

Viktor reichte ihr eine Baseballkappe mit der gleichen grinsenden Ratte wie auf dem Logo. Das Ding war hässlich.

»Keiner will Ratten, jedem ist es peinlich, welche zu haben. Also wird auch niemand unser Opfer darauf ansprechen. Bis der Diebstahl entdeckt wird, erinnert sich niemand mehr daran, falls uns überhaupt jemand bemerkt. Unser fahrbarer Untersatz hier ist nämlich nur auf einer Seite beschriftet, und das Logo ist ein Magnet. Den zu entfernen dauert zwei Sekunden. Voilà.«

»Ich bin beeindruckt.«

»Was hattest du denn erwartet?«

Viktor fuhr die wenigen Meter bis vor das Haus. Er parkte das Auto, sie stiegen aus, und er holte eine Arbeitstasche und weiteres Material vom Rücksitz. Zielstrebig ging er auf das Gartentor zu. Clara ging ihm nach. Er griff nach innen durch die Gitterstäbe an die linke Säule des Tores und schien tastend etwas zu suchen. Schon surrte es, das Tor ließ sich öffnen, und sie konnten das Grundstück betreten.

»Nach dir«, sagte Viktor und bedeutete Clara vorzugehen.

»Trägst du keine Handschuhe?« Sie hatte Einweghandschuhe eingesteckt und nun angezogen.

»Nein. Ich habe keine Fingerabdrücke. Da gibt es ein paar

Tricks, um sie unkenntlich zu machen. Zum Beispiel kannst du Flüssigkleber oder sehr dünnes Klebeband benutzen; ist aber unangenehm und braucht lange zum Trocknen. Ich bearbeite die Haut an den betreffenden Stellen seit Jahren täglich mit Bimsstein. Das nimmt die obere Schicht fein ab und verändert die Abdrücke dauerhaft oder lässt sie sogar vollständig verschwinden.«

Viktor ging um das Haus herum. Clara hatte ein mulmiges Gefühl. Gleichwohl war sie von der Stimmung, die in der Luft lag, elektrisiert. Sie hatte es sich selbst noch nicht eingestanden, aber die Tatsache, eine Einbrecherkomplizin zu sein, fand sie unheimlich aufregend.

»Wir gehen von hinten rein. Ich deaktiviere die Alarmanlage gleich von innen.«

An der Tür der großen Terrasse, die aufwendig möbliert war, holte Viktor ein schwarzes Lederetui aus der Tasche, das eine Sammlung verschiedener Dietriche enthielt. Mit sicherem Griff schnappte er sich einen davon und öffnete routiniert das Schloss, das zufrieden knackte.

»Voilà – hereinspaziert, Madame«, sagte er salopp und ging weiter durch den Salon zur vorderen Haustür, neben der das Display für die Alarmanlage angebracht war.

Clara trat zögernd ein und schloss die Terrassentür hinter sich. Ihre Finger waren steif, die Gummihandschuhe zogen die Kälte an.

Viktor stand vor dem kleinen Monitor der Sicherheitsanlage, an dem ein rotes Licht blinkte, und fixierte im Schein einer Schwarzlichtlampe im Taschenformat mit zusammengekniffenen Augen die Tastatur.

»Du kennst doch den Code, oder?« Clara bemerkte zum ersten Mal Anspannung an Viktor.

»Nein, leider nicht. Habe ich aber gleich. Gib mir ein paar Sekunden. Wenn ich eine falsche Nummernkombination eingebe, bleiben uns zehn Sekunden, bevor der Alarm losgeht, und drei Minuten, bis die Polizei kommt.« Er ging mit seinem Gesicht nah an das Display heran und drückte langsam vier Ziffern. 1589. Das blinkende rote Licht wechselte zu einem grünen Punkt.

Clara schwitzte. Ihre Knie zitterten plötzlich. Sie suchte Halt am Treppengeländer neben sich und setzte sich auf eine der Stufen. Der Geruch von kaltem Kaffee hing in der Luft. Ihr war übel.

»Ist dir nicht gut? Du siehst blass aus«, fragte Viktor besorgt. »Na ja, du wusstest die Zahlenkombination nicht … Der Alarm hätte losgehen können.«

»Mach dir keine Gedanken. Hat doch geklappt. Es ist leicht, an einer in die Jahre gekommenen Anlage den Code über das Display zu finden. Jeder Fingerabdruck hinterlässt Spuren. Deshalb das Schwarzlicht. Damit sieht man Körperflüssigkeiten oder Bakterien richtig gut. Außerdem verwenden die meisten Menschen entweder ihre Geburtstage oder Ziffern, die von oben nach unten angeordnet sind. In diesem Fall war es beides. Die Dame hat am 1. Mai Geburtstag, und im Jahr 89 feierte sie ihre größten Erfolge. Damals hat sie auch dieses Haus gekauft.«

Sprachlos sah sich Clara um. Das Treppenhaus war groß, die Wandfarbe im Eingangsbereich war ein warmes Rostrot, unzählige Fotografien in Goldrahmen zierten die Wände.

»Wer wohnt denn in dem Haus?«

»Susanne Schwarz.«

»Susanne Schwarz? Die Schauspielerin?« Ihre Stimme klang hoch. Sie stand auf.

»Ja. Die Lady ist interessant. Obwohl die erfolgreichen Zeiten hinter ihr liegen, ist sie doch ein Star gewesen. Es gibt bestimmt etliche Dinge im Haus zu entdecken. Wir holen jetzt, wofür wir gekommen sind, und sehen uns in Ruhe um.«

Viktor ging an ihr vorbei die Treppe hoch. Sie folgte ihm und sah dabei in die Gesichter der stummen Zeugen, die sie von den Fotografien ansahen. Viele davon kamen ihr bekannt vor. Einige konnte sie sogar namentlich benennen: internationale Stars und ziemlich jedes in Deutschland bekannte Fernsehgesicht. Dazwischen sah sie immer wieder die Schauspielerin Susanne Schwarz. Auf was Viktor es abgesehen hatte, wusste sie noch nicht.

Sie fand ihn im Ankleidezimmer der Diva. In einem offenen Regal, das zwischen einem Dutzend Schränken an der Wand befestigt war, suchte er hinter einer stattlichen Sammlung an bunten

Handtaschen, deren Markennamen noch bekannter waren als der ihrer Besitzerin selbst, nach etwas. Er schob ein paar Taschen im unteren Regalbereich beiseite, um freie Sicht auf die Rückwand zu haben, und wurde fündig. Vor ihm lag ein Safe.

»Woher wusstest du das?«

»Ich hatte so ein Gefühl. Auf den Bildern einer Homestory, in der Susanne Schwarz auch ihr Ankleidezimmer fotografieren ließ, war zwischen zwei der Taschen eine Lücke zu sehen. Außerdem kenne ich diesen Regaltyp aus anderen Häusern. An einer Stelle in der Rückwand gibt es immer einen Ausschnitt im Material, in den ein Safe eingebaut werden kann.«

»Knackst du *den* Zahlencode auch so mir nichts, dir nichts?«, fragte Clara neugierig. Obwohl sie sich auf diesem ungewohnten Terrain unsicher fühlte, übertrugen sich Viktors Ruhe und Sicherheit langsam auch auf sie. Selbst mit dem lächerlichen Baseballcap sah er umwerfend aus.

»Für den Tresor brauche ich auch nicht lang. Der Inhalt, den ich darin vermute, ist zwar sehr wertvoll, aber die liebe Frau Schwarz hat sich für dessen Schutz nicht gerade in Unkosten gestürzt und sich für ein Allerweltsmodell unter den Tresoren entschieden. Die Leute sparen einfach immer am falschen Ende.«

Mit Hilfe eines weiteren passenden Dietrichs dauerte es nur dreißig Sekunden, bis ein Piepton ertönte und die Tresortür aufsprang. Zielsicher entnahm Viktor ein dunkelviolettes Samtetui und hielt es ehrfürchtig in den Händen.

»Schau, Clara, das ist das Wertvollste, was im Haus zu finden ist.« Er öffnete die Lasche und zog ein bunt leuchtendes Collier heraus. Vorsichtig legte er es auf dem weichen Teppich ab und kniete sich davor. Fast zärtlich strich er über die Steine, die wie an einem Minikronleuchter an goldenen Kettchen hingen, die zusammengefügt das wunderschöne Collier bildeten.

Clara war fasziniert. Dieser Schmuck hatte nichts mit Kittys Modeketten oder den Plastikperlen ihrer Mutter gemein.

»Außergewöhnlich schön.«

»Und echt teuer. Dafür dürfte ich auf jeden Fall fünfzigtausend bekommen. Unter der Hand natürlich. Ein richtiger Händler würde vermutlich das Doppelte verlangen können.«

»Wow.«

»Möchtest du sie anprobieren?«

»Ich weiß nicht. Ich habe noch nie etwas so Wertvolles berührt, geschweige denn getragen.«

»Komm schon ...« Viktor nahm das Collier wieder in die Hände und erhob sich damit.

Clara stand vor einem riesigen Spiegel, der zwischen den Schranktüren des Ankleidezimmers trotzdem verloren wirkte, setzte die Kappe ab und zog ihre Jacke aus, um ihren Hals frei zu machen.

Viktor legte ihr den Schmuck um. Seine Fingerspitzen berührten dabei ihren Nacken, was sie schaudern ließ. »Es steht dir. Deine Augen haben die Farbe der Saphire und die Rubine unterstreichen den Ton deines Haares. Sie leuchten dadurch noch wärmer.«

»Ist das für Susanne Schwarz angefertigt worden? Es muss etwas Besonderes sein. Woher wusstest du, dass sie es besitzt?«

»Das Collier war schon häufig in der Presse. Sie trägt es jedes Jahr zum Bayerischen Filmball und gibt auf dem roten Teppich damit an. Ein ehemaliger Liebhaber, der bayerische Herzog Max, Chef des Hauses Wittelsbach, hat es ihr geschenkt. Er tritt kaum in der Öffentlichkeit auf, war aber angeblich fast zehn Jahre lang die heimliche Liebe von Susanne Schwarz. Laut historischer Belege gehörte das Collier Prinzessin Helmtrud, der jüngsten Tochter des letzten bayerischen Königs Ludwig III. Sie starb 1977, unverheiratet und kinderlos. Ihr Schmuck ging an den Chef des Hauses Wittelsbach, und der – nun ja ... Susanne Schwarz muss ihm wohl viel bedeutet haben.«

Viktor sah gedankenverloren über Claras Schulter in den Spiegel. Dort trafen sich ihre Augen. Für einen kurzen gemeinsamen Moment befanden sie sich in der Welt, in der der wertvolle Schmuck seinerzeit in königlichen Häusern zu Gast gewesen war. Clara hörte die Musik einer Tanzkapelle und fühlte die Stimmung.

Schließlich gab sich Viktor einen Ruck und nahm Clara die Kette wieder ab. Sanft bettete er sie in das Etui zurück, schob es in seine Handwerkertasche und verschloss sie.

»Möchtest du dir aus der Ankleide ein paar Stücke mitnehmen? Das wird nicht auffallen.«

Nach kurzem Zögern öffnete Clara mutig einige der Schranktüren. Von der Fülle der Kleider, Blusen, Jacken, Blazer und Roben war sie erschlagen. »Ich denke nicht, dass mir was davon passt. Susanne Schwarz ist kleiner und schlanker als ich.«

Viktor gab ihr recht. »Eine Handtasche eventuell? Sie hat genug davon.«

»Ich weiß nicht. Ich würde mich nicht wohl damit fühlen. Lass uns lieber verschwinden.«

»Verschwinden? Der Spaß fängt doch erst richtig an. Ich suche noch nach einem bestimmten Gemälde, das im Haus hängen muss, und dann sehen wir uns in Ruhe um. Ich liebe es, in die Leben anderer Leute zu tauchen.« Er nahm eine Art Zertifikat aus dem Tresor und verschloss ihn mit raschem Griff.

Clara folgte Viktor durch das Haus. Er ging in jeden Raum, berührte nichts, sondern suchte konzentriert die Wände ab. Im unteren Flur neben dem Esszimmer fand er, was er wollte. Ein abstraktes Gemälde. Für Clara war es absolut unspektakulär. Viktor war hingerissen.

»Siehst du die Pinselführung? Genial!«

Clara neigte den Kopf und versuchte, Viktors Begeisterung zu teilen, was ihr nicht gelingen wollte. »Ich sehe nur schwarzes Geschmiere auf einer vergilbten Leinwand.«

Viktor schnaubte verächtlich. »Die Leinwand ist schwarz grundiert. Gemalt wurde in gebrochenem Weiß.«

»Was soll das darstellen?«

»Es handelt sich um eine der neueren Arbeiten des Künstlers Schizas. Ich bin ein großer Fan des Griechen. Er ist inspiriert von dem Drang, unbewusste Gefühle und verdrängte Emotionen zu erforschen. Dazu mischt er Acryl, Sprühfarbe und Harz und verwendet eine Reihe von Methoden und Werkzeugen wie Spachtel, um schwungvolle, gestische Zeichen zu setzen.«

»Und woher weißt du nun wieder *da*von?«

»Auch aus der Homestory. Wenn man die Fotos in den Magazinen genau ansieht, erfährt man mehr über die Menschen, als ihnen lieb sein dürfte. Hilf mir mal bitte, es abzunehmen.«

Gemeinsam hoben sie das Gemälde von der Wand und legten es rücklings auf einem Teppich im Flur ab. Viktor machte sich sofort an die Arbeit, die Leinwand vom Rahmen zu lösen. Es dauerte nicht lang, und er hielt sie akkurat gerollt in den Händen. Aus einem Versandrohr, das er mit den restlichen Werkzeugen in der Tasche bei sich trug, holte er eine aufgerollte Leinwand und breitete diese aus.

»Das ist das gleiche Bild«, sagte Clara verwundert.

»Meine Liebe, das ist nicht das gleiche Bild. Das hier ist meine Fälschung. Fass mal mit an. Wir müssen es am Rahmen befestigen. Halt es fest und zieh daran, damit ich es aufspannen kann.«

»Geht es um einen Auftrag für einen Kunden von dir, oder warum tauschst du die Bilder gegeneinander aus?«

»Nein. In diesem Fall möchte ich es für mich behalten. Ich bewundere den Künstler, und so leicht kommt man selten an ein Original von ihm. Vor allem nicht derart kostengünstig.« Viktor lachte. »Ich habe noch nicht gefrühstückt. Lass uns nachsehen, was unsere Gastgeberin in der Küche hat.«

Blini mit Kaviar

Als besuchten Clara und Viktor ein Museum, wanderten sie in aller Seelenruhe durch das Erdgeschoss des Haues der Münchner Schauspielerin Susanne Schwarz, die sie soeben um ihren wertvollsten Besitz – ein sprichwörtlich königliches Collier – und ein abstraktes Gemälde erleichtert hatten.

Die Räume der Villa waren über und über mit Erinnerungen gepflastert. Fotos in goldenen Rahmen, Porzellanfiguren, Samtkissen, Teppiche und kunstvoll verzierte Schatullen zeugten von der einstigen Berühmtheit und dem Erfolg der Besitzerin.

Im hellgelben Esszimmer, an das sich die herrliche Terrasse anschloss, über die sie hereingekommen waren, stand ein riesiger Tisch. Die Atmosphäre im Haus war am Vormittag im frühen März besonders. Das Licht war hell und zugleich warm. Die Sonne strahlte durch die Glastüren. Clara stellte sich Dinnerpartys, die an dem schweren Barocktisch stattgefunden haben mochten, vor. Sie hörte das Klirren der Champagnergläser, das Klimpern von Besteck, das Lachen der Gäste.

Sie zog einen der acht Stühle hervor und setzte sich. Schwere Vorhänge rahmten die Aussicht in den gepflegten Garten ein. Wie schön musste es dort im Frühling oder Sommer sein, wenn der Rasen grün war und Blumen bunt leuchteten. In einem solchen Haus zu wohnen musste wunderbar sein. Sie konnte nur davon träumen.

Sicher, ihr hatte es nie an etwas gefehlt, aber in einem Leben, wie es Susanne Schwarz führte, war sie nur die Köchin.

Gedankenverloren seufzte sie.

»Neidisch?«, fragte Viktor, der die Fotos über einer Kommode neben dem Esstisch näher betrachtete.

»Ich weiß es nicht. Das Haus ist wunderschön, aber ich kann mir nicht vorstellen, dass es meins wäre. Wie es wohl ist, berühmt und reich zu sein?«

»Ich würde gar nicht hier leben wollen. Das Haus wäre mir

viel zu spießig. Ich wechsle meine Wohnungen und die Orte, in denen ich lebe, häufig.«

»Möchtest du nicht irgendwann sesshaft werden und in einer Stadt Fuß fassen? Oder vielleicht sogar eine Familie gründen?«, fragte Clara.

»Bisher habe ich erstens noch nicht die richtige Frau gefunden, und zweitens ist das in meinem Beruf sowieso schwierig.«

»Weil du ständig auf der Flucht bist?«

»So würde ich es nicht nennen, aber auf der Hut. Übrigens habe ich immer noch Hunger. Ich hätte echt Lust auf ein Frühstück.«

Die Küche war in die Jahre gekommen, aber auf einen Profikoch zugeschnitten. Das erkannte Clara sofort. Der Herd war kein handelsüblicher Haushaltsherd, sondern ein Gasherd aus der Gastronomie. Entweder war Susanne Schwarz eine leidenschaftliche Hobbyköchin, oder sie engagierte häufiger Caterer, die für sie Abendessen oder Partys ausrichteten und ihre Küche nutzten. Letzteres vermutlich.

In der Mitte der umlaufenden Küchenzeile stand ein Tisch mit vier Stühlen. Vermutlich frühstückte die Schauspielerin hier. Viktor hatte es sich bereits auf einem der Stühle gemütlich gemacht, seine Handwerkerkappe und die Jacke abgelegt und schaute Clara erwartungsvoll an.

»Du willst also allen Ernstes, dass ich für dich hier koche?« Sosehr Viktor sie auch faszinierte, das fand sie dreist.

»Wir räumen hinterher wieder auf. Was könntest du zaubern? Ich sehe dir gern beim Kochen zu. In den vergangenen Wochen habe ich mich immer auf den Donnerstag gefreut, wenn ich in der Cucina meine Übergaben hatte.«

Clara öffnete die Oberschränke, zog Schubladen auf, suchte in den unteren Schränken und in einer angrenzenden Speisekammer. Nach ausgiebiger Analyse der vorhandenen Zutaten kam sie zu folgendem Ergebnis: »Was hältst du von Blini mit Kaviar?«

Viktor sah sie überrascht an und zeigte ihr sein umwerfendes Lächeln, das die Grübchen an den Wangen und die strahlend weißen Zähne in Szene setzte. Und schon waren sie wieder da –

die Schmetterlinge, die in ihrem Magen für ordentlich Wirbel sorgten.

»Das ist perfekt. Ich könnte mir nichts Besseres vorstellen. Ich liebe Blini mit Kaviar«, sagte er.

»Das dachte ich mir. Wir haben keine frischen Eier – natürlich, sie überwintert ja in Marbella. Aber ich habe ein Ei-Ersatz-Pulver gefunden. Das sollte es auch tun.«

Schüssel, Kochlöffel, Topf und Pfanne fand sie schnell. Sie hatte schon häufiger in fremden Küchen gekocht – die meisten waren gleich oder ähnlich organisiert.

Clara spürte, dass Viktor sie beobachtete, aber sie fühlte sich sicher. Sie war es gewohnt, dass ihr Leute beim Kochen zusahen. Sie erwärmte die Milch und goss diese über das Mehl, das sie schon mit der Trockenhefe vermengt hatte. Mit dem Suppenlöffel verarbeitete sie die Zutaten rasch. Neben sich hörte sie die Kaffeemaschine surren. Viktor hatte den Automaten eingeschaltet und bereitete zwei Tassen vor, die er auf den Küchentisch stellte.

»Der Teig muss kurz ruhen«, sagte sie.

»Somit haben wir ja Zeit für diesen wunderbaren Kaffee. Er duftet herrlich. Offensichtlich legt Susanne Schwarz Wert auf die Qualität ihrer Speisen. Der Kaviar, die guten Kaffeebohnen – da kann man nicht meckern.«

»Das habt ihr gemeinsam«, sagte Clara nachdenklich. »Hast du gar kein schlechtes Gewissen oder wenigstens Bedenken, dass das hier schiefgehen könnte? Immerhin befinden wir uns als Diebe in dem Haus einer bekannten Schauspielerin. Wir kochen in ihrer Küche und benehmen uns dabei, als wäre es unsere eigene.«

»Warum sollte ich ein schlechtes Gewissen haben? Ich gehe nur meinem Beruf nach.«

»Und der wäre? Fälscher, Dieb, Einbrecher, Betrüger? Als was bezeichnest du dich selbst?«

»Wieso muss alles einen Namen haben?« Viktor hatte sich auf dem Stuhl aufgerichtet. Das Thema schien ihm nicht zu gefallen. »Ich bin selbstständig. Im Prinzip führe ich nur ein Familiengeschäft weiter.«

»Ein Familiengeschäft? Heißt das, dein Vater ist in derselben Branche tätig?«

»War er. Aber nicht nur mein Vater, auch meine Mutter. Sie war eine begnadete Zeugnis- und Diplomfälscherin. Du kannst dir nicht vorstellen, was Eltern für ein gutes Abiturzeugnis oder gescheiterte Studenten für ein Masterdiplom zu zahlen bereit sind.«

»Aber du bist doch unglaublich begabt. Du könntest auf anderen Wegen dein Geld verdienen und als ehrlicher Künstler selbst ein Star sein.«

Viktor genoss diese schwärmerische Bewunderung sichtlich. »Das ist lieb von dir, dass du das sagst. Tatsächlich habe ich ein richtiges Studium abgeschlossen – ohne gefälschtes Diplom. Ich habe an der École nationale supérieure des beaux-arts de Paris Kunst studiert. Es war nicht leicht, dort aufgenommen zu werden, aber die Jahre in Saint-Germain waren mit die besten meines Lebens.«

»Verzeih mir, dass ich wieder fragen muss, aber was ist das für eine Schule?« Sie wollte noch mehr über ihn wissen und alles verstehen.

»Eine der renommiertesten Kunsthochschulen der Welt. Mit einem Abschluss von dort stehen dir die Türen in der Kunstszene, in Museen und Galerien offen. Und: Ja, ich habe versucht, legal zu arbeiten. Aber es ist nichts für mich. Ich habe mich selbst als das akzeptiert, was ich bin. Jemand, der aus der Reihe tanzt. Jemand, der sich nicht anpassen kann und möchte. Ich will meinem Herzen folgen und mir nehmen, was mir gefällt.« Er hielt inne, als suche er nach den richtigen Worten. »Ich hoffe, du kannst mich so akzeptieren, wie ich bin. Ich mag dich und empfinde deine Gesellschaft als angenehm. Du bist nicht so kapriziös und anstrengend wie die meisten Frauen, die ich kenne. Du bist unkompliziert.« Er lachte. »Außerdem kannst du kochen.«

Clara hing an seinen Lippen. Er mochte sie. Das hatte er doch eben gesagt, oder?

»Was macht der Teig für die Blini?«, fragte Viktor.

»Der müsste genug geruht haben.« Sie stand auf und rührte weiche Butter in den Hefeteig, stellte den Gasherd an, gab Öl in die Pfanne und buk den Teig zu kleinen Pfannkuchen, die sie auf einem Teller anrichtete und jeweils mit einem Spiegel aus Crème fraîche versah, die sie im Kühlschrank gefunden hatte. Schließlich öffnete sie mit einem Kaffeelöffelstiel vorsichtig die Dose Beluga-Kaviar, indem sie zuerst das Siegelband durchdrückte und dann den Deckel hob. Die Färbung der glänzenden Fischeier war regelmäßig, sie rochen frisch und dezent salzig. Clara setzte auf jedes weiße Sauerrahmbett einen Klecks der Delikatesse.

»Zur Perfektion fehlt nur noch frischer Dill. Aber den habe ich nicht.« Sie stellte den Teller vor Viktor auf den Küchentisch.

»Ich denke, es wird gehen«, erwiderte er lachend.

Clara setzte sich zu ihm, und sie aßen genussvoll mit den Fingern. »Das ist das Verrückteste, was ich je in meinem Leben gemacht habe.«

»Was meinst du?«

»Na ja, Susanne Schwarz bestehlen und danach in ihrer Küche Blini mit Kaviar essen.«

»Dann hast du wohl noch nicht richtig gelebt, sondern nur nach den allgemeinen Regeln gespielt?«

»Mag sein.« Clara hatte das Gefühl, die langweiligste Person der Welt zu sein.

»Was machst du zum Beispiel heute noch?« Viktor schob sich genüsslich den dritten Blini in den Mund.

»Ich muss spätestens um sechzehn Uhr dreißig im Restaurant sein. Ich habe gestern die Vorbereitungen nicht geschafft.«

»Du arbeitest zu viel. Meld dich doch krank, und wir gehen groß aus und feiern den heutigen Tag.«

»Ich habe normale Arbeitszeiten. So ist das eben für Leute wie mich. Wenn ich mich krankmelde, fehlt Dante die Tagesempfehlung. Das kann ich nicht machen.«

»Hm. Was gibt es denn?«

»Klassisch italienisch, bodenständig – Bolognese und als vegetarische Alternative Arancini mit Ziegenkäse und Haselnüssen gefüllt. Und eins kann ich dir sagen: Die kann ich echt gut.«

»Wenn sie schmecken wie deine Minestrone, sind sie Weltklasse. Vielleicht komme ich vorbei. Wir könnten danach ausgehen, oder hast du andere Verpflichtungen?«

»Ich habe zwar einen Freund – er heißt Franklin –, aber Verpflichtungen ihm gegenüber habe ich nicht. Nicht mehr. Wir sollten schon lange nicht mehr zusammen sein.« Das hatte Clara noch nie ausgesprochen.

»Warum seid ihr es dann?«

Clara dachte nach. »Ich weiß es nicht. Gewohnheit, Freundschaft, Pflichtgefühl?«

»Und das hat für dich mit einer Beziehung zu tun?«

»Nicht jeder ist so unkonventionell wie du.«

Viktor leckte seine schlanken Finger ab, an denen noch ein Rest Kaviar klebte. »Das stimmt. Gut für mich, schlecht für die anderen.« Lachend schnappte er sich den letzten Blini, den er ganz in den Mund steckte, stand auf und ging mit dem Teller und den Espressotassen zum Spülbecken. Er wusch das Geschirr, Schüssel und Pfanne und reichte Teil für Teil an Clara weiter, die sich ein Küchentuch genommen hatte, jedes Teil sorgfältig abtrocknete und an den richtigen Platz in den Schränken zurückstellte.

Die Reste packten sie in einen Müllbeutel, den sie verknoteten und draußen entsorgen würden. Zwar hing noch der Geruch ihres dekadenten Frühstücks in der Luft, aber wenn der sich in ein paar Stunden verflüchtigt hatte, war ihr Aufenthalt nicht mehr nachzuvollziehen.

Als sie sich, bereit zum Gehen, gegenüberstanden, streckte Viktor die rechte Hand aus und berührte sanft Claras Arm. Sie spürte kaum den Druck seiner Hand. Er beugte sich zu ihr herab, sie roch zum ersten Mal den Duft seiner Haut. Er war undefinierbar, selbst für sie. Frisch, herb, nach Kräutern. Ihre Sinne spielten verrückt.

Wie in Zeitlupe berührten seine Lippen die ihren und zogen sich fast im selben Moment wieder zurück. Ein Hauch von etwas ganz Wunderbarem blieb an ihr haften. Eine Spur von Neugierde, unbekannter Vertrautheit, ersehnter Hingabe.

Mein Leben lang habe ich auf dich gewartet, dachte Clara.

* * *

Regen hatte eingesetzt. Aber kein Winterregen. Vielmehr verhießen die Tropfen den Frühling, der sich endgültig aufraffen wollte, der kalten Jahreszeit die Stirn zu bieten. Er würde sich nicht wieder verdrängen lassen und Farben und Blüten über die Stadt legen.

Clara wollte Altes und Ungewolltes aus ihrem Leben waschen. Sie würde nach Hause fahren und sich von Franklin trennen. Sie wollte frei sein. Sie wollte nicht mehr dieselbe sein. Unwiderruflich.

Bolognese

Als Clara den Schlüssel im Schloss der Wohnungstür in der Elisabethstraße umdrehte, wusste sie, dass ihre Tage hier gezählt waren. Es lag etwas in der Luft, im Treppenhaus, im Flur – in ihrem Herzen –, das sie fühlen ließ: Das war's.

Franklin und sie hatten ein gemeinsames Leben geplant, über Kinder gesprochen. Sie waren glücklich gewesen, hatte sie gedacht.

In den letzten drei Jahren war ihr jedoch mehr und mehr bewusst geworden, dass eine Familie zu gründen und eine Wohnung zu kaufen Franklins Träume gewesen waren. Für sie waren die Tage mit ihm nur immer länger geworden. Nicht besser, nicht glücklicher, nicht spannender – nur länger. Vertrautheit, Gemeinsamkeit, Zuneigung waren schon lange verloren.

Sie wünschte ihm nichts Schlechtes, sie wollte nur nicht mehr mit ihm zusammen sein. Schon möglich, dass sie Kinder wollte; das wusste sie in der momentanen Phase ihres Lebens nicht. Was sie aber wusste: Sie wollte keine mit Franklin. Er war nicht der richtige Mann für sie. Sie liebte ihn nicht.

Franklin hatte freitagnachmittags keinen Unterricht und sollte zu Hause sein. Beinahe fühlte sich Clara wie ein Eindringling in ihren eigenen vier Wänden. Leise zog sie Schuhe und Jacke aus und ging in die Küche. Dort saß er am Esstisch. Er hatte offensichtlich auf sie gewartet.

»Wo warst du? Ich habe dir mehrere Nachrichten geschrieben, dass ich mit dir reden möchte. Warum hast du mir nicht geantwortet?«

Im ersten Moment war sie überrascht gewesen, ihn hier sitzen zu sehen. Jetzt war sie genervt. Nach dem surrealen Vormittag mit Viktor nahm sie Franklin in einem völlig anderen Licht wahr. In der ausgewaschenen Jeans und dem labbrigen T-Shirt sah er ungepflegt aus. Sie konnte sich nicht mehr erklären, was sie jemals an ihm attraktiv gefunden hatte. Wurden seine Haare vorn etwa dünner? Die hellen Locken waren vor ein paar Jahren noch voll und glänzend gewesen.

»Es tut mir leid, ich habe deine Nachrichten nicht gelesen«, sagte sie und bemühte sich um einen neutralen Ton. »Aber ich möchte auch mit dir reden. Ich finde es gut, dass du auf mich gewartet hast.«

»Darin habe ich Übung. In den letzten zwei Jahren habe ich fast täglich auf dich gewartet. Wenn du gearbeitet hast, wenn du mit Kitty unterwegs warst, wenn du länger geschlafen hast.« Franklin hatte seine Augen zu dünnen Schlitzen zusammengekniffen. Die Schärfe seines Tones war ihr fremd.

»Ich weiß. Du hast dich aber nie beschwert.«

»Hätte es was genützt?«

Clara schwieg. Sie setzte sich ihm gegenüber. Die Atmosphäre in der kleinen Küche war zum Zerreißen gespannt. »Was wolltest du mit mir besprechen?«

»Das ist schwierig für mich. Ich weiß nicht, wie ich beginnen soll.«

»Sag es geradeheraus. Wir haben dringend Redebedarf, und einer muss anfangen.«

»Ich wollte dir sagen, dass ich mich in eine andere Frau verliebt habe. Ich möchte mich von dir trennen.«

Damit hatte sie nicht gerechnet. Er – ausgerechnet der langweilige Franklin – hatte eine andere? Sie war perplex. »Wer ist es?«

»Eine Kollegin aus der Schule. Du kennst sie nicht. Sie unterrichtet erst seit einem Jahr in München.«

»Ist es ernst? Wie lange geht das schon?« Sie wusste nicht einmal, weshalb sie ihn das fragte. Es war ihr im Grunde egal. Sie wollte den Anstand wahren und ihm wenigstens den Respekt entgegenbringen, so zu tun, als wäre es wichtig für sie.

»Hallo?« Franklin wurde lauter. »Darf ich mich vorstellen? Natürlich ist es ernst. Ich liebe sie, und wir möchten schnellstmöglich eine Familie gründen. Du hast mich nur noch weggestoßen. Sie wollte mich.«

»Warum habt ihr es denn derart eilig? Ihr könnt euch kaum kennen.«

»Ich wollte schon länger Kinder, falls du dich daran erinnerst. Du warst diejenige, die die Pille nie abgesetzt und sich einen Dreck darum geschert hat, was ich möchte oder was wir für unsere Zukunft besprochen haben.« Franklin hörte sich traurig an. »Linda will, was ich will. Also worauf warten?«

Das berührte Clara. Worauf warten? Ihr wurde bewusst, dass auch er schon lange unglücklich gewesen sein musste. »Du hast recht. Lass uns nicht streiten. Das mit uns beiden als Paar hat keinen Sinn mehr. Ich befinde mich zurzeit in einer – wie soll ich sagen – extremen Phase.«

»›Extreme Phase‹ ist gut. Hast du einen anderen? Wo treibst du dich dauernd rum? Wo warst du am Vormittag? Wieso siehst du so anders aus?«

»Das spielt doch keine Rolle mehr, oder?«

Franklin sah sie nachdenklich an. »Ich möchte, dass du ausziehst. Linda und ich wollen die Wohnung renovieren und hier ein neues Leben beginnen. Die Miete für diesen Monat brauchst du nicht mehr zu bezahlen. Geh einfach nur.« Das waren harte Worte.

»Spinnst du?« Jetzt wurde Clara laut. »Wo soll ich denn in München in absehbarer Zeit eine bezahlbare Wohnung finden? Zieh du doch aus!«

»Das würde ich sofort, aber Lindas Wohnung ist für eine Familie zu klein. In dieser geht es mit einem oder zwei Kindern. Du könntest vorübergehend bei deiner Mutter bleiben.«

»Soll ich dort auf dem Sofa schlafen?«

»Warum nicht? Dann bekommt sie dich wenigstens mal wieder zu Gesicht. In den letzten Wochen habe ich mehr mit ihr gesprochen als du. Du hast keine Ahnung davon, was in ihrem Leben vor sich geht. Aber du hast ja schon vor längerer Zeit aufgehört, dich für andere zu interessieren.«

So deutlich war er noch nie geworden. Aber kampflos aus der Wohnung werfen lassen wollte sie sich nicht. »Du trennst dich doch von mir, also wäre es nur fair, wenn du auszehst.«

»Das werde ich nicht tun. In diesem Punkt gebe ich nicht klein bei, Clara. Das verspreche ich dir. Ich weiß, dass du mich für einen gutmütigen Trottel hältst, aber ich kann auch anders. Wenn du nicht gehst, ist es mir egal. Linda zieht übermorgen ein, und wir renovieren als Erstes die Küche. Du kannst auch hier auf dem Sofa schlafen.«

Damit war für ihn alles gesagt. Er stand auf und verließ ohne ein weiteres Wort die Wohnung. Der Knall der Tür markierte diesmal nicht das Ende eines Streits, sondern das Ende ihrer Beziehung.

Clara blieb regungslos sitzen und lauschte in die Stille hinein, die entstanden war. Es war eine andere Stille als die der letzten Zeit, als sich ihre Wege nur noch wortlos gekreuzt hatten. Die Einsamkeit, die sich in diesem Moment über sie stülpte, schmerzte nicht. Im Gegenteil. Sie befreite. Das Gefühl, in Ketten zu liegen, war wie weggeblasen. Sie war unendlich erleichtert, hatte sie doch Flehen oder ein »Lass uns einen Neuanfang wagen« erwartet. Dass sich Franklin sogar selbst von ihr getrennt hatte, kam ihr entgegen.

Für andere Menschen – normale vielleicht – wäre das, was sie in den vergangenen Tagen empfunden und getan hatte, verrückt gewesen. Für sie aber fühlte es sich an, als wäre sie endlich auf dem richtigen Weg.

Nur eines beschäftigte sie noch in diesem Zusammenhang: Warum um Himmels willen wollten Franklin und diese Linda die Küche renovieren?

✳✳✳

»Holst du mir bitte den Fond aus dem Lager, den wir gestern vorbereitet haben?«, sagte Clara zum Hilfskoch.

Sie war früher in die Cucina gekommen. Nachdem Franklin sie in aller Deutlichkeit um ihren Auszug gebeten hatte, hatte sie sich nicht mehr wohlgefühlt. Sie war froh, dass es endlich vorbei war. Gleichwohl kam sie sich auch abserviert vor, was ihr gar nicht gefiel. Nach vier Jahren eine Beziehung zu beenden, bei einem Raub mitgewirkt zu haben, von ihrem Mr. Dreamy geküsst worden zu sein und nicht zu wissen, wo sie die nächsten

Wochen wohnen sollte, war an einem einzigen Tag ganz schön viel Aufregung.

Natürlich würde sie auf keinen Fall auf dem Sofa übernachten und zusehen, wie Franklin mit seiner neuen Freundin zusammenzog. Das hatte er sicher nicht ernst gemeint, das war klar. Klar war allerdings auch, dass sie ebenso wenig wieder bei ihrer Mutter einziehen wollte. Abgesehen davon, dass das gar nicht in ihr neues Bild von sich selbst als skrupellose Diebin und Hehlerin passte, wusste sie, dass ihre Mutter sofort merken würde, dass sich ihr Leben verändert hatte. Leugnen hatte da noch nie geholfen.

Jedenfalls hatte sie sowohl Kitty als auch Daniela eine Nachricht auf die Mailbox gesprochen und hoffte in den nächsten Stunden auf einen Rückruf.

Sie werden sich schon melden, dachte sie.

Franklin hatte ihr zu Recht vorgeworfen, sich nicht mehr um ihre Freunde und ihre Mutter Margot gekümmert zu haben.

»Soll ich den Reis aufsetzen?« Der Hilfskoch hievte den schweren Topf Gemüsefond auf den Herd.

»Das wäre lieb. Koch den Reis mit der Brühe auf und lass ihn fünfundzwanzig Minuten ausquellen«, erwiderte Clara. Sich auf die Arbeit zu konzentrieren würde ihr helfen, ihre Gedanken zu beruhigen. »In der Zwischenzeit kannst du den Ziegenkäse portionieren und die Panade vorbereiten. Hack ein paar Zweige frischen Rosmarin hinein. Ich setze derweil die Bolognese an.«

Konzentriert und mit geübten Bewegungen schnitt sie Karotten, Sellerie und Charlotten zu Brunoise, kleinen Würfeln. Normalerweise hätte sie sich am Mise en Place bedient und das vorbereitete Gemüse einfach genommen, aber heute brauchte sie die Routine ihres eigentlichen Berufs, ihrer Leidenschaft. Zu wissen, was zu tun war, die Rezepte abzuarbeiten, spontan Geschmacksrichtungen zu testen, all das gab ihr Sicherheit. Außerdem war ein neuer Beikoch für das Essen für die Mitarbeiter zuständig, der es noch nicht geschafft hatte, die Vorbereitungen abzuschließen.

Als das Öl in dem schweren Bräter heiß war, gab sie das Gemüse hinein, ließ es kurz zischen und rührte danach das Hackfleisch portioniert unter. Tomatenmark und eine Prise Zucker rösteten das Fleisch. Frische Kräuter, Gewürze, Salz, Pfeffer – sie hantierte sicher und ruhig.

Danach löschte sie mit Fond und Rotwein ab, gab passierte Tomaten dazu und setzte den Deckel auf. Je länger die Bolognese schmorte, desto runder und voller war der Geschmack. Es war noch genug Zeit, um sie perfekt werden zu lassen.

Dante war nicht begeistert gewesen, als sie den Klassiker für die heutige Tageskarte eingeplant hatte. Er mochte es, wenn die Gerichte ausgefallener waren. Meistens belehrten ihn die Gäste aber eines Besseren. Bolognese oder Claras Minestrone waren immer die Renner des Abends.

Der Hilfskoch ließ den fertigen Reis für die Arancini auf einem Blech abkühlen, um danach die kegelförmigen Skulpturen, in denen sich Ziegenkäse und eine Haselnuss verstecken würden, zu formen und anschließend zu panieren. In heißem Öl gebacken wurden sie erst frisch nach der Bestellung. Das ging rasch.

»Geh ruhig essen. Ich halte die Stellung und kontrolliere noch die Posten«, sagte Clara. Ihr war nicht nach Small Talk.

✳ ✳ ✳

»Clärchen!« Die Stimme ihrer Mutter riss sie aus der seltsamen Lethargie, die sich über sie gestülpt hatte. Fröhlich und beschwingt kam Margot – gefolgt von Dante – durch den Personaleingang.

Clara war überrascht. »Was machst du denn hier? Um diese Zeit?«

»Wir waren bummeln.«

»Ihr wart bummeln?«

»Dante brauchte dringend neue Sachen.« Margot lächelte.

»Deine Mutter hat einen vorzüglichen Geschmack.« Dante stand hinter ihr und grinste zufrieden.

»Aha.« Das war alles, was Clara dazu einfiel. Das Thema »Dante und Margot« lag noch außerhalb ihrer Vorstellungskraft.

»Machst du mir noch einen Cappuccino, Clärchen? Danach fahre ich nach Hause.«

Dantes Miene wurde traurig. »Bleib doch noch. Clara hat Bolognese auf der Tageskarte.«

»Nein danke. Ich bin kein großer Fan davon.«

Das gefällige Grinsen in Dantes Gesicht machte Clara wütend.

»Wir machen auch noch Arancini, als vegetarische Alternative. Ich dachte, wir führen ein Restaurant. Sollte es da nicht darum gehen, was die Gäste möchten? Ob ihr mögt, was ich anbiete, sollte da doch keine Rolle spielen, oder? Sicher ist meine Bolo wieder der Renner. Darauf wette ich.«

»Ist ja gut, Clara.« Der Ton ihrer Mutter war schärfer geworden. »Warum bist du denn so schlecht gelaunt? Und überhaupt, wenn ich dich ansehe, frage ich mich, was los ist.«

»Wenn du es genau wissen willst«, blaffte Clara, »ich habe mich von Franklin getrennt oder er sich von mir, wie du willst!«

Ihre Mutter riss die Augen auf, nur um sie danach zu dünnen Schlitzen zu verengen.

»Sag es doch!« Clara schleuderte den Kochlöffel in die Spüle. »Du hast sowieso nur darauf gewartet, weil ich ja unmöglich bin!«

»Ich würde es anders formulieren, aber du musst zugeben, dass Franklin lange genug darauf gewartet hat, dass du mit ihm eine Familie gründest.«

Clara war das Thema leid. Warum konnte niemand sehen, dass Franklin nie der Richtige für sie gewesen war?

»Und wie geht es dir nun?«, fragte ihre Mutter versöhnlicher.

»Wie soll es mir schon gehen? Ich muss mich erst an den Gedanken gewöhnen, wieder Single zu sein. Vorerst werde ich wohl bei Kitty schlafen.«

»Das ist gut. Dann habt ihr beide endlich wieder Zeit, schöne Mädchensachen zu unternehmen.«

»Wir sind keine zwölf, Mama.«

»Trotzdem. Bei mir könntest du zurzeit auch schlecht bleiben. Weißt du, Clärchen, Dante ist momentan sehr häufig zu Besuch.

Ich wollte dir schon lange erzählen, dass wir uns regelmäßig sehen. Ich hoffe, du hast kein Problem mit der Tatsache, dass ich deinen Boss date?«

Clara versuchte, in sich hineinzuhorchen. Störte es sie, dass ihre Mutter mit Dante zusammen war? Sie bekam keine greifbare Antwort. In ihr ging es drunter und drüber.

»Ein Problem habe ich nur damit, dass du das Wort ›daten‹ verwendest. Das habe ich aus deinem Mund noch nie gehört, und ich finde es komisch. Aber wenn du glücklich bist, ist es für mich in Ordnung, dass ihr euch trefft. Ich freue mich für dich. Und er ist verliebt in dich. Das kann jeder sehen.« Sie deutete mit dem Kinn in Richtung Dante, der im hinteren Teil des Restaurants mit einem Kellner sprach und die für den Abend eingedeckten Tische kontrollierte.

Erst jetzt wurde ihr bewusst, dass sie ihn schon lange nicht mehr so ausgeglichen gesehen hatte. Hatte er abgenommen? Man musste keine Angst mehr davor haben, ein Auge zu verlieren, wenn man ihm gegenüberstand. Die Knöpfe an seinen Hemden spannten nicht mehr an seinem italienischen Bauch.

Enzo hatte soeben das Brot, das den Gästen zu Beginn des Essens gereicht wurde, aus dem Ofen geholt. Clara schnappte sich die erste Scheibe. Das Kräuterbrot zu riechen, in den zutiefst befriedigenden, tröstlichen Schwall heftiger Köstlichkeit hineinzubeißen beruhigte sie herrlich angenehm.

Ihre Mutter und Dante hatten sich verabschiedet, sie würde später allein das Restaurant abschließen und die Abrechnung machen. Sie hatte einen langen Abend vor sich.

Der Betrieb lief langsam an. Erst zwei Tische waren besetzt, zwei Mal Bolognese. Kitty und Daniela hatten sich noch nicht gemeldet. Clara überprüfte regelmäßig ihr Telefon. Langsam machte sie der Gedanke, nicht zu wissen, wo sie schlafen sollte, nervös. In ihre Wohnung in die Elisabethstraße wollte sie auf keinen Fall gehen.

Ein Achtertisch, die größte Reservierung des Abends, traf ein. Vier adrette Paare, alle lachten, schienen mit sich und der Welt im Reinen. Sie bestellten Wein, Claras Arancini, Salat und

Carpaccio als Vorspeisen. Zum Hauptgang spuckte der Drucker Bestellungen für Fisch, Fleisch und – Bolognese aus.

Clara und ihre Kollegen arbeiteten konzentriert, in der Küche ging es ausgesprochen ruhig und vorausschauend zu. Jeder wusste, was zu tun war. Es kam kein Stress auf.

Die frühen Gäste, die bereits gegessen hatten, zahlten, die späteren Restaurantbesucher trafen ein; das Publikum mischte sich weiter. Zwei Frauen, ein weiterer Pärchentisch, Geschäftsmänner, eine Familie – kein Viktor.

Er hatte gesagt, er werde vorbeikommen. Clara hatte gleich zu Beginn des Abends eine Portion Bolognese zur Seite gestellt. Es wäre nicht das erste Mal gewesen, dass sie nach ein paar Stunden ausverkauft war.

Gleich halb zehn. Würde er so spät noch zum Essen kommen? Drehte er wieder ein Ding? Schon wieder? Der heutige Vormittag in der Villa der Schauspielerin fühlte sich für Clara unwirklich an. War das tatsächlich erst vor ein paar Stunden geschehen?

Der Bondrucker wurde langsamer. Enzo säuberte bereits seinen Posten. Ein oder zwei Desserts, mehr würde er nicht mehr zuzubereiten haben. Mittlerweile überwogen die leeren Tische. Nach und nach schickte Clara die Kellner und die anderen Köche in den Feierabend.

»Soll ich dir noch helfen, den Tresen zu putzen?«, fragte Enzo. Er hatte seine Kochjacke bereits abgelegt.

»Das ist nicht nötig. Geh du ruhig. Die Abrechnung ist schon erledigt, es ist nicht mehr viel. Das schaffe ich schon.«

Clara stellte die Stühle hoch, kontrollierte die Vorratsräume, sperrte die Restauranttür ab und legte die Bareinnahmen in den Tresor. Nur noch das Licht über dem Tresen vor der offenen Küche war an. Clara wischte die Platte gründlich sauber.

Ganz allein in der Cucina fühlte sie sich verlassen. Was war nur in ihrem Leben geschehen? Sosehr sie sich Veränderung gewünscht hatte, war es ihr heute doch zu viel. Der Raub, Franklin, ihre Mutter, Kitty und Daniela – Viktor. Er war nicht gekommen.

Als er noch der unbekannte Gast gewesen war und jeden Donnerstag bei ihr gegessen hatte, hatte es sie nicht so sehr gestört, wenn er einmal nicht kam. Jetzt wusste sie, wer er war, oder dachte es zumindest.

War sein Name wirklich Viktor? War das Loft tatsächlich seine Wohnung? Was wusste sie schon über diesen Mann? Er war ein Krimineller. Ein Betrüger, ein Lügner. Weshalb sollte er ausgerechnet zu ihr, der unscheinbaren Köchin Clara mit dem langen Zopf in Erdbeerblond, ehrlich sein? Er konnte jede Frau haben. Und brauchte niemanden.

Gedankenverloren polierte sie den Tresen länger, als nötig gewesen wäre, und stellte sich vor, wie es wohl wäre, im Umkleideraum zu schlafen. Sie hatte niemanden mehr, den sie hätte fragen können, und die Blöße, ohne Übernachtungsgelegenheit zu sein, wollte sie sich vor Viktor nicht geben. Wie tief konnte man an einem einzigen Tag fallen? Wie hoch fliegen?

Plötzlich hörte sie, wie sich die Eingangstür öffnete. Sie hatte doch abgeschlossen. Von der Straße aus konnte man sie im erleuchteten Teil des Restaurants beobachten. Sie war sich sicher, den Schlüssel umgedreht zu haben, nachdem Enzo gegangen war.

»Wir haben geschlossen!« Trotz der Angst, die sie hatte, versuchte sie, ihre Stimme energisch klingen zu lassen.

»Das stört mich nicht. Und eine verschlossene Tür hat mich noch nie davon abgehalten einzutreten.«

Wie aus dem Nichts stand Viktor vor ihr. Er sah umwerfend aus, strahlend, groß.

»Ich möchte dich abholen. Ich habe gesehen, dass du allein bist. Du siehst irgendwie zurückgelassen aus.«

Sein überraschender Anblick warf sie völlig aus der Bahn. Sie fühlte unendliche Erleichterung, Dankbarkeit, zugleich auch Wut.

»Du wolltest doch zum Essen kommen. Heute gibt es nichts mehr.«

»Ach, ich bin sicher, du hast mir eine Portion deiner Bolognese übrig gelassen.«

Seine Überheblichkeit machte Clara verrückt, und sie faszinierte sie. Sie konnte nicht anders. Ohne zu überlegen, warf sie sich in seine Arme.

Er strich ihr übers Haar, küsste ihre Stirn. Wie man ein Kind beruhigte, wenn es nicht weiterwusste und verzweifelt war.

Clara ließ es geschehen. Das war es, was sie sich wünschte, wonach sie sich gesehnt hatte: nach Berührungen von diesem Mann.

»Kann ich bei dir übernachten? Ich weiß nicht, wo ich hinsoll. Franklin und ich sind getrennt. Ich glaube, ich habe niemanden mehr.«

»Du hast mich. Du kannst bei mir bleiben. Ich habe ein großes Ding geplant.«

In diesem Moment war Clara verloren.

Gebratener Reis

Der Lichtschein der Schreibtischlampe, die Viktor vor sich auf dem Esstisch im Loft aufgestellt hatte, war extrem hell und so klein, dass er nur die Dokumente anstrahlte, die direkt darunter lagen. Clara konnte Viktors Gesicht fast nicht erkennen, so blendete es. Sie stand ihm gegenüber hinter der Kücheninsel und bereitete ein Mittagessen vor.

Seit ihrem Auszug bei Franklin waren fünf Tage vergangen, in denen Clara und Viktor schnell in Alltagsroutine gefunden hatten. Viktor hatte ihr die Matratze auf dem Boden überlassen und schlief selbst auf einer Isomatte auf der anderen Seite des Raumes in der Nähe seiner Staffeleien. Er arbeitete nachts sehr lang, dafür war sie morgens früher als er auf den Beinen und ging los, um zwei Coffee to go und ein paar Zutaten für ein einfaches Rezept zu holen. Die Routine tat ihr gut. Sie genoss diese Zeit.

Beim gemeinsamen Essen erzählte er ihr von seinen Abenteuern, die für Clara klangen, als hätte er sie in einem Roman gelesen: ein Schmuckraub in Genf, der Tausch eines Originalgemäldes gegen eine seiner Kopien in Kanada, die Fälschung von Diplomatenpapieren in der Schweiz, der Nachguss einer japanischen Bronzeskulptur für ein Mitglied des norwegischen Königshauses. Eine Geschichte war phantastischer und aufregender als die andere.

Am Nachmittag verließ Viktor die Wohnung. Wohin er ging, sagte er nicht. Und Clara fragte nicht danach. Sie räumte noch die Küche auf und machte sich auf den Weg in die Cucina.

Wenn Clara nach Feierabend in das Loft zurückkam, war Viktor meistens noch nicht da. Seine Wohnung war zu ihrer Höhle geworden. Sie fühlte sich immer wieder, als betrete sie einen Raum zwischen zwei Welten. Ihr altes Leben mit Franklin war abgeschlossen, ihre Mutter war mit Dante beschäftigt, auf ihre Freunde hatte sie keine Lust. Sie konnte ihnen nichts von dem, was sie bewegte, erzählen. Alle Fragen benötigten Ausflüchte, Lügen, erfundene Anekdoten.

Kitty und Daniela hatten am gestrigen Mittwoch wieder bei ihr gegessen. Sie hatte sich auch dazugesetzt, aber es war ihr schwergefallen, den Gesprächen zu folgen. Häufig wusste sie nicht, über was oder wen ihre Freundinnen sprachen. Kitty datete wieder, Danielas Tochter hatte Streit im Kindergarten – Details interessierten sie nicht.

An zwei Abenden hatte sie für Viktor Umschläge auf der Hutablage der Garderobe deponiert. Sie hatte nicht mitbekommen, wer sie genommen hatte. Aber sie bekam jedes Mal die Rückmeldung, die Übergabe sei erfolgreich verlaufen. Mehr musste sie nicht wissen.

Ihr neues Leben mit Viktor hatte noch nicht richtig begonnen. Er war freundlich und zuvorkommend. Das war's. Sie konnte schwer einschätzen, ob sich mehr zwischen ihnen entwickeln würde, wie sie es sich wünschte. Viktor war ihr ein Rätsel. Das Geheimnisvolle, das ihn umgab, nahm nicht ab, sondern mit jeder weiteren seiner Geschichten zu. Er war ein Mensch, der sich selbst mehr als genug war. Manchmal kam es Clara so vor, als hätte er vergessen, dass sie da war. Versunken in seine Projekte, Planungen und in die Arbeit, die er fleißig und äußerst akribisch erledigte, konnte sie fast körperlich spüren, wie sein Gehirn auf Hochtouren arbeitete.

Mit einer geschickten Schnittbewegung löste Viktor die Folie der Datenseite in dem gestohlenen Reisepass so ab, dass er den laminierten Teil wie eine Lasche aufklappen konnte, um an das Papier im Inneren zu kommen. Diese kniffelige Methode habe sich über die Jahre als die zuverlässigere und qualitativ hochwertigste erwiesen, erklärte er Clara, während sie Reis abgoss. Heutzutage könne sich jeder Teenie im Internet einen gefälschten Personalausweis besorgen. Faber-Fälschungen hätten ein vollkommen anderes Niveau. Viktor belieferte Menschen, denen eine falsche Identität oft sehr viel Geld wert war. Seine Arbeit musste stets einwandfrei sein.

»Wo kann man das lernen? Hast du dir das alles selbst beigebracht?«, fragte Clara.

»Ich habe das Geschäft vor fünfzehn Jahren von meinem Vater

übernommen. Der hat es mir gezeigt. Damals sind die Sicherheitsmerkmale in den Ausweisen um die holografischen Darstellungen der Lichtbilder und der gedruckten Daten erweitert worden. Es hat uns einige Zeit und Geld gekostet, unsere Pässe für jeden Grenzübergang und Zollbeamten der Welt tauglich zu machen. Ich habe einen Mitarbeiter des Schweizer Unternehmens, das das Patent der Sicherheitstechnik innehatte, bestochen, um an die nötigen Informationen und Materialien zu kommen.«

Er pausierte kurz, um mit einer Pinzette die hauchdünne Folie mit den geprägten Strukturen über das Passbild seiner Auftraggeberin zu legen. Clara hatte nebenbei das Gemüse geschnitten und es in der Pfanne garen lassen. Sie würzte und kippte den Reis dazu.

Viktor fuhr fort:»Um ehrlich zu sein, habe ich den Mann auch ein wenig erpresst, damit er mir gab, was ich wollte. Aber ich hätte seiner Tochter wirklich nie ein Haar gekrümmt. Du weißt ja, dass ich nicht gewalttätig bin. Das ist etwas für grobe Geschäfte. Nicht für einen Künstler wie mich.«

Clara horchte auf. Hatte Viktor »Erpressung« gesagt?

»Du hast ein Kind mit reingezogen? Womit hast du dem Vater gedroht?«

»Nichts Weltbewegendes. Ich habe ihm nur gesagt, ich wüsste, wo seine Tochter zur Schule geht. Das reichte schon.«

»Hm.« Clara verdrängte den erschreckenden Gedanken, Viktor könnte doch nicht so harmlos sein, wie er sich als Räuber und Fälscher gab, und ging zu Alltäglichem über. »Das Essen ist fertig.« Das Ei, das sie über den Gemüsereis geschlagen hatte, war rasch gestockt. Sie hatte zwei Portionen auf Tellern angerichtet, trug sie zusammen mit Besteck zum Tisch und stellte sie ein paar Plätze entfernt von Viktor ab.

»Perfekt. Ich bin auch so weit. Der Ausweis muss nur noch trocknen. Du kannst ihn später gleich mitnehmen. Er wird morgen in der Cucina abgeholt.« Er schaltete die Lampe aus und rutschte zum Teller auf.

Clara setzte sich ihm gegenüber. »Dann gib ihn mir bitte erst morgen. Heute ist mein freier Tag. Ich bin bei Kitty im Salon, und danach möchte ich shoppen gehen.«

***

Da Viktor sie für alles, was sie für ihn tat, zügig bezahlte, konnte sich Clara ein wenig Geld zur Seite legen. Zu dem Geld für den Einbruch in der Villa waren mittlerweile noch einmal achthundert Euro für die Übergaben im Restaurant gekommen. Zusammen mit der Zahlung zu Beginn ihrer Zusammenarbeit hatte sie in ein paar Tagen bereits sechstausendachthundert Euro verdient. Steuerfrei und bar auf die Hand. Wer der Käufer des Colliers gewesen war oder welche Schicksale sich hinter den Gästen, die die falschen Dokumente bei Viktor in Auftrag gegeben hatten, verbargen, wusste Clara nicht. Sie traute sich nicht, danach zu fragen.

Einen Teil ihres zusätzlichen Gehalts, wie sie es emotionslos betrachtete, hatte sie auf ihr Konto einbezahlt. Dreitausend Euro wollte sie dekadent in eine neue Frisur und Designermode investieren. Mit ihrem neu hinzugewonnenen Selbstbewusstsein, das einzig und allein aus ihrer Nebentätigkeit und Viktors Aufmerksamkeit resultierte, fand sie es dringend notwendig, ein paar ihrer Klamotten gegen Kleider aus Boutiquen einzutauschen, in deren Schaufenster sie sonst nicht einmal geblickt hatte. So fern, unerreichbar und unnötig teuer waren ihr die Stücke erschienen.

Zudem lagerte der Großteil ihrer Garderobe in Umzugskisten, die Franklin Margot vor die Tür gestellt hatte. Er hatte Clara nur eine Nachricht geschrieben, dass sie ihre Sachen bei ihrer Mutter abholen könne. Zudem könne sie den Dauerauftrag für die Hälfte der Miete, die sie monatlich an ihn gezahlt hatte, stornieren. Da der Mietvertrag sowieso auf seinen Namen laufe, sei damit alles zwischen ihnen erledigt.

Clara war diese Vorgehensweise recht. Sie hatte nicht das Bedürfnis, mit ihm zu reden oder ihn zu sehen. Das Thema Franklin war schon lange abgehakt. Aber ein wenig verletzte es doch ihre

Eitelkeit, wie rasch er sie aus seinem Leben entfernt hatte. Sie hatte immer gedacht, er hänge mehr an ihr.

Sie wollte die Kisten nicht mit zu Viktor nehmen. Ihr altes Leben hatte in ihrem neuen keinen Platz.

Entspannt blätterte sie in einem von Kittys Behandlungsstühlen die Modemagazine durch, die auslagen. Ihre Freundin kassierte noch eine andere Kundin ab, bevor sie sich vor Clara setzte und mit der Maniküre begann.

»Wie findest du denn dieses Kleid hier? Ich finde es gut.« Clara drehte das Magazin so, dass Kitty das Bild sehen konnte.

»Schön. Aber es wundert mich, dass es dir gefällt. Ist gar nicht dein Stil. Es ist so bunt.«

»Das mag ich ja gerade.«

»Aha. Ich fände es gut, wenn du etwas an deinem Aussehen verändern würdest. Das habe ich dir schon oft gesagt.«

»Und, was denkst du, soll ich mir die Haare abschneiden lassen?« Die innerliche Verwandlung, die sie durchlief, sollte von der Welt gesehen werden. Auch wenn sie Kitty ihre Situation nicht erklären konnte, wollte sie doch für sich selbst das Innere nach außen tragen. Und: Wann hatte sie sich das letzte Mal Neues, Farbenfrohes zum Anziehen gekauft? Unter der Kochjacke trug sie nur einfache T-Shirts.

»Du hättest dir den alten Zopf schon vor zehn Jahren abschneiden lassen sollen«, erwiderte Kitty stoisch, während sie Claras Nägel an der linken Hand feilte. »Ich wollte nie etwas sagen, weil er zu dir gehört wie deine Schürze. Aber wir sind doch über das Alter, in dem geflochtene Zöpfe angemessen sind, schon lange hinaus. Denkst du nicht?« Sie sah Clara mit hochgezogenen Augenbrauen an, was sie überheblich machte.

In Clara regte sich so etwas wie Unmut Kitty gegenüber. Ihre Freundin hatte nichts anderes als Schönheit und die damit verbundenen Oberflächlichkeiten im Sinn. In ihrem Kosmetikstudio fiel das nicht weiter auf, und es störte nicht, schließlich ging es dort ja um Aussehen. Aber in der realen Welt? Im richtigen Leben?

Warum war Kitty immer auf der Suche? Warum hatte sich keiner von ihren Träumen je erfüllt? Sie selbst hatte zumindest nach der Schule die Ausbildung gemacht, für die damals ihre Leidenschaft gebrannt hatte: das Kochen. Kittys Leben hingegen war in ihren Augen ein einziger Kompromiss.

Die Bemerkung über ihren »alten Zopf« ärgerte Clara. Zum einen erwartete sie von einer Freundin, auch ohne Nachfrage Dinge anzusprechen, die ihr nicht gefielen, zum anderen fühlte sie sich von Kitty herabgesetzt. Auch wenn sie nicht mit der gleichen makellosen Schönheit wie sie gesegnet war, fand sie es doch arrogant von ihr, auf diese Weise zu antworten. Und was hatte es Kitty bisher schon gebracht, überall die Schönste zu sein? Enttäuschung und leere Versprechen von den immer falschen Männern.

Clara fand, mit einem Mann wie Viktor war sie selbst um Längen besser dran, als es sich Kitty je vorstellen könnte.

Ihr nächster Weg führte sie in einen Friseursalon in der Nähe des Marienplatzes, an dessen Fenster stand: »ohne Termin«. Sie wurde auch tatsächlich gleich bedient: waschen, schneiden, föhnen.

Nachdem der Zopf ab war und ihre jetzt schulterlangen Haare gepflegt gestylt waren, fand sie schnell heraus, dass sie mit den restlichen zweitausendneunhundert Euro in einer der exklusiven Designerboutiquen in der Maximilianstraße nicht weit kommen würde. Ein Kleid für neunhundert Euro? Eine Hose für achthundert? Sie wollte Kleider kaufen und kein Investment tätigen, verdammt noch mal!

Die Vorstellung, zu welchen Anlässen sie die Sachen tragen wollte – zu einem Dinner mit Viktor, bei einem nächsten Einsatz mit Viktor, zu Hause bei Viktor, auf Reisen mit Viktor –, half ihr, fündig zu werden. Ein grünes Hemdblusenkleid behielt sie gleich an. Sie fühlte sich gut darin. Erwachsen und unabhängig. Viktor ebenbürtig.

Der Tag war lau. Am Nachmittag konnte die Sonne schon richtig wärmen. Mit den Einkaufstaschen bepackt schlenderte sie zur U-Bahn, schloss für ein paar Schritte die Augen und hielt ihr Gesicht in den Himmel. Um sie herum herrschte geschäftiges Treiben. Die Innenstadt zeigte sich in hellem Aufruhr. Die Atmosphäre schrie nach Frühling und Neuaufbruch, nach Weiterentwicklung.

Clara sog die Stimmung in sich auf, speicherte die Emotionen. Es ging ihr großartig. Zum ersten Mal seit langer, langer Zeit konnte sie sich daran erinnern, wie es sich anfühlte, glücklich zu sein.

**

Viktor war nicht zu Hause. Das Loft wirkte verlassen. Um diese Zeit war sie zwar normalerweise in der Cucina, aber hatte sie ihm gegenüber nicht erwähnt, dass heute ihr freier Tag war? Sie hatte gehofft, den Abend mit ihm zu verbringen.

Das Licht gleißte durch die Dachfenster und brachte den Staub im Raum zum Tanzen. Die Bilder, an denen Viktor arbeitete, standen in der prallen Sonne. Clara kam sich von den vielen Frauenporträts beobachtet vor.

Ob so viel Helligkeit gut war für die Farben?

Sie schloss die Fensterjalousien, die elektrisch zu bedienen waren, auf halbe Höhe und räumte ihre Taschen aus. An Viktors rollbarer Kleiderstange, die ihm als Schrank diente, hingen ein paar leere Bügel. Sie nahm sich drei davon und arrangierte ihre neuen Kleider darauf. Blusen über Hosen, Kleider über Röcke. Strümpfe und Wäsche behielt sie in einer Einkaufstasche, die sie ebenfalls an die Kleiderstange hängte.

Sie freute sich darauf, die Sachen zu tragen, und drehte sich auf der Suche nach einem Spiegel, in dem sie sich mit ihrer veränderten Frisur und dem grünen Kleid betrachten konnte, einmal um die eigene Achse. Sie sah keinen. Der einzige Spiegel war der im Badezimmer über dem Waschbecken.

Verwundert fiel ihr auf, wie spartanisch die Wohnung eingerichtet war. Sie hatte bisher nicht darauf geachtet. Das passte doch gar nicht zu Viktor, fand sie. Wieso hatte er kein richtiges Bett? Keinen Kleiderschrank, keine Regale? Bezüglich seiner Kunst und seines eigenen Aussehens war er Perfektionist bis ins letzte Detail. Nie trug er ein Hemd, das nicht frisch gestärkt war. Seine Haare saßen immer, seine Haut war makellos. Warum legte er keinen Wert darauf, wie er wohnte?

Clara konnte es sich nicht erklären. Die Gedanken blieben unfertig. Ein Läuten ließ sie erstarren. Noch nie hatte sie den Ton der Glocke vernommen.

Sie war unschlüssig. Was sollte sie tun? Sie war nur Gast hier. Durfte sie überhaupt öffnen? Im Loft befanden sich neben den gefälschten Bildern auch zahlreiche Dokumente und Pässe. Hereinlassen durfte sie auf keinen Fall jemanden. Wer wollte zu Viktor?

Clara konnte es nicht wissen, aber mit dem Öffnen der Tür würde ihr Leben noch einmal eine neue Wendung nehmen. Und das war eine andere als erwartet.

Grüner Spargel

Die Glocke schien mit jedem Mal lauter zu werden. Was war das für ein komisches Läuten? Es klang mehr nach einem Kirchturm als nach einer Türklingel.

Claras Gehirn ratterte. Was, wenn einer von Viktors gefährlichen »Kollegen« vor der Tür stand? Oder jemand, der etwas abholen wollte?

Erneutes Läuten.

Die Neugierde gewann die Oberhand. Clara atmete tief ein, gab sich einen Ruck und ging durch den Flur, um zu öffnen.

»Ah, hallo.« Der Mann vor ihr war sichtlich überrascht. »Ich suche einen Viktor Faber oder einen Thomas. Ist er zu Hause?«

»Nein, hier ist niemand außer mir. Der Name sagt mir nichts. Das ist meine Wohnung. Ich bin zwar erst kürzlich eingezogen, aber mein Vormieter hieß anders.« Clara log, ohne mit der Wimper zu zucken. Beim genaueren Hinsehen stellte sie fest, dass ihr der Mann vage bekannt vorkam.

»Hm. Das finde ich komisch. Ich dachte, ich hätte Thomas aus dem Haus kommen sehen.« Er hielt Claras taxierendem Blick stand und kam einen Schritt auf sie zu, was sie intuitiv zurückweichen ließ. Doch er hatte nichts Bedrohliches an sich. Sie hatte keine Angst.

»Wie gesagt, ich kenne keinen Thomas. Wohnt er vielleicht in einer der anderen Wohnungen im Haus?«

»Könnte sein. Es wäre auch möglich, dass er sich anders nennt.« Der Mann musterte sie. Nicht uninteressiert. Ihm schien zu gefallen, was er sah.

Clara wurde bewusst, dass sie ihr neues Kleid trug und die Haare frisch geschnitten und gestylt waren. Sie straffte ihre Schultern, richtete sich noch mehr auf und nahm ihrerseits den Fremden genauer in Augenschein. Was meinte er damit: »Es wäre möglich, dass er sich anders nennt«? Was sollte das bedeuten?

Der Mann war größer als sie, aber nicht so groß wie Viktor.

Und seine Haare waren zwar dunkel, hatten aber nicht die satte Farbe wie die Viktors. Insgesamt war er eine farblose Erscheinung, beinahe langweilig. Und doch entdeckte sie in seinen Gesichtszügen eine seltsame Vertrautheit. War sie ihm früher schon einmal begegnet?

Plötzlich hatte sie das Bedürfnis, sich zu schützen. Viktor zu schützen. Sie kam wieder einen Schritt nach vorn und schloss die Tür, bis sie nur noch einen Spaltbreit offen stand. »Ich kann Ihnen nicht helfen.«

Der Mann nickte stumm, legte die Stirn in Falten, machte auf dem Absatz kehrt und ging sehr langsam die Treppe hinunter. Clara hörte die alten Holzstufen noch lange quietschen.

✳✳✳

Clara hatte die Nacht allein im Loft verbracht und überhaupt keine Ruhe gefunden. Viktor war nicht zu erreichen. Sie wollte ihn warnen und ihm sofort erzählen, dass ein Mann nach ihm gesucht hatte, aber er reagierte weder auf die Text- noch auf die Sprachnachrichten, die sie ihm hinterlassen hatte.

Was wollte der Fremde von Viktor? Wieso hatte er nach einem Thomas gefragt? Was, wenn Viktor für immer verschwunden war?

Bis zu ihrem Aufbruch in die Cucina am Nachmittag hatte Clara das Loft nicht verlassen, um ihn nicht zu verpassen, wenn er nach Hause kam. Ärger und Wut waren Angst und einer unguten Vorahnung gewichen.

Der Abend verlief wie gewöhnlich in Wellen. Mal hektisch, mal gemächlich. Sie gab sich alle Mühe, für die nächsten Stunden nicht an Viktor zu denken und sich auf die Arbeit zu konzentrieren. Es gelang ihr, die Ungewissheit und die Angst auszublenden und nur zu funktionieren.

Das Gericht des Tages war Kabeljau im Speckmantel mit roten Linsen und dem ersten grünen Spargel der Saison. Clara hatte dem Lieferanten gestern fünfzig Prozent seines gesamten Vorrats abgenommen. Im März, wenn das Gemüse wie jedes Jahr für ein paar Wochen im Frühling die Speisekarten der guten Restaurants zu dominieren begann, war jeder verrückt danach. Ab April, wenn in Deutschland Saison war und es den frischen heimischen Spargel gab, hatten die Gäste schon längst wieder genug davon.

Für sich selbst oder für Freunde bereitete Clara Spargel erst ab April zu, wenn er seinen vollen Geschmack entwickelt hatte. Dann schmeckte er, wie es sein sollte. Trotzdem würde sie später zwei Portionen mit zu Viktor nehmen. Wenn er wieder da war, würde er bestimmt Hunger haben.

»Clara, der Gast an Tisch 7 will den Küchenchef sprechen. Dante kommt später, hat er gestern gesagt. Gehst du mal rasch?«, bat ein Kellner.

Fahrig strich sie ihre Schürze glatt und setzte sich in Bewegung. Schon bevor sie Tisch 7 erreicht hatte, erkannte sie den Mann. Gestern hatte er vor Viktors Tür gestanden. Ihre Knie wurden weich.

»So schnell sieht man sich wieder«, sagte er freundlich. Oder aufdringlich? Oder bedrohlich?

»Sie ... wollten den Küchenchef sprechen? Das bin ich heute«, stammelte sie.

»Ja, das weiß ich. Ich wollte Ihnen nur zu Ihrer ausgezeichneten Küche gratulieren. Es hat mir hervorragend geschmeckt. Ich hatte die Minestrone – das ist wohl Ihr Spezialgericht? Sie ist – wie soll ich sagen – besonders. Als Hauptgang hatte ich den Kabeljau. Er war auf den Punkt. Wirklich toll.«

Warum hob er die Minestrone hervor? Seit sie ihn für Viktor gekocht hatte, stand der Eintopf für sie unweigerlich in engem Zusammenhang mit ihm, und dieser Mann vor ihr suchte Viktor. Das konnte kein Zufall sein.

Sie musterte ihn eingehender. Er trug einen grauen Anzug. Der saß, aber nicht wie die Anzüge, die Viktor hatte. Die Jacke war zu groß, die Ärmel waren zu lang. Sein Hemd war weiß, aber der Kragen hatte sich, vermutlich von häufigem Waschen, verfärbt. Die Uhr mit dem braunen Lederarmband, die unter der Hemdmanschette hervorlugte, war nichts Besonderes. Soweit

Clara das beurteilen konnte, handelte es sich um keine dieser teuren Uhrenmarken, wie Viktor sie besaß. Hieß das, der Mann war kein Krimineller, kein Geldeintreiber, kein Auftragsmörder? Oder war die Kleidung Programm?

Er machte sie nervös. Ihr schönes neues Kleid, das sie heute gleich wieder angezogen hatte, wurde unter den Achseln feucht. Sie konnte es fühlen.

»Es freut mich, dass Ihnen das Essen geschmeckt hat. Darf ich Ihnen noch ein Dessert empfehlen?« Sie bemühte sich um einen unverbindlichen Ton. »Unser Patissier hat am Nachmittag eine italienische Mandeltorte gebacken. Sie wird mit Pistaziencreme serviert.«

»Das hört sich sehr gut an. Die probiere ich. Und einen Espresso, bitte. Ich habe noch eine lange Nacht vor mir.«

Clara vermochte nicht, das Lächeln des Fremden einzuordnen. War es freundlich, süffisant, hinterhältig?

»Kommt sofort.«

Während ihr Herz raste, ging sie betont gemächlich hinter den Küchentresen. Sie bekam kaum noch Luft, die aufkommende Panik schnürte ihr den Brustkorb zu. Sie lockerte ihre Schürze und verschwand im Umkleideraum. Dort ließ sie kaltes Wasser über ihre Handgelenke laufen und wusch sich den Nacken. Schon besser!

Bestimmt würde ihr der Mann später folgen. Bis zur U-Bahn war es zwar nicht weit, aber das letzte Stück zum Loft war ein dunkler Fußweg. Sie holte ihr Handy aus dem Spind und versuchte erneut, Viktor zu erreichen. Vergeblich.

Sie schrieb ihm eine weitere Textnachricht: »Wo steckst du? Der Typ von gestern sitzt bei mir im Restaurant. Ich habe Angst und werde mit dem Taxi zurückfahren. Falls du wieder da bist, halte alles dunkel. Er denkt, das Loft ist meine Wohnung.«

Plötzlich stand Dante in der Tür. »Ist dir nicht gut?«

»Doch, doch, geht schon. Ich dachte, du kommst nicht mehr?« Clara bemühte sich zu lächeln.

»Margot und ich waren im Kino. Sie ist nach Hause, und ich wollte noch nach dem Rechten sehen.«

»Hm.« Clara hatte keine Nerven, um mit ihm zu reden. Sie musste Viktor erreichen. Wo steckte der Kerl nur seit gestern?

»Du siehst blass aus. Warum machst du nicht Feierabend? Es stehen nur noch zwei Gerichte am Brett. Das schaffen die anderen auch. Übrigens, schöne Frisur. Steht dir gut. Macht dich ... weiblich. Nur denk bitte daran, dir die Haare beim Kochen zusammenzubinden.«

»Dante, ich bin keine Anfängerin. Ich achte darauf, dass alle Hygieneregeln eingehalten werden. Ich bin nicht deine Tochter und auch nicht deine Freundin. Nur weil du mit meiner Mutter ausgehst oder denkst, mit ihr zusammen zu sein oder was auch immer, brauchst du mir nichts vorzuschreiben. Ich kümmere mich tagtäglich um den Laden hier, und du kommst gelegentlich mal vorbei und steckst deine dicke Nase in meine Töpfe. Und dabei trägst du diese blöde Jacke«, sie hatte sich vor Dante aufgebaut und zog an einem Ärmel, »mit der Aufschrift ›Küchenchef‹. Merkst du gar nicht, wie lächerlich das ist? Du bist eine italienische Witzfigur, und dein Restaurant ist eine Münchner Möchtegern-Schickimicki-Kantine. Mehr nicht. Meine Mutter datet dich nur, weil sie verzweifelt ist. Seit sie mein Vater verlassen hat, war sie nur verzweifelt. Zehn Jahre lang hat sie auf einen besseren Mann gewartet und letztendlich doch dich genommen. Bevor sie keiner mehr will. Das Botox, das ihr der Beauty-Doc in die Stirn gerammt hat, hat offenbar ihr Denkvermögen vernebelt. Ihr seid lächerlich, pathetisch!«

Sie hatte sich in Rage geredet. Die Worte waren aus ihrem Mund gekommen, ohne vorher ihrem Gehirn einen Besuch abgestattet zu haben. Die Anspannung und Panik in ihr hatten ein Ventil gesucht, um sie nicht zu lähmen. Dieses Ventil trug nun unwiderruflich den Namen Dante. Sie konnte die Worte nicht mehr zurücknehmen, obwohl der Stress überhaupt nicht von ihm verschuldet gewesen war.

Dante stand mit aufgerissenen Augen vor ihr. Er bewegte sich nicht. Jetzt erst sah sie auch Enzo. Wie lange war er schon da? Hatte er ihren Ausbruch mit angehört?

Mehr als peinlich berührt blickte sie fahrig zwischen den beiden hin und her. Ihr Körper war bis in die letzten Nervenzellen angespannt. Jeder Muskel hatte sich verkrampft.

Keiner im Raum tat einen Mucks. Es schien, als traue sich niemand mehr zu atmen. Die Stille war mit Händen greifbar und löste sich erst mit einer Träne. Einer dicken, prallen Träne, die sich aus Dantes linkem Augenwinkel langsam auf den Weg über seine gerötete Wange machte. Sie lief hinunter bis zu seinem Kinn, von wo aus sie auf seine Kochjacke tropfte. An die Stelle, an der der Schriftzug »Küchenchef« eingestickt war.

Erst in diesem Moment registrierte Clara, dass sie ihm eben sein italienisches Herz gebrochen hatte. Sie hatte seinen Stolz und seine väterliche Liebe zu ihr auf ein Hackbrett geknallt und mit dem schärfsten Messer, das sie im Messerblock hatte, grob bearbeitet, bis nur noch eine undefinierbare Masse vor ihr lag.

»Geh! Du bist gekündigt. Ich will dich nie wieder in meiner Cucina sehen.« Dante drehte sich um und verließ ohne ein weiteres Wort die Umkleidekabine.

Enzo ließ sich auf die Sitzbank fallen. »Puh! Clara. So kannst du mit einem Italiener nicht reden. Das verzeiht er dir nie. Auch dir nicht. Das würde er niemandem verzeihen. Was ist nur los? Du bist schon seit Wochen total komisch. Ist es wegen Franklin?«

Clara schnaubte verächtlich. »Wegen Franklin? Das ist doch lächerlich! Ich muss raus hier. Der Mief stinkt mir.« Sie zog ihre Schürze aus, feuerte sie zur Schmutzwäsche, stopfte die Sachen aus ihrem Spind in ihre Tasche, zog die Jacke über und floh.

Auf der Straße begann sie zu laufen. Sie versuchte, vor sich selbst davonzulaufen. Sie wollte aus ihrer Haut. War das noch sie selbst? Was geschah mit ihr?

Ihr Ziel war der Taxistand vor dem Gärtnerplatztheater. Verschwitzt und aufgelöst stieg sie in den ersten Wagen in der Schlange. »In die Schönbergstraße 8 bitte.«

Schon wieder saß sie auf der Rückbank eines Taxis auf dem Weg zu Viktor. Oder zumindest in seine Wohnung. Auf ihre Nachrichten zu reagieren hatte er immer noch nicht für nötig befunden. Oder konnte er ihr nicht antworten?

Pasta mit Tomatensoße

»Warten Sie. Halten Sie bitte dort an der Ecke.«

Clara hatte Angst, dass ihr der Mann aus dem Restaurant trotz ihres unerwarteten Aufbruchs gefolgt war. Wenn er ein Krimineller war, hatte er seine Ohren und Augen überall. Was, wenn er sogar Spitzel in der Cucina platziert hatte? War womöglich Enzo einer von ihnen oder Dante selbst?

Die Phantasie ging mit ihr durch. Ihre Gedanken wurden von galoppierenden Pferden getrieben, ihre Hände zitterten.

Der Taxifahrer hielt an, kassierte und fuhr sofort weiter, nachdem Clara ausgestiegen war.

Es war dunkel, nur wenige Straßenlaternen beleuchteten den Weg. Die Gegend um den Englischen Garten war zwar eine der besten der Stadt, was aber nicht hieß, dass es nachts nicht gefährlich werden konnte.

Ihre Angst steigerte sich weiter. Sie fühlte sich beobachtet. Die Bäume am Straßenrand trugen die ersten Frühlingsblätter, deren Schatten wie kleine Schlitzaugen glotzten. Hinter jedem Baum und jeder Biegung vermutete sie einen Verfolger. Kam ein Auto, versteckte sie sich. Sie hatte das Gefühl, um ihr Leben fürchten zu müssen.

Endlich erreichte sie das Haus. In ihrer Tasche suchte sie nach dem Schlüssel, den Viktor ihr gegeben hatte. Weil er ohne Anhänger war, fand sie ihn lange nicht. Sie wühlte sich durch die eilig hineingestopften Wechselkleider aus ihrem Spind. Ihre Nerven waren zum Zerreißen gespannt.

Endlich hatte sie es geschafft, den Schlüssel in das Schloss der schweren Eingangstür zu stecken, drehte, ruckelte und drückte, warf sich dagegen und war endlich im sicheren Treppenhaus. Mit großen Schritten flog sie die Treppen bis ins Obergeschoss hinauf.

Sie fand die Wohnungstür angelehnt vor und stieß sie mit einem Satz auf.

»Viktor! Viktor, bist du hier?«, rief sie.

Er kam ihr entspannt schlendernd aus dem dunklen Raum entgegen. »Ja, ich bin zu Hause. Ich habe dich laufen sehen. Ist etwas passiert?«

Das brachte das Fass zum Überlaufen. Achtlos ließ sie ihre Tasche fallen und warf sich schluchzend in seine Arme. Es war ihr egal, ob er das wollte oder nicht. Sie klammerte sich an ihn und weinte. Erst als sie merkte, dass er ihre Umarmung erwiderte, beruhigte sie sich. Endlich war sie ihm wieder so nahe, dass sie den Geruch seiner Haut wahrnehmen konnte. Sie atmete tief ein, sog alles auf und löste sich schließlich etwas peinlich berührt von ihm.

»Wo warst du? Wieso hast du nicht auf meine Nachrichten reagiert?«

»Ich hatte einen Auftrag und war für eine Nacht in Paris. Wenn ich im Ausland bin, benutze ich ein anderes Handy.«

»Warum hast du mir nichts davon gesagt? Ich wusste nicht, ob du überhaupt wiederkommst! Ein Mann war hier an der Tür und hat dich gesucht. Aber er denkt, du heißt Thomas. Er hat mir Angst gemacht. Er war sogar bei mir im Restaurant. Woher wusste er, wo ich arbeite? Schuldest du jemandem Geld? Ist er gefährlich?«

»Beruhige dich erst einmal.« Er half ihr aus der Jacke und hängte sie über die Lehne eines Esszimmerstuhls.

Sie setzten sich an den Tisch. Die Atmosphäre im fast dunklen Raum war eine besondere. Hin und wieder huschten Lichtfetzen von Scheinwerfern unten auf der Straße fahrender Autos über die Wände, an denen schon wieder neue Zeichnungen hingen.

Viktor schob ihr ein Glas Wasser hin, das auf dem Tisch stand. »Das wird deine Nerven beruhigen.«

Clara nahm dankbar an und trank das Glas in großen Schlucken leer. Auf die Frage, wie der Mann ausgesehen habe, beschrieb sie, was er getragen hatte, seine Frisur, wie groß er war. Sie erzählte Viktor fast wortwörtlich, was er gesagt und was sie erwidert hatte. Sie schilderte sein Verhalten in der Cucina, ihre

Angst und Panik auf dem Nachhauseweg und wie sie zurück ins Loft gekommen war. »Und noch etwas anderes ist passiert.« »Was denn?« Viktor hatte ihr stumm zugehört. Hin und wieder hatte er seine Stirn in Falten gelegt. »Dante hat mich gefeuert. Und er war im Recht. Ich habe mich unmöglich benommen.« »Was hast du denn getan? Hast du Risotto anbrennen lassen?« Viktor lachte. »Ich finde das überhaupt nicht lustig. Ich bin jetzt arbeitslos. Fristlos gekündigt! Das heißt, ich habe keine Wohnung und auch kein Einkommen mehr. Was wiederum bedeutet, dass mir auch niemand eine Wohnung vermieten wird, wie das eben so ist. Was mich – realistisch betrachtet – zu einer arbeitslosen Obdachlosen macht.« Sie fing wieder an zu weinen. Zum zweiten Mal an diesem Abend hatte sie sich in Rage geredet und erneut das Herz auf der Zunge getragen. »Hinzu kommt, dass ich das meiste Geld, das ich durch deine Geschäfte verdient habe, in zweitklassige Designermode und einen Haarschnitt investiert habe, von dem ich nicht weiß, ob ich ihn mag.« Sie stand auf und ging zu der großen Fensterfront. Der Nachthimmel war schwarz.

Sie war wütend auf sich selbst. Ihre Situation war nur ihrer naiven Schwärmerei und ihrem Drang nach Abwechslung geschuldet. Der Zufall und ihre Faszination für diesen Mann, der ihr nicht vertrauter wurde, sondern ihr immer rätselhafter vorkam, hatte sie in diese prekäre Situation gebracht. Was sollte sie nun tun? Arbeitslos und obdachlos. Ebbe. Gestrandet in diesem Loft. In dieser Räuberhöhle mit Matratze am Boden? Träume ohne Halt. Sie hatte kein Ziel und schon gar keinen Plan.

Sie betrachtete ihr Spiegelbild im Fenster. Sie konnte das grüne Kleid leuchten sehen und erkannte sich selbst darin kaum wieder. Ihr war, als beobachte sie eine fremde Frau im Zwiespalt mit sich selbst.

Sie sah, wie Viktor von hinten näher trat. Er legte die Arme um sie und küsste ihren Nacken.

»Das Kleid steht dir wunderbar. Die Frisur auch«, flüsterte er ihr ins Ohr. »Du siehst wunderschön aus. Ich bin froh, dass du bei mir bist.« Mit seinen Berührungen hörten ihre Gedanken auf, sich in der Negativspirale zu drehen. Nichts anderes war wichtig. Wen interessierte schon, was gestern gewesen war, heute ist und morgen sein würde? Clara drehte sich in seinen Armen zu Viktor um. Endlich fanden sich ihre Lippen. Sie küssten sich lange. Beide waren Genießer, Gourmets. Die Zärtlichkeiten, die sie austauschten, glichen einem Fünf-Sterne-Dinner. Clara fand stets für alles in ihrem Leben Analogien zu Essen. Amuse-Gueule als Appetitanreger, Vorspeise zum Einstieg.

Viktor begann, sie zu entblättern. Als befasse er sich mit einer gekochten Artischocke, zupfte er genussvoll Blatt für Blatt ab, öffnete Knopf für Knopf, bis das grüne Kleid zu Boden fiel.

Den Hauptgang der nächsten Minuten stillte Claras Hunger wie ein dampfender Teller handgemachter Pasta mit einer sämigen Tomatensoße, getoppt mit sahnig-cremiger Burrata, garniert mit frischem Basilikum. Zum Dessert bescherte Viktor ihr luftige Zärtlichkeit; wie eine schaumige Zabaione.

Und plötzlich war alles okay. Die Angst vor einem Verfolger, vor der Zukunft ohne Job und Geld, das Erschrecken über ihre eigenen Handlungen – all das hatte sich soeben auf einer Matratze in einem Loft in Bogenhausen in Luft aufgelöst. Eine sanftmütige Stille legte sich über sie. Momente, die nur Sekunden dauerten, wurden zu vollkommenem Glück. Clara fürchtete lächelnd um ihr Herz, das so laut und heftig schlug, dass sie dachte, es werde ihr in der Brust zerspringen.

Viktor hatte es sich in ihrem Arm gemütlich gemacht. Sein Rücken ruhte an Claras Brust. Das Gesicht zur Fensterfront gerichtet, flüsterte er:»Du bist ab heute meine Verbindung zur Welt. Ich kann die Wohnung nicht mehr verlassen. Wenn ich ihm gegenübertreten muss, sind er und ich verloren.«

»Von wem redest du? Von diesem Mann?«

»Er wird uns überwachen. Er wird dir so lange wie zufällig begegnen, bis du ihm einen Grund für einen Durchsuchungsbeschluss lieferst.«

Durchsuchungsbeschluss? Die Realität verpasste Clara eine

Ohrfeige. Alles hatte sich so normal angefühlt, aber sie hatte Hehlerware vertrieben und eine Villa ausgeraubt. Sie hatte sich strafbar gemacht. Wenn sie erwischt werden würde, hätte das ernsthafte Konsequenzen.

»Noch einmal, Viktor: Wer ist der Mann? Wieso hast du Angst vor ihm? Du hast nie Angst. Du bist doch jedem gewachsen.«

»Ihm nicht.« Viktor setzte sich auf. »Er ist mein großer Bruder, Gabriel Peartree, Kunstraub-Ermittler bei Interpol.«

Lauch mit Dip

Seit die Bombe bezüglich Viktors Bruder geplatzt war, waren drei Tage vergangen. Regnerische Tage. Tage, in denen sich weder Viktor noch Clara noch Peartree, der in einem Auto vor dem Haus saß, bewegt hatten.

Noch hatte Clara nicht mehr über das Verhältnis der Brüder erfahren. Sooft sie auch fragte oder versuchte, ihre Unterhaltungen auf das Thema zu lenken, Viktor rückte nicht mit der Sprache heraus. Ihr war klar, dass es das schwierigste Geschwisterverhältnis sein musste, von dem sie je gehört hatte. Da sie selbst als Einzelkind groß geworden war, hatte sie sich noch nie gut in Themen von Geschwisterkonstellationen einfühlen können. Was sie aber beunruhigte, waren die Angst, die sie in Viktors Augen sah, Gabriels Hartnäckigkeit und die Tatsache, dass Viktor das Loft bis auf Weiteres nicht verlassen konnte. Sein Bruder war offensichtlich noch nicht davon überzeugt, ihn hier nicht anzutreffen.

Clara hatte ihren Namen am Türschild angebracht und unternahm alltägliche Gänge zum Bäcker oder in den Supermarkt um die Ecke. Um verdachtsfrei zu bleiben, kaufte sie nur für eine Person ein. Zwei Brötchen, eine Banane, hundertfünfzig Gramm Tomaten, einen Joghurt. Sie wusste, dass der Kommissar ihr folgte. Sie drehte sich nie um, sah ihn nie, aber sie wusste, er war da, harrte in seinem dunklen Kombi mit französischer Nummer aus. Die Nächte waren noch kühl – es war Mitte März. Er hatte sich eine schwarze Decke in das Auto gelegt, in die er sich nachts einwickelte. Das sah Clara, wenn sie wieder einmal im Dunkeln an der Fensterfront stand und ihrerseits den Kommissar unten auf der Straße beobachtete.

Peartree sah nie nach oben. Er konzentrierte sich nur auf die Haustür. Manchmal ging er spazieren, blieb aber immer in Sichtweite. Wenn das Auto doch ein paar Stunden weg war, standen dort andere, die nicht hierhergehörten.

Sowohl für Clara als auch für Viktor war die Situation ungewohnt. Sie fanden sich als Paar, was wunderschön war. Zwar hatten sie nicht die Möglichkeit, zu leben wie normale frisch Verliebte – sie konnten nicht ins Kino gehen oder ein Restaurant besuchen –, aber »normal« galt für sie sowieso nicht.

Viktor zeigte Clara seine Zuneigung deutlicher als noch vor ein paar Tagen. Er suchte ihre Nähe, stellte Fragen über ihr Leben, ihre Beziehung zu Franklin. Er wollte wissen, wieso sie Köchin geworden war, und genoss es in vollen Zügen, von ihr umsorgt zu werden.

Bei meist schwachem Tageslicht redeten sie stundenlang. Er stand bei ihr an der Kochtheke – am hinteren Teil, der durch die Fensterfront nicht einsehbar war –, und Clara kochte.

Sie vermisste es, in die Cucina zu gehen – so ehrlich musste sie sein –, und sie hatte Lust, wieder neue Rezepte auszuprobieren, zu experimentieren. In Viktors Küchenschränken fand sie wenig Brauchbares, und der Einkauf gestaltete sich aufgrund der Überwachung schwierig, aber das kitzelte erst recht ihre Kreativität heraus. Sie hätte es selbst nicht für möglich gehalten, welch wunderbaren ersten Gang man zum Beispiel aus einer Stange Lauch, einem griechischen Joghurt, Zitronenabrieb und diversen Trockengewürzen zaubern konnte. Wie wohl Dante das Gericht gefallen hätte?

Weder ihre Mutter noch Dante hatte sich nach dem schwierigen Bruch bei ihr gemeldet. Oder hätte sie sich melden müssen? Bestimmt erwartete Dante eine Entschuldigung von ihr.

Berührung um Berührung band Clara mehr an Viktor. Er ließ ihr Herz höherschlagen, beschleunigte ihren Atem, wie kein anderer Mann es je vermocht hatte. Vor ihm fielen sämtliche ihrer Masken. Viktor Faber, dem Kunstfälscher, Betrüger und Räuber, vertraute sie wie noch niemandem sonst in ihrem Leben. Sie hätte wochenlang so weiterleben können. Gefangen in dem kleinen Loft in Bogenhausen, war sie glücklich. Die Welt pausierte. Sie fühlte sich frei. Trügerisch und doch real.

Nach einer Weile änderte sich das. Zumindest für Viktor. Wie ein Raubtier im Käfig fing er in den späten Nachmittagsstunden an, rastlos den kleinen fensterlosen Flur auf und ab zu gehen. Er hatte sich dort sein Atelier eingerichtet. Von der hellen Fensterfront war er mit seiner Kunst in den winzigen dunklen Schlauch gezogen. Links und rechts standen Staffeleien mit Leinwänden, am Boden lagen überall Malspachtel, Messer, Pinsel, Schaber, Mischpaletten, Abdeckfolie, Trockenvlies. Der Weg in das kleine Badezimmer war zum Hindernislauf geworden. Lediglich zwei billige Stehlampen spendeten ihm Licht.

Zu Beginn seiner erzwungenen Quarantäne hatte Viktor es mit Humor getragen und gesagt: »Ich nähere mich mehr und mehr den Originalbedingungen der Künstler an, die ich fälsche.«

Bis weit nach Mitternacht malte er wie ein Besessener. Ein Bild nach dem anderen entstand. Er arbeitete nur an Porträts von Frauen aus diversen Epochen. Da war zum Beispiel ein da Vinci mit »La Belle Ferronnière«. Viktor erklärte Clara, dass die Frau, die darauf zu sehen war, nie identifiziert werden konnte. Es war eines der Gemälde, die der Maler, wie manchmal für ihn üblich, nicht signiert hatte.

»Die Arbeit hängt im Louvre«, sagte Viktor. »Ich bezweifle, dass es das Original ist. Aber wer weiß das schon genau. Meines werde ich jedenfalls rasch verkaufen können. Ich hatte erst kürzlich eine Anfrage für ›alte Meister‹. Ach ja, bring mir bitte später Leinsamenöl aus dem Supermarkt mit. Farbpigmente altern damit sprunghaft um mindestens fünfzig Jahre.«

Eine weitere Dame, der er sich widmete, hieß Susanna Lunden. In dem Bild »Le Chapeau de Paille« hatte Rubens die ältere Schwester seiner Frau verewigt. Seine Schwägerin hatte kantige Gesichtszüge, die Clara als unangenehm empfand.

»Hast du für dieses Bild auch schon einen Käufer?«, fragte sie.

»Nein, aber irgendwer findet sich sicher. Die Araber und Chinesen packen solche Gemälde in riesige Goldrahmen und erzählen ihren Freunden, es sei ein Rubens. Wenn die nicht schon mal in Europa durch Museen gestreift sind, wissen sie gar nicht, wer das ist. Hauptsache, es sieht wichtig und teuer aus.«

»Hübsch ist sie aber nicht.«

»Jeder Mensch trägt einen Zauber im Gesicht, irgendeinem gefällt er.«

»Tut es dir nicht leid, wenn deine Arbeit nicht anerkannt wird? Du wirkst wie besessen, wenn du malst.«

Viktor zuckte nur mit den Schultern.

Freundlicher als Susanna Lunden sah da schon Elisabeth Vigée-Lebrun auf Viktors Leinwand aus. Sie war einst eine der ersten anerkannten Malerinnen gewesen und hatte für die französische Königin Marie-Antoinette gearbeitet. Sie hatte sich selbst mit einem Pinsel in der Hand gemalt.

Wenn Viktor eine Pause machte, legte er sich zu Clara auf die schmale Matratze, schmiegte sich an sie und ruhte sich aus. Nach einiger Zeit sah Clara in ihm den Drang, ans Fenster zu gehen, und wie viel Kraft es ihn kostete, es nicht zu tun. Die Anwesenheit des Kommissars hing über ihm, wenn er in der zweiten Nachthälfte am Badezimmerboden über seltsamen Plänen und Gebäudegrundrissen brütete. Clara wusste nicht, was das für Pläne waren, die fein säuberlich gefaltet und nummeriert in der Badewanne ruhten, statt auf dem Esstisch zu liegen.

Manchmal hielt Viktor mitten in der Arbeit inne, erschrocken von der tiefen Lautlosigkeit der Nacht. Clara wusste, es gab für ihn nichts Schlimmeres als die Totenstille der großen Städte, die nachts plötzlich da war und über die Dächer glitt. Er liebte das Leben und brauchte Lärm, Farben, Licht. In manchen Stunden durchfuhr es ihn wie ein Blitz, und Clara trug dann den Schmerz über die Form seines momentanen Daseins mit. Sie versuchte alles, um den Sturm in ihm im Zaum zu halten.

Dass es ihm schlecht ging, erkannte sie auch an seinem neuesten Werk. Hatte er, seit sie ihn kannte, wie ein Besessener phantastische Kunstwerke geschaffen und die Gesichter der Frauen, die er malte, mit so viel Feingefühl und Zärtlichkeit bearbeitet, dass Clara eifersüchtig zugesehen hatte, zeichnete er heute Blumen. An Motiven aus der Natur hatte sie Viktor noch nie arbeiten sehen.

»Schön. Richtig ... gelb. Und blau. Was sind das für Blumen?«

Viktor drehte sich nicht um, sondern malte weiter. »Das ist ein Andy Warhol. ›Flowers‹. Sieht man, oder?«

»Ja, das sieht man. Für wen ist es?«

»Das geht nach Österreich.«

»Hm.« Mehr fiel Clara nicht ein. »Wie schaffst du die Bilder unbemerkt aus der Wohnung? Ich kann sie ja nicht unter den Arm nehmen und zur Post bringen, oder?«

Jetzt drehte sich Viktor doch zu ihr um. »Warum nicht?«

»Warum nicht? Darf ich dich an deinen Bruder erinnern, der vor dem Haus campiert?«

»Er campiert nicht. Er beobachtet dich. Du bist zu hundert Prozent sein Typ.« Er wandte sich wieder der Leinwand zu und malte seelenruhig weiter.

Das machte Clara wütend. »Könntest du mich bitte endlich in deine Pläne einweihen? Wie willst du die Bilder rausschaffen, ohne dass dein Bruder die Polizei ruft? Wo sollen wir hin? Willst du, dass ich mit dir komme, oder finde ich das Loft bald wieder verlassen vor? Rede mit mir!«

Seufzend legte Viktor den Pinsel weg, stand auf und holte sich vom Küchentresen ein Glas Wasser. Er setzte sich zu Clara an den Esstisch. Sie legte ihr Handy weg, mit dem sie endlich die Nachrichten, die ihr Kitty und Daniela seit Tagen sandten, beantwortet hatte.

»Es ist ganz einfach. Wenn Gabriel pausiert, bleibt ein winziges Fenster der Unruhe, bis der neue Beamte seinen Posten eingerichtet hat. Du nimmst das erste Bild, ich habe es schon verpackt, und schickst es an einen Hehler in Frankfurt. Die Polizei kann nichts tun. Gegen dich liegt rein gar nichts vor. Du kannst machen, was du möchtest. Der Hehler arbeitet mit einem falschen Pass – einem von mir natürlich, er ist also sicher – und transportiert das Bild zu seinem Käufer nach Dubai. Wir brauchen dringend das Kapital für den Coup, den ich für uns in London plane.« Er griff nach Claras Hand. »Du kommst doch mit mir, oder? Hast du Zweifel? Ich brauche dich. Ich fühle mich gut, wenn du bei mir bist.«

»Nach London?« Clara spielte die Gezierte. Natürlich würde sie mitkommen.

»Ja. Wir machen uns ein paar schöne Tage und erledigen den

Auftrag. Es ist ein großes Ding. Danach setzen wir uns vielleicht nach Mexiko ab. Ich habe dort ein kleines Haus. Du magst doch Mexikanisch, oder?« Claras Antwort wartete er nicht ab. Er zog sie zu sich und küsste sie. Damit war die Sache besiegelt.

Galette

»Ich gehe also jetzt. Zuerst bringe ich das Bild zur Post. Danach treffe ich mich mit Kitty, Daniela und meiner Mutter zum Mittagessen. Sie lassen mir keine Ruhe, und ich bin es ihnen schuldig, bevor wir verschwinden. Ich kaufe für uns am Viktualienmarkt ein.«

Clara hatte sich schick gemacht. Es war das erste Mal seit ihrer Kündigung, dass sie etwas anderes vorhatte als nur einen kurzen Einkauf. Wenn es nach ihr ginge, hätten die Tage endlos so weitergehen können. Das Loft war ihr ans Herz gewachsen. Viktor war zwar schwierig, aber faszinierend. Langweilig wurde es mit ihm nie. Sie lernte, seinen Gesichtsausdruck besser zu lesen und zu verstehen, in welcher Stimmung er war. Seine Launen wechselten häufig rasch von fröhlich zu depressiv, von leise zu laut.

Die Bilder, die er wie am Fließband gemalt hatte, nahmen die komplette Seite im Flur ein. Er hatte sie alle auf den Boden gestellt und an die Wand gelehnt, manchmal in doppelter Reihe. Es blieb nur ein winziger Gang, um nach draußen zu kommen. Clara wusste nicht, ob es Auftragsarbeiten waren. Die meiste Zeit hatte Viktor in die Frauenporträts investiert. Mit komplizierten Trockenvorgängen sahen sie in Claras Augen täuschend echt aus. Er hatte einzelne Stellen mit dem Leinsamenöl massiert, die Bilder für ein paar Minuten in den Backofen geschoben, sie neben die heiße Dusche gestellt oder mit einer bräunlichen Flüssigkeit besprüht. Sie hätten in jedem Museum der Welt hängen können. Ebenso echt muteten die Ausweise und Diplome an, die er angefertigt hatte. Auch die sollte Clara zur Post bringen.

Viktor arbeitete wie ein Besessener. Er war nicht mehr so redselig wie zu Beginn ihrer Zweisamkeit, aber in den Pausen, die er sich gönnte, schien er doch ausgeglichener.

»Musst du dich wirklich mit deinen Freundinnen treffen?«, fragte er.

»Ja. Sie möchten nur wissen, ob es mir gut geht und was ich mache. Das ist doch verständlich. Ich bin nicht mehr mit Franklin zusammen, und Dante hat mich gefeuert. Sie machen sich Sorgen. Außerdem ist es langsam an der Zeit, dass ich ein Sozialleben vorspiele. Dein Bruder wird sonst nur noch misstrauischer.« Peartree saß nach wie vor jeden Tag vor der Haustür in seinem Auto. »Von wem hat der denn die Hartnäckigkeit?«

Viktor antwortete ihr nicht. Er brütete über den Plänen, die er im Badezimmer und mittlerweile auch neben der Matratze am Boden ausgebreitet hatte. »Du siehst übrigens entzückend aus mit dieser Bluse«, sagte er zum Abschied. »Geblümte Muster stehen dir. Das passt zu deinen Haaren.«

Clara freute sich. Sie hatte Lust, in die Stadt zu fahren und die frische Luft zu genießen. Das Wetter war herrlich, der Himmel kitschig weiß-blau. Gemeinsam mit Viktor wäre der Ausflug in die Innenstadt zwar unvergleichlich besser gewesen, aber ihr war langweilig geworden. So gern sie ihm bei der Arbeit zusah, selbst nicht zu arbeiten, war sie nicht gewohnt.

Dennoch scheute sie die Begegnung mit ihren Freundinnen und ihrer Mutter. Sie würde sich erklären müssen. Nur wie?

Beim Verlassen des Hauses, mit dem verpackten Bild unter dem Arm, fühlte sie sich schön und sicher wie lange nicht. Es amüsierte sie, dass dem Kommissar bei ihrem Anblick vor Überraschung der Kaffeebecher aus der Hand fiel. Obwohl er nichts anderes tat, als auf sie oder Viktor zu warten, kam ihr Auftritt am späten Vormittag wohl doch sehr unerwartet für ihn. Aus den Augenwinkeln sah sie ihn im Auto fluchen.

Beschwingt ging sie Richtung Effnerplatz, um die 16er-Straßenbahn zu nehmen. Am Reichenbachplatz war ihr Ziel die Postfiliale in der Müllerstraße. Die kannte sie gut. Sie befand sich in der Nähe der Cucina, die auf der anderen Seite des Gärtnerplatzes lag.

Es störte Clara nicht, hier zu sein. Die Straßen in diesem Viertel hatte sie schon immer gemocht. Das Kapitel Cucina war abgeschlossen. Wie aus einem anderen Leben. Sie dachte nicht mehr darüber nach.

Über die Blumenstraße schlenderte sie weiter in Richtung

Schrannenhalle. Sobald sie das Paket verschickt hatte, fühlte sie sich noch leichter. Bis zu dem Moment, als sie auf der Terrasse des »Café Apéro«, in dem sie sich verabredet hatten, Kitty, Daniela und Margot sitzen sah. Die drei waren genau genommen ihre Familie. Sie merkte, wie sehr sie es doch vermisst hatte, mit ihnen zu reden. Und ihre Mutter. Hatte sie eine neue Frisur?

Normalerweise hätte es ein lautes »Hallo« und Münchner Bussis gegeben. Allerdings fiel die Begrüßung der drei deutlich kühler als sonst aus.

Clara setzte sich auf den einzig freien Stuhl am Tisch und versuchte, das Eis zu brechen. »Es ist schön, euch zu sehen.«

Schweigen.

»Wie geht es euch? Gibt es Neuigkeiten?« Sie machten es ihr nicht leicht.

»Neu ist, dass du untergetaucht bist und ich nicht weiß, wo meine Tochter nächtigt«, sagte ihre Mutter reserviert. »Neu ist, dass du Dantes Herz gebrochen hast. Wie konntest du dich nur so gehen lassen? Und neu ist, dass niemand hier am Tisch versteht, was in den letzten Wochen in dich gefahren ist. Nimmt dich die Trennung von Franklin derart mit? Gönnst du ihm sein neues Glück denn gar nicht? Du wolltest doch keine Kinder. Er hat jahrelang darauf gewartet, dass du dir endlich einen Ruck gibst. Aber du hast ja immer nur dein eigenes Ding durchgezogen.«

»Bist du fertig?«, fragte Clara, als ihre Mutter Luft holte.

»Nicht im Entferntesten, aber ich möchte hören, was du zu sagen hast.«

»Wie siehst du überhaupt aus?«, fragte Kitty. »Gut, muss ich sagen. Warst du shoppen? Was ist das für eine Bluse? Und seit wann föhnst du dir morgens die Haare?«

»Es tut mir leid, dass ich mich nicht früher gemeldet habe. Aber ich wollte erst meine Gedanken sortieren und über mein Leben nachdenken«, erwiderte Clara ruhig.

Daniela rutschte unruhig auf ihrem Stuhl hin und her. »Und wo machst du das? Hast du etwa schon einen neuen Mann? Hattest du eine Affäre, als du noch mit Franklin zusammen warst? Ich wusste es!«

»Ich hatte keine Affäre. Franklin hat sich von mir getrennt, aber er ist mir nur zuvorgekommen. Und ja, ich bin verliebt. Ich bin in den Mann, bei dem ich zurzeit übernachten kann, schon lange verliebt. Durch einen außergewöhnlichen Zufall haben wir uns kennengelernt, und ich glaube, er mag mich auch.« Bei dem Gedanken an Viktor strahlte Clara über das ganze Gesicht. Es war ein aufrichtiges, ehrliches Strahlen, das die anderen für den Moment mundtot machte.

»Wer ist es?«, fragte Margot schließlich. »Jemand aus dem Restaurant? Aus einem anderen Restaurant? Der Gemüselieferant? Wo hast du ihn getroffen? Du hast doch meistens gearbeitet.«

»Eben. Nun gönne ich mir eine Auszeit. Keine von euch kennt ihn.« In den Köpfen der Damen sah Clara es förmlich arbeiten. »Dass es mit Dante und mir so endet, wollte ich nicht. Ich habe überreagiert. Und auch wiederum nicht. Die Zeit für eine Veränderung war reif.«

»Von was bezahlst du deine Selbstfindung, Clara? Du wurdest fristlos gekündigt. Das bedeutet, du bist für Arbeitslosenunterstützung gesperrt«, sagte Kitty. »Die Bluse, die du trägst, war doch sicher nicht billig. Ist das Seide? Ist dein Neuer reich?«

»Ob er reich ist, weiß ich nicht. Ich habe Geld gespart und wollte mir einfach ein paar neue Klamotten kaufen. Was ist schlimm daran?«

»Du bist die Einzige, die ich kenne, die in München lebt und sparen kann. Mit Kind ist das nicht möglich.« Daniela nippte an ihrem Tee. »Lasst uns bestellen. Ich muss um dreizehn Uhr dreißig am Kindergarten sein.«

Sie entschieden sich für die klassische Galette mit Schinken, Käse und Salat. Das Bistro war spezialisiert auf die französischen Pfannkuchen aus Buchweizen. Clara freute sich darauf. Sie plante sie für übermorgen zum Abendessen im Loft ein. Viktor würden sie bestimmt schmecken, dachte sie.

Während sich die anderen unterhielten, hörte Clara nur halbherzig hin. Warum hatte sie kein Interesse an den drei wichtigsten Menschen in ihrem Leben? Sie gab sich einen Ruck. »Wie läuft es denn bei dir, Mama? Bist du noch mit Dante zusammen?«

Plötzlich herrschte Schweigen am Tisch. Die drei sahen sie ungläubig an.

»Was ist denn? Nur weil ich nicht mehr für ihn arbeite, werde ich doch wohl nach dem Beziehungsstatus meiner Mutter fragen können. Ich wollte ihn nicht so anschreien. Das kannst du ihm ausrichten.«

»Du weißt ja nicht, was du angerichtet hast, Clara. Dante war am Boden zerstört. Er wollte, dass du sein Restaurant eines Tages übernimmst. Stattdessen ist jetzt Enzo der Souschef, und Dante arbeitet nicht weniger, sondern mehr.«

»Richtig gearbeitet hat er ja schon seit Jahren nicht mehr, wenn wir ehrlich sind. Und Enzo hat es verdient aufzusteigen. Er wird das sicher gut machen. Ich hätte die Cucina nicht übernehmen wollen. Ich weiß noch nicht, ob ich in München bleibe.«

Die Frauen schnappten gleichzeitig nach Luft. Kitty fing sich als Erste. »Wo willst du denn hin? Du kennst doch nur München.«

»Ein Grund mehr, über den Tellerrand zu schauen.«

Der Rest des Mittagessens verlief recht stumm. Clara spürte, dass sich die drei Frauen auf unterschwellige Weise von ihr verraten fühlten. Sie funktionierte nicht mehr so, wie sie es gewohnt waren. Sie war nicht mehr die liebe, gutmütige Köchin, die stets zuverlässig, immer mit offenem Ohr und einer warmen Speise für jeden Zeit hatte. Sie war Clara Maler. Eine Frau, die dabei war, neue Wege zu beschreiten.

Clara ahnte, dass sie sich für eine lange Zeit nicht mehr sehen würden. Sie nahm Kitty, Daniela und ihre Mutter zum Abschied in den Arm, wünschte ihnen eine gute Zeit und ging, ohne lange zu zögern, weiter auf den Markt. Sie wollte frisches Gemüse und Fisch kaufen. Viktor liebte Fisch.

In vollen Zügen genoss sie die Atmosphäre. Die Ideen für Gerichte und neue Rezepte drängten sich ihr förmlich auf. Sie ließ sich treiben, kaufte hier ein paar Paprika, dort etwas Koriander und wieder woanders junge Kartoffeln. Die dünne Schale war zart und sehr hell, man musste sie nicht schälen.

Sie suchte sich ein paar in ähnlicher Größe aus einem Korb an einem Gemüsestand aus, als plötzlich Peartree neben ihr stand.

»Ach, das ist ja ein Zufall«, sagte er. »Kaufen Sie für das Restaurant ein?«

Clara erstarrte. Es dauerte einen Moment, bis sie sich wieder gefangen hatte. »Ich arbeite nicht mehr in der Cucina, und ich glaube auch nicht an Zufälle.« Es lag ihr auf der Zunge zu sagen: Viktor hat mir von Ihnen erzählt. Doch was Peartree betraf, existierte Viktor in ihrem Leben nicht.

Er lachte und zeigte die gleichen perfekten Zähne, wie sie sein Bruder hatte. »Ich glaube auch nicht an Zufälle. Ich bin Ihnen gefolgt.«

»Was wollen Sie von mir?« Clara bezahlte die Kartoffeln, steckte sie in ihre Tasche und machte Anstalten zu gehen.

Peartree stellte sich ihr in den Weg. »Von Ihnen will ich nichts. Ich suche meinen Bruder. Thomas oder Viktor – wie er sich auch nennen mag – hat Ihnen bestimmt erzählt, dass er mein kleiner Bruder ist, oder?«

»Ich kenne weder einen Viktor noch einen Thomas. Ich bin Clara Maler, Köchin, wohne in einem Loft in Bogenhausen und orientiere mich derzeit beruflich neu.«

»In der Kunstbranche?«

»Wie kommen Sie darauf? Ich überlege, mich mit einem Bistro selbstständig zu machen, wenn Sie es schon wissen wollen.«

»Und wovon wollen Sie das bezahlen? Und wie können Sie sich ein Loft in Bogenhausen leisten? Es gehört meinem Bruder. Er mietet sich immer Lofts. Er liebt das Licht und die großen Räume. Lieber schläft er auf einer Matratze auf dem Boden als in einem engen Schlafzimmer mit Himmelbett.«

»Wie ich mein Leben finanziere, geht Sie nichts an.« Clara fing an, sich zu ärgern, und sie hatte Angst.

»Haben Sie heute Bilder für ihn zur Post gebracht? Wo gingen die denn hin? Nach Dubai? Seien Sie vorsichtig. Das nächste Mal werde ich einen Durchsuchungsbeschluss vorliegen haben und die Pakete konfiszieren.«

Peartree wusste alles.

»Was ich verschicke, ist meine Sache.«

»Das stimmt. Noch. Aber die Machenschaften meines Bruders

gehen mich was an. Ich denke, Sie stecken mit ihm unter einer Decke – vermutlich wortwörtlich.« Er wurde verlegen. »Sie sind nämlich genau sein Typ.«

Das Gleiche hat Viktor gesagt, dachte Clara.

»Ach ja, wie denn? Naiv und unbedarft?«

»Nein! Hübsch und außergewöhnlich. Nicht wie die meisten anderen Frauen.«

Das hatte Clara nicht erwartet. »Ach so. Na ja, jedenfalls kenne ich den Mann, von dem Sie reden, nicht. Ich muss nach Hause. Der Fisch gehört in den Kühlschrank.«

»Kochen Sie für Besuch?«

»Warum fragen Sie mich das?«

»Sie haben für zwei Personen eingekauft.«

»Ich habe einen gesunden Appetit und möchte außerdem ein neues Rezept versuchen. Das gelingt nicht immer auf Anhieb. Manchmal braucht es zwei Anläufe. Auf Wiedersehen.« Clara machte auf dem Absatz kehrt, ging zur Straßenbahnhaltestelle und fuhr denselben Weg zurück, den sie gekommen war. Sie setzte sich an einen Fensterplatz und stellte ihre Einkaufstaschen neben sich auf den leeren Platz.

Kommissar Peartree war echt. Interpol beobachtete sie. Was, wenn die herausfanden, dass sie sich tatsächlich strafbar gemacht hatte?

Die rosarote Brille verschwand temporär, die Verliebtheitsdämmerung lichtete sich kurz, und sie erkannte die Misere, in der sie sich befand, in die sie sich in den letzten Wochen hineinmanövriert hatte. Weg war die naive Freude über den weiß-blauen Himmel, über die Gerüche des Marktes. Sie könnte angeklagt und verurteilt werden. Wer würde ihr als Vorbestrafte noch einen Job geben? Sie würde höchstens noch in einer Fabrikkantine kochen können. War der Zeitpunkt der Umkehr bereits verpasst? Wollte sie das? Zurück in ihr altes Leben? Ginge das überhaupt noch?

Die Antwort war klar: Auf keinen Fall. Ja, sie hatte Angst. Und ihr war das Risiko ihres Handelns bewusst, aber die Tage mit Viktor, verschanzt im Loft, waren die glücklichsten ihres Lebens gewesen. Eine Welt im Außen hatte nicht existiert. Ihre aufkeimende Romanze war besonders. Sie verliebte sich immer wieder neu in ihn. Dazu brauchte es nicht viel. Ein Lächeln, eine Berührung – schon war es wieder und wieder um sie geschehen. Viktor war ihr ein Rätsel und ein offenes Buch zugleich. Er überraschte sie, forderte sie. Was für sie zählte, waren er, sie selbst und seine Kunst.

Sie nahm ihr Handy aus der Tasche und schrieb Viktor eine Nachricht: »Dein Bruder ist mir auf den Fersen. Er hat mich am Markt angesprochen. Ich glaube, er wird wieder versuchen, in die Wohnung zu kommen. Verschwinde!«

✳✳✳

An der Straßenbahnhaltestelle am Effnerplatz, an der sie ausstieg, sah sie Peartree weiter hinten am Bahnsteig. Sie hatte richtig gelegen. Er war da.

Betont langsam ging sie in Richtung Schönbergstraße, öffnete die Haustür und schlüpfte durch einen schlanken Spalt hinein. Für ein paar Momente unbeobachtet, rannte sie hinauf.

»Viktor! Hast du meine Nachricht gelesen? Dein Bruder ist direkt hinter mir, er wird wahrscheinlich gleich auftauchen. Er weiß alles!«

»Ja, habe ich. Er weiß gar nichts. Wie immer vermutet er nur.«

Viktor kam aus dem Badezimmer. Die Papiere und Pläne, die er seit Tagen studierte, hielt er in der Hand. Er faltete sie klein. Clara erkannte eine Londoner Adresse darauf.

»So hat sich das aber nicht angehört. Du musst dich verstecken! Alles muss weg. Die Gemälde, die Pässe ...« Sie rechnete jeden Moment mit einem Läuten an der Tür.

»Ich habe das Nötigste versteckt. Bis auf die Bilder ist es deine Wohnung. Sag ihm, der Vormieter hat sie stehen lassen. Er vermutet mich sowieso hier. Er wird die Wohnung nicht durchsuchen. Dafür bekommt er keine Genehmigung. Lass ihn nicht herein. Wenn er dich überrumpelt, frag auf jeden Fall nach einem Durchsuchungsbeschluss, hörst du? Und wenn er aufdringlich wird, drohe ihm damit, die Polizei zu rufen.«

»Aber er *ist* die Polizei! Oder stimmt das auch nicht … Thomas?«

Viktor schob die Pläne für den Coup in London unter die Matratze. Ein besseres Versteck war ihm wohl auf die Schnelle nicht eingefallen. Er hielt in der Bewegung inne. »Lassen wir das jetzt, Clara. Gabriel ist nicht von der Polizei, er arbeitet bei Interpol. Der Verein unterstützt die richtige Polizei nur. Allein kann der gar nichts so einfach.«

»Darauf verlasse ich mich lieber nicht. Ich hatte Angst, als er mich am Viktualienmarkt angesprochen hat.«

»Das brauchst du nicht. Mein großer Bruder ist ein Lämmchen.«

»Wenn du dich da nicht täuschst. Beeil dich! Verschwinde! – Nur wie? Wenn du durch die Tür gehst, läufst du ihm direkt in die Arme.«

»Du hast recht. Er wird sicher unter einem Vorwand herkommen.« Viktor dachte nach. »Vermisst du etwas? Deine Geldbörse?«

Clara wühlte in ihrer Handtasche. »Nein, ich habe sie am Gemüsestand wieder eingesteckt. Doch! Ich finde sie nicht …« Sie durchsuchte die Tüten mit dem Gemüse und dem Fisch.

»Spar dir das. Er hat sie. Ich verschwinde aufs Dach.«

»Aufs Dach? Bist du verrückt?«

Viktor hatte bereits seine Jacke angezogen. »Ich steige aus dem Dachfenster im Bad. Das geht nach hinten raus. Draußen ist es trocken. Ich lege mich da oben in die Frühlingssonne und komme wieder, wenn er weg ist. In der Zwischenzeit kann ich über einen vorgezogenen Fluchtplan nachdenken. Spätestens morgen muss ich mich nach London absetzen.«

In diesem Moment läutete es.

Süßigkeiten

Clara drückte den Knopf der Gegensprechanlage. »Ja, bitte?«
»Hier ist Gabriel Peartree. Frau Maler, Sie haben auf dem
Viktualienmarkt Ihr Portemonnaie verloren. Ich möchte es Ihnen
bringen. Kann ich raufkommen?«
Was war das für ein krankes Spiel zwischen Viktor und seinem
Bruder? Sie hatte keine Wahl, er würde keine Ruhe geben.
»Ja, in Ordnung.« Sie drückte den Türöffner, rannte zurück
zur Küchenzeile und schmiss das Gemüse und den Fisch samt
Tüten in den Kühlschrank. Sie plante zwar nicht, Peartree her-
einzulassen, aber man wusste ja nie.
Sie ordnete rasch ihre Haare, nahm einen tiefen Atemzug und
öffnete unschuldig lächelnd die Wohnungstür. »Hallo, Herr – wie
war noch mal Ihr Name?«
»Mein Name ist Gabriel Peartree. Ich arbeite für Interpol und
suche meinen Bruder.«
»Ach, ja. Das erwähnten Sie bereits mehrmals. Ich sagte Ihnen
ja, dass ich ihn nicht kenne. Wo haben Sie denn meine Geldbörse
gefunden? Ich habe sie noch nie verloren.« Clara sah Peartree
direkt an. Er wusste, dass sie wusste, dass er das Portemonnaie
aus ihrer Tasche genommen hatte.
»Sie lag auf dem Boden vor dem Gemüsestand, an dem Sie die
Kartoffeln gekauft haben.«
Er reichte ihr das Portemonnaie. Sie bedankte sich höflich
und wollte die Tür schließen. Doch so schnell ließ sich Peartree
nicht abwimmeln. Frech stellte er den Fuß in den Türspalt, kam
einen Schritt auf Clara zu, die intuitiv zurückwich, und schaute
neugierig in den Flur. Viktors Gemälde, die Frauenporträts, der
Warhol, die abstrakten Arbeiten brüllten praktisch »schuldig«
in die Welt. Der Boden war übersät von Pinseln und Farbresten.
Clara merkte, wir ihr der Schweiß ausbrach. Wie jedes Mal,
wenn sie diesem Mann begegnete, fühlte sie sich ertappt wie
ein kleines Kind, das verbotenerweise am Süßigkeitenschrank

erwischt worden war. Nein, wie ein Kind, das im Supermarkt beim Klauen von Süßigkeiten erwischt worden war. Und so wie ein Kind reagieren würde, reagierte auch sie und gab vor, keine Ahnung zu haben.

Peartree behielt sie fest im Auge, und sie spürte, dass ihre Wangen rot wurden. Sie kaute nervös auf der Unterlippe und fuhr sich durch die Haare, zupfte am Ärmel ihrer Bluse. Sie konnte nicht anders, sie war zu nervös. Der Kommissar ließ sie zappeln, was ihr nur noch mehr verdeutlichte, dass er ein Profi war. Genau wie sein Bruder. Sie wusste, dass er keine Antipathie gegen sie als Person hegte. Es ging ihm einzig und allein darum, Viktor zu finden. Würde er sie dafür ins offene Messer laufen lassen?

Schließlich, als Clara die Stille keine Sekunde länger ertragen hätte, sagte er mit Blick auf die Gemäldesammlung: »Mein Bruder ist ein Genie. Die meisten Kunstermittler, Kunstkenner, Sammler und Kuratoren würden die Sachen für echt halten. Ich weiß, dass einige seiner Fälschungen als Originale in namhaften Museen überall auf der Welt hängen. Das schaffen nur ganz wenige Menschen. Hinzu kommt, dass mindestens fünfundzwanzig Werke, die er geklaut hat, in unserer Datenbank stehen. Nach ihnen wird international gefahndet.«

Clara versuchte, Gleichgültigkeit zu demonstrieren, doch Peartree ließ sich nicht täuschen.

»Wir katalogisieren bei Interpool penibelst exakt Kunstwerke, die als gestohlen oder verschwunden gemeldet wurden. Mein Bruder könnte sicher einiges dazu sagen. Er hat Objekte in hohem zweistelligem Millionenwert verschoben. Er ist gut, richtig gut. Sehen Sie die Rubens-Kopie dort hinten?« Peartree versuchte, noch einen Schritt weiter in die Wohnung zu kommen, doch Clara stellte sich ihm entgegen. »Sie waren sicher dabei, als er das Bild gemalt hat. Das muss gestern gewesen sein. Die Farbe glänzt noch feucht. Der Trick ist die Nichtperfektion, mit der mein Bruder wie kein anderer spielt. Vollkommene Bilder gibt es nämlich nicht. Perfektion ist die Antithese der Echtheit. Das lernt man am ersten Tag als Kunstermittler.«

»Sehr interessant. Mit mir hat das aber nichts zu tun. Bitte gehen Sie. Die Bilder sind noch vom Vormieter. Sie sollen demnächst abgeholt werden.«

»Wirklich herzzerreißend, wie Sie Thomas in Schutz nehmen, aber ich weiß, dass er in der Nähe ist. Die Farbpaletten und Pinsel am Boden sind vor wenigen Stunden noch benutzt worden. Ich will ihn vor sich selbst beschützen. Irgendwann wird es böse für ihn enden. Weiter zu leugnen hat keinen Sinn, Frau Maler. Ich habe nichts gegen Sie in der Hand, aber bald werde ich das, wenn Sie bei ihm bleiben und ihm weiterhin helfen.«

»Bitte gehen Sie.« Clara wurde leiser. Es kostete sie viel Kraft, Nerven zu bewahren. Dieser Mann war überzeugend und furchteinflößend. Was er sagte, erschütterte sie. Dabei sieht er harmlos aus, dachte sie.

»Interessiert es Sie, wie ich die Gemälde in der Länge eines Wimpernschlags als Fälschungen identifizieren konnte?«

Clara schwieg.

»Der Schlüssel sind die Gesichter der Frauen, die er wie besessen malt. Wenn man seine Arbeiten kennt, sieht man, dass sie alle die gleichen Gesichtszüge haben. In den Porträts ist nämlich das Gesicht unserer Mutter zu erkennen.«

»Ihrer Mutter? Aber wie …?«

»Sie kam bei einem Banküberfall in Reading, einer Kleinstadt vor London, ums Leben. Unser Vater hatte sie dazu überredet. Sie wollte nicht mitmachen. Sie verabscheute Gewalt und war zufrieden mit dem, was sie als Dokumentenfälscherin verdiente. Wir hatten eine schöne Kindheit. Obwohl unsere Eltern Kleinkriminelle waren, wuchsen wir bei ihnen behütet auf. Irgendwann wurde unser Vater gierig. Er wollte ein größeres Haus, kaufte sich ein teures Auto. Für den Banküberfall hatte er sich eine Waffe besorgt. Ein Wachmann verlor die Nerven und schoss auf ihn. Unsere Mutter warf sich vor ihn, um ihn zu schützen. Sie war sofort tot. Die Kugel hat ihr Herz durchschlagen.«

»Das ist ja schrecklich! Das tut mir leid.« Clara überlegte, wie sie eine unverfängliche Frage stellen könnte. »Wenn Sie für Interpol arbeiten, wie ist es dann möglich, dass Ihr Bruder ein international gesuchter Fälscher sein soll?«

»Ich habe nur diese Erklärung: Nach dem Tod unserer Mutter wurde unser Vater verurteilt und kam in ein Londoner Gefängnis. Die Schuldgefühle fraßen ihn auf, und er starb ein paar Jahre später an einem Herzinfarkt in seiner Zelle. Für uns Brüder endete die Kindheit damit jäh. Wir wurden in zwei verschiedenen Pflegefamilien untergebracht. Wir waren gut versorgt, aber von liebevollen Eltern konnte man nicht sprechen. Ich behielt den Namen unserer Familie, Peartree. Thomas nahm den Mädchennamen unserer Mutter an, den er meistens verwendet: Faber. Er ist sentimental. Deshalb wird er früher oder später für lange Zeit hinter Gittern landen – genau wie unser Vater. Er macht Fehler, die ihm nicht bewusst sind. Wissen Sie, ich denke, es gibt auf der Welt zwei Dinge, die den Charakter formen: die Eltern und die Lebensumstände. Beides war bei uns kompliziert und ist Auslegungssache. Ich habe mich dafür entschieden, Ehrlichkeit in die Kunstwelt zu bringen, Thomas möchte das Vermächtnis unserer Mutter fortführen.«

Clara war in den letzten Minuten einiges klar geworden. Womöglich brauchte Viktor doch Hilfe; nur anders, als sie gedacht hatte. Aber sollte sie ihn ausliefern? Das könnte sie niemals. Außerdem steckte sie selbst schon zu weit in seinen Geschäften.

»Ich kann Ihnen nicht helfen.«

»Ich bedränge Sie nicht weiter.« Peartree reichte Clara eine Visitenkarte, die sie wortlos entgegennahm. »Sie können mich Tag und Nacht anrufen. Denken Sie über das, was ich Ihnen erzählt habe, nach. Wir sehen uns so oder so bald wieder.« Er lächelte Clara zum Abschied warm an und ging.

Sie wartete, bis sie die Haustür im Erdgeschoss zufallen hörte, zerriss die Karte in winzige Stücke und spülte sie die Toilette hinunter.

Kabeljau mit Paprika

»Das Essen ist fertig!«
Im ganzen Loft roch es nach Fisch. Clara hatte ihn im Ofen mit etwas Zitrone und Olivenöl geschmort. Paprika und Sellerie hatte sie in perfekte Würfel geschnitten. Die stupide Arbeit, bei der sie sich trotzdem konzentrieren musste, hatte sie beruhigt. Gleichwohl hörte sie immer wieder Peartrees Stimme: »Für uns Brüder endete die Kindheit jäh. Sie war sofort tot. In den Porträts ist das Gesicht unserer Mutter zu erkennen. Wir sehen uns bald wieder.« Sie goss die Kartoffeln ab und stellte sie zur Seite, um die Teller anzurichten. Viktor kam aus dem Badezimmer. Nach seinem erzwungenen Ausflug auf das Dach der Villa war ihm kalt gewesen. Er war durch das Fenster im Bad wieder ins Innere geklettert und hatte heiß geduscht. Danach hatte er einige seiner Arbeiten in den Wasserdampf gestellt. Wie Clara mittlerweile wusste, beschleunigten der Temperaturwechsel und die hohe Luftfeuchtigkeit den Alterungsprozess der Farbe.

Er hatte noch kein einziges Wort über das Auftauchen seines Bruders verloren. Es wunderte Clara, warum er nicht wissen wollte, was der Kommissar gesagt hatte.

Sie hatte die Teller auf den Tisch gestellt. Viktor setzte sich zu ihr.

»Tut mir leid, dass der Kommissar dich bedrängt hat. Er kann nervtötend sein und gibt nie auf.«

»Er macht auch nur seinen Job. Ich habe mir die Situation, in der ich mich befinde, selbst eingebrockt. Du hast mich nicht gezwungen, mit dir einzubrechen oder bei dir zu wohnen.«

»Ich bringe uns aus München weg. In London wird es besser. Bald können wir uns wieder frei bewegen. Zumindest für eine gewisse Zeit. Mexiko wird dir gefallen. Warst du schon mal dort? Die Strände sind ganz passabel.« Er nahm ihre Hand und schenkte ihr sein umwerfendes Lächeln, mit dem er sie immer dazu brachte, in alles einzuwilligen.

»Nein, ich war noch nie in Mexiko.« Sie überlegte, wie viele Flugstunden es wohl von München bis dorthin waren. Sie war nie viel gereist. »Ich wäre froh, wenn du mir endlich sagen würdest, um was es in London geht. Ich könnte mich vorbereiten.«

»Je weniger du weißt, desto besser für dich. Du siehst, wie hartnäckig der Kommissar ist.«

»Wieso nennst du ihn ›Kommissar‹? Er ist dein Bruder. Ihr seid zusammen aufgewachsen.«

»Das stimmt nicht ganz. Es fällt mir schwer, ihn als Bruder zu sehen. Früher war das anders, aber das ist lange her.« Er aß mit reichlich Hunger auf und fuhr fort: »Wir müssen uns darauf konzentrieren, hier rauszukommen. Ich werde morgen nach London fliegen. Für dich habe ich in zwei Tagen ein Ticket von Zürich aus gebucht.«

»Von Zürich? Aus der Schweiz? Warum kann ich nicht von München fliegen?«

»In Zürich habe ich einen zuverlässigen Mann. Er wird dir deinen Schweizer Pass übergeben. Den macht er besser als ich. Du reist noch mit deinem Originalpass nach London. Sobald du dort aus dem Flughafen kommst, tauschst du die Pässe aus und benutzt ab da nur noch deinen neuen. So verliert sich deine Spur rasch, sollte dich jemand suchen. Die Schweizer Pässe gelten nicht umsonst als die begehrtesten der Welt. Niemand wird in Großbritannien etwas hinterfragen.«

Jetzt fühlte sich Clara endgültig, als führe sie ein Leben in einem Kriminalfilm. Eine neue Identität? Für sie? Die unscheinbare Köchin, die ihr bisheriges Leben nur in ihrer Heimat verbracht hatte?

»Und wie kommst du unbemerkt aus dem Loft? Ich denke nicht, dass du deinen Bruder mit einer Verkleidung täuschst. Und deine Bilder? Willst du sie zurücklassen?«

»Clärchen«, sagte Viktor, und sie hasste es immer noch. »Ich habe minutiös geplant und organisiert. Lass uns den Abend genießen. Dein Essen war wieder hervorragend.« Er wischte mit einem Stück Brot den Rest des Öls auf, das noch auf dem Teller geblieben war. »Morgen Mittag wirst du mehr wissen.

Dein Zugticket nach Zürich liegt schon bereit. Du musst nur eine unauffällige Tasche packen und den Schlüssel für das Loft in einem Schließfach am Hauptbahnhof deponieren. Du kannst die Zugfahrt und den Flug in Ruhe genießen. Was wir brauchen, kaufen wir in London. Dort kann man ohnehin besser shoppen als in München. Bei meinem Schneider warten neue Anzüge auf mich, und für dich finden wir auch passende Garderobe.« Mit Überlegenheit im Blick goss er den Weißwein nach, den Clara zum Fisch geöffnet hatte. Er war sich seiner Sache mehr als sicher.

**

Für einen kurzen Moment lugte der Mond durch einen Spalt zwischen den Wolken hervor, die endlich einmal wieder Regen ankündigten, und erfüllte das Loft mit seinem weißen Licht. Dann versteckte er sich wieder. Kein Ton war zu hören. Im gesamten Haus war es totenstill.

Clara lag wach neben Viktor auf der Matratze am Boden und schaute durch die Fenster in die Nacht hinaus. Die Geschehnisse des langen Tages waren noch zu präsent. Aufgewühlt dachte sie an Peartree, ihre Mutter, Kitty und Daniela. Sie alle hatten Fragen an sie, die sie nicht beantworten konnte.

Viktor wollte also morgen nach London fliegen und sie in München zurücklassen. Aus welchem Grund konnte sie nicht gleich mit ihm reisen? Um was ging es? Die Flucht vor seinem Bruder, die Vorbereitung auf sein Projekt in London, die Flucht vor ihr? Sie wusste es nicht. Ihr Verstand haderte mit ihren Gefühlen, die ihr sagten, dass sie Viktor vertrauen könne und er sie nachholen werde. Ihr blieb keine andere Wahl, als die Dinge auf sich zukommen zu lassen.

Erst in den frühen Morgenstunden glitt sie in einen unruhigen Schlaf.

**

Sie erkannte Viktor kaum wieder. Er hatte sich in einen alten Mann verwandelt. Tief ins Gesicht gezogen trug er eine graue Kurzhaarperücke. Die Wangen waren aufgedunsen, die Augen lagen in tiefen Säcken und tränten. Er trug einen Trainingsanzug und sah einfach nur fürchterlich aus. Sie hätte ihn auf der Straße nicht erkannt.

Den ganzen Morgen war er hoch konzentriert und stillschweigend beschäftigt gewesen. Zuerst hatte er seine Gemälde mit Nummern versehen. Danach telefonierte er eine Stunde lang auf Französisch. Schließlich bat er Clara, am Fenster zu warten und ihm zu sagen, wann Peartree an den anderen Kommissar, der ihn regelmäßig für ein paar Stunden ablöste, übergab.

Gegen elf Uhr dreißig war es so weit. »Sie tauschen. Dein Bruder fährt weg.«

»Perfekt. So schaffe ich den Flug locker.«

»Von wo fliegst du? Auch von Zürich?«

»Nein, ich fliege privat von München. Einer meiner Kunden stellt mir ab und zu seine Maschine zur Verfügung. Ich brauche dann keinen Pass. Nicht, dass ich nicht genügend davon hätte, und das in fast jeder Nationalität, aber ohne ist es mir am liebsten.«

Viktor war in seinem Element. Sein Lachen wirkte in dem geschwollenen Gesicht surreal. Er tippte etwas in sein Telefon und kam dann auf Clara zu, um sich von ihr zu verabschieden.

Sie wich zurück. Er wirkte so fremd! »Wie hast du es geschafft, dass dein Gesicht derart verquollen ist?«

»Schrecklich, nicht wahr? Ich bin allergisch gegen Katzenhaare. Für solche Zwecke wie jetzt bewahre ich ein Döschen davon auf. Ich stecke meine Nase hinein und bin dann ein paar Stunden lang nicht wiederzuerkennen. Sobald ich am Flughafen bin, nehme ich eine Tablette und sehe eine halbe Stunde danach wieder normal aus.« Er gab Clara zum Abschied einen Kuss. Daran erkannte sie ihn. Sie schloss die Augen. Wieder war alles gut. »Wir sehen uns übermorgen am Flughafen in London. Ich hole dich ab.«

Während sie erneut Ausschau nach einem der Kommissare

hielt, sah Clara, dass vor dem Haus ein Krankenwagen parkte. Das Blaulicht war eingeschaltet, blieb aber stumm. Jemand läutete, Viktor öffnete und zwei Sanitäter kamen mit einer Transportliege in die Wohnung.

Clara kannte die Gesichter der Männer. Es waren Mitglieder aus Viktors Bande, die sie vor der Josephskirche entführt hatten. Sie grüßten sie gleichgültig und schnallten Viktor auf die Liege. Der zwinkerte ihr zu, zog sich eine Decke bis unter die Nase und stellte sich ohnmächtig.

Kurz darauf beobachtete Clara, wie sie Viktor in Windeseile in den Krankenwagen schoben und davonfuhren. Peartrees Kollege sah nicht einmal richtig von seinem Handy auf. Die Tarnung war perfekt. In den unteren Stockwerken der Villa wohnten drei ältere Paare. Erst kürzlich hatte abends ein Notarzt vor dem Haus gestanden. Manchmal kam ein Pflegedienst.

Viktor war unbehelligt auf dem Weg nach London. Clara blieb verlassen zurück. Seit über zwei Wochen war sie zum ersten Mal wieder auf sich selbst gestellt. Ihr Abenteuer ging in die nächste Phase.

Tagliatelle Tartufo

Der Zug in die Schweiz fuhr um zehn Uhr am Münchener Hauptbahnhof ab. Am Nachmittag gegen fünfzehn Uhr würde Clara am Flughafen in Zürich ankommen.

Schon um acht Uhr morgens war sie startklar und machte sich auf den Weg. Die letzten beiden Tage hatte sie die Wohnung nicht verlassen. Sie hatte Pizza bestellt, im Internet gesurft und sich über London, Mexiko und andere karibische Inseln informiert. Das Fernweh war mit jedem Klick größer geworden.

Wie Viktor es ihr aufgetragen hatte, trug sie nur eine Sporttasche bei sich. Niemand sollte ahnen, dass sie verreiste. Am Hauptbahnhof deponierte sie den Schlüssel für das Loft in einem Schließfach.

Ihr ICE stand schon am Gleis bereit. Clara stieg in den Waggon der ersten Klasse ein und suchte ihren reservierten Platz. Erleichtert setzte sie sich. Diese Etappe ihrer Reise in die Ungewissheit war ohne Zwischenfälle geschafft.

Durch das Fenster des Zuges beobachtete sie das Treiben auf dem Bahnsteig. Eine Mutter mit ihrer Tochter, einen Mann mit Aktentasche, eine Oma mit Gehstock. Sie dachte an ihre eigene Mutter, an ihre Freunde, an Dante und Enzo. Sie alle blieben zurück. Zu ihrer Überraschung empfand sie nichts. Keine Wehmut, keine Reue.

Nachdem Viktor weg gewesen war, hatte sie sich vorgenommen, Margot anzurufen oder sich mit Kitty zu verabreden. Aber irgendetwas hatte sie zurückgehalten. Die Menschen, die in ihrem Leben so lange wichtige Rollen gespielt hatten, waren emotional weit von ihr entfernt. Daran würden Hunderte von Kilometern, die sie dabei war zwischen sie und sich zu bringen, nichts ändern. Ihr Leben war schon lange nicht mehr dasselbe. Sie selbst war nicht mehr dieselbe.

Eine Frau kam in das Abteil, grüßte freundlich und setzte sich auf den Platz schräg gegenüber. Sie las zuerst ein paar Minuten auf ihrem Handy und zog dann eine Zeitung aus der Tasche.

Clara stockte der Atem. Auf der Titelseite hieß es: »Dreister Juwelenraub bei Schauspielerin Susanne Schwarz – die Grande Dame des deutschen Films am Boden zerstört.«

Ihr Herz raste. Sie hatte Angst, gleich würde sich die Abteiltür öffnen und die Polizei hereinstürmen. Hatten sie auch sicher keine Spuren hinterlassen? In der Küche? Verdammt! Warum hatten sie auch noch in dem Haus frühstücken müssen?

Sie wartete, bis die Frau die Zeitung weglegte, und fragte, ob sie sie ausleihen dürfe. Die bejahte gleichgültig.

Clara las: »Wie die Schauspielerin kürzlich erst bemerkte, fehle in dem Tresor in ihrem Ankleidezimmer ihr wertvollstes Schmuckstück. Ein Collier, das sie von einem deutschen Adeligen geschenkt bekommen habe. Susanne Schwarz vermutet, dass der Diebstahl stattgefunden hat, als sie wie jedes Jahr in ihrer Wohnung in Marbella überwinterte. Die Alarmanlage habe nicht angeschlagen, weder Türen noch Fenster seien aufgebrochen worden, und auch die Nachbarn hätten nichts von Eindringlingen bemerkt. Lediglich das Schloss des Tresors sei kaputt. Die Polizei steht vor einem Rätsel. Susanne Schwarz bezeichnet das Schmuckstück als unschätzbar wertvoll. Sowohl der materielle Verlust als auch die emotionale Bedeutung, die das Collier für sie habe, seien unbeschreiblich.«

Clara war erleichtert. Die Polizei wusste gar nichts. Dass Viktor noch ein Gemälde gegen ein gefälschtes ausgetauscht hatte, wurde gar nicht erwähnt. Niemandem war es aufgefallen. Trotzdem war es höchste Zeit, aus München wegzukommen.

Die Zugfahrt dauerte knappe sechs Stunden. Clara musste zweimal umsteigen, aber das störte sie nicht. Sie vertrat sich gern die Beine.

Die Endstation befand sich unmittelbar im Terminal des Flughafens Zürich. Nachdem Clara für den Flug nach London eingecheckt und die Sicherheitskontrolle hinter sich gebracht hatte, suchte sie den von Viktor vereinbarten Treffpunkt auf, das Restaurant »Villa Antinori«. Sie setzte sich an einen freien

Tisch für zwei Personen und bestellte Tagliatelle Tartufo und Wasser.

Typisch, dachte sie. Das Restaurant lag neben einem Kaviargeschäft und einem Luxusuhrenhändler. Sie konnte sich Viktor hier nur zu gut vorstellen. Sicher hatte er den Flughafen in der Schweiz schon häufiger für Treffpunkte genutzt.

Die Kellner des Restaurants trugen gestärkte weiße Schürzen und redeten mit aufgesetztem, falschem italienischem Akzent. Clara konnte das beurteilen. Sie hatte lange genug in der Cucina gekocht, um einen echten Italiener zu erkennen. Dante hatte auch von seinen Kellnern verlangt, einen italienischen Akzent zu faken. Manchen gelang es gut, bei anderen hörte es sich lächerlich an.

Vor den riesigen Fenstern der Abflughalle 1 herrschte reger Betrieb. Zahlreiche Maschinen der Swiss Air parkten ein und um. Passagiere kamen über die Gangways in das Flughafengebäude, andere stiegen in die Flugzeuge ein. Die Atmosphäre war lebendig, von Internationalität geprägt. Clara hörte die verschiedensten Sprachen. Sie genoss es, ein Teil dieser Stimmung zu sein. Alles fühlte sich nach Aufbruch an.

Ihr Flug ging erst in zwei Stunden. Das Boarding war für siebzehn Uhr dreißig angesetzt. Abfliegen würde sie noch mit ihrem alten Pass. In London wäre sie eine neue Person.

»Frau Maler?« Neben ihr stand plötzlich ein Herr in einem dunklen Maßanzug. Er trug eine schwarze Aktentasche bei sich.

»Ja. Clara Maler.«

»Ich habe eine Lieferung für Sie.« Er setzte sich ohne Aufforderung auf den freien Stuhl. Prompt stand einer der Kellner parat, bei dem er einen Espresso bestellte. Als er wieder außer Hörweite war, zog der Mann einen braunen Umschlag aus der Tasche und reichte ihn Clara.

»Ich hoffe, die Arbeit ist zu Ihrer Zufriedenheit. Wenn man die Personen, für die man ein Dokument erstellt, nicht in natura kennt, ist es schwierig, den richtigen Namen und ein passendes Geburtsdatum zu wählen. Aber in Ihrem Fall hatte ich glücklicherweise recht konkrete Vorgaben vom Auftraggeber.«

Clara nahm den Umschlag wortlos entgegen.

»Bitte öffnen Sie die Lieferung unbeobachtet.«

»In Ordnung. Was mache ich mit meinen Originalpapieren? Wann benutze ich welchen Pass?«

»Das liegt nicht in meiner Zuständigkeit.« Der Mann trank seinen Espresso in einem Schluck aus und verlangte den Schlüssel des Schließfachs in München. Clara holte ihn aus ihrer Jackentasche und händigte ihn aus. Danach verabschiedete sich der Mann, stand auf und ging.

Clara bezahlte die Rechnung – die Tagliatelle mit Trüffel hatten ihr hervorragend geschmeckt – und suchte die nächstgelegene Toilette auf.

In der engen Kabine öffnete sie den Umschlag. Der Pass leuchtete rot. Unter der Schrift »Schweizer Pass« auf Deutsch, Französisch, Italienisch, Rätoromanisch und Englisch war das Schweizer Kreuz abgedruckt.

Claras Herz klopfte aufgeregt. Welche Identität hatte Viktor ihr gegeben?

Sie schlug die Seiten auf und fand schließlich ihr Foto – wo hatte er das nun schon wieder her? – mit dem Namen Elena Walser, Geburtsdatum: 15. Mai 1990. Der Name und das Datum lösten keine Emotion in ihr aus. War das gut? Viktor hatte sie ein Jahr älter gemacht. In knapp fünf Wochen würde sie also als Elena Walser ihren dreiunddreißigsten Geburtstag feiern. Ihr richtiges Geburtsdatum war der 18. November. Ein Datum im Frühling fand sie schön.

Sie betrachtete den Pass von allen Seiten und blätterte ihn durch. Er sah absolut echt aus, zeigte sogar ein paar Gebrauchsspuren.

Im hinteren Innenteil fand sie ein indisches Touristenvisum. Elena Walser hatte also kürzlich Indien bereist.

Auch die Unterschrift war perfekt gemacht. Sie hatte Ähnlichkeit mit ihrer eigenen. Die Endungen von Maler und Walser waren gleich, auch die ungefähre Länge des Namens. Genial, fand Clara.

Sie schob den Pass wieder in den braunen Umschlag, verschloss diesen fest und legte ihn nach unten in ihre Sporttasche. Noch war sie Clara Maler.

⁎

Das Flugzeug nach London war bis auf den letzten Platz besetzt. Clara saß beengt in der mittleren Sitzreihe zwischen einem Mann und einer Frau, die sich über sie hinweg unterhielten. Die Maschine hob glücklicherweise pünktlich in Zürich ab, und die Flugzeit betrug nur eine knappe Stunde. In London würde sie Regenwetter erwarten, informierte der Pilot aus dem Cockpit. Was auch sonst. Englisches Wetter eben. Das störte Clara nicht. Sie konnte es kaum erwarten, Viktor wiederzusehen.

Während des Fluges durchlebte sie eine Achterbahnfahrt der Gefühle mit Ungewissheit, unendlicher Vorfreude und Abenteuerlust. Würde Viktor wie versprochen am Flughafen auf sie warten? Was, wenn nicht? Wo sollte sie hin? Was sollte sie dann tun? Ihr Englisch war mittelmäßig, ihr Orientierungssinn unterirdisch. Sie dachte auch an Peartree. Ob er schon bemerkt hatte, dass das Loft in München leer war? Würde sie jemals dorthin zurückkehren?

Sie flog ins geplante Nichts. Sie hatte ihr Leben in München zurückgelassen. Alles davon.

Sobald die Parkposition am London City Airport erreicht war, sprangen die Passagiere aus ihren Sitzen auf, nahmen das Handgepäck aus dem Stauraum über ihren Köpfen und stellten sich in den Gang, um loszurennen, sobald die Türen geöffnet wurden. Sie schienen den Weg zum Ausgang zu kennen.

Clara folgte dem Strom. Als die meisten der Reisenden zu den Gepäckbändern abbogen, um ihre Koffer zu holen, ging sie mit ihrer Tasche unter dem Arm unbeirrt daran vorbei. Mit jedem Schritt, den sie auf englischem Boden tat, gewann sie wieder an Zuversicht. Die Vorfreude, London zu besuchen und Viktor endlich wiederzusehen, überwog.

Entschlossen ging sie durch die Schiebetür mit der Aufschrift »Nothing to declare«, hinter der Fahrdienstmitarbeiter, in Anzüge gekleidete Chauffeure sowie Angehörige und Freunde mit Blumensträußen oder Ballons zur Begrüßung standen, um jemanden abzuholen.

In dem bunten Treiben konnte sie Viktor nicht ausmachen. Die Maschine war pünktlich gelandet. Er hätte längst hier sein müssen. Stand er im Stau?

Abseits des Gedränges beobachtete sie Menschen, die sich umarmten, küssten, begrüßten und das Flughafengebäude verließen.

Die Ankunftshalle wurde langsam leerer. Clara suchte sich eine freie Bank im Wartebereich und setzte sich. Die Geräusche und Gerüche um sie herum waren ihr fremd und nahmen sie in Beschlag. Es lag in ihrer Natur, darauf zu reagieren, deshalb beherrschte sie ihren Beruf so gut. Die verschiedenen Aromen und Duftstoffe lieferten ihr Informationen, die häufig nur sie wahrnahm. Hier roch es auf jeden Fall komplett anders als am Hauptbahnhof in München oder am Flughafen in Zürich.

Immer wieder meldeten sich die gleichen Gedanken und Ängste. Was, wenn Viktor nicht kommen würde?

Das Gefühl, auf ihn zu warten, kannte sie gut aus der Zeit, in der er jeden Donnerstag als unbekannter Gast zu ihr zum Essen gekommen war und in der sie gehofft hatte, die Tür möge sich öffnen und er würde endlich erscheinen. Das Gefühl von Ungeduld, Unsicherheit und aufgeregter Erwartung hatte sich nicht verändert.

Verändert hatte sich auch nicht, dass Viktor für sie noch ein Unbekannter war. Sie hatte seine Wohnung mit ihm geteilt, aber das Rätsel um diesen Mann war geblieben. Sie hatte für ihn alles auf eine Karte gesetzt. Alles auf Rot. Alles, was sie hatte, in eine Waagschale geworfen. Sie hatte ihr Glück herausgefordert. Kam nun die Quittung?

Selten hatte sie sich so verloren gefühlt wie in dieser Ankunftshalle. Sie sprach sich selbst Mut zu. Irgendeine Lösung würde sich finden.

Und dann las sie plötzlich auf dem Abholschild eines Mannes, der mittlerweile als Einziger an der Tür für die ankommenden Fluggäste stand, einen Namen: Elena Walser. Es fiel ihr wie Schuppen von den Augen: Ihr Name war jetzt Elena Walser.

***

Der Chauffeur des Hotels, der sichtlich erleichtert gewesen war, seinen Fahrgast aus der Schweiz endlich gefunden zu haben, steuerte den Wagen, ein typisches Londoner Cab, sicher durch den Abendverkehr der Metropole. Er hatte Clara gesagt, sie seien auf dem Weg in den Stadtteil Whitehall, in dem ihr Hotel lag, und die Fahrt dauere – je nach Verkehr – circa eine Stunde. Clara hatte sich entspannt und genoss die Beinfreiheit im Passagierraum. Ihre Tasche stand neben ihr auf der Ledersitzbank.

Der Fahrer fragte sie, ob sie Touristin sei, woher sie komme, was sie vorhabe in London – typische Fragen der Chauffeure, die höflich sein wollten. Clara versuchte, so gut sie konnte, in ihrem Schulenglisch, das für längere Unterhaltungen niemals ausreichen würde, zu antworten, und freute sich, dass der Fahrer sie offensichtlich verstand. Sie erzählte ihm, sie komme aus der Schweiz, treffe sich mit ihrem Ehemann, mit dem sie ein paar entspannte Tage mit Sightseeing und Shoppen verbringen wolle. Sie übte ihre neue Identität.

Der Abend in London war lau, es hatte fünfzehn Grad, was für März richtig gut war. Der Pilot im Flugzeug hatte mit seiner Wetterprognose falschgelegen. Regen war nicht in Sicht.

Um die City Hall herum kamen sie nur langsam vorwärts. Clara öffnete das Seitenfenster, sie mochte den Geruch der Stadt. Aber je länger sie unterwegs waren, desto nervöser wurde sie wieder. Gleich würde sie Viktor treffen. Sie freute sich darauf.

Nachdem sie den Tower und die Tower Bridge passiert hatten, erreichten sie ein Stadtviertel, in dem weit weniger Verkehr herrschte. Die Straßen waren breit, überall waren Blumen gepflanzt. Der Fahrer informierte sie, dass sie gleich ankommen würden und dass der Buckingham Palace und Downing Street 10 *»just around the corner«* lägen.

Der Wagen hielt vor einem Gebäude, in dem Clara eher einen

weiteren Wohnsitz des Königs als ein Hotel vermutet hätte. Ein Page stand bereit und öffnete ihr die Tür. Sie wollte sich nicht anmerken lassen, wie beeindruckt sie von dem Hotelgebäude war, straffte die Schultern, hängte sich ihre Tasche um und ging über fünf blendend weiße Marmorstufen durch den von Säulen eingerahmten Haupteingang hinein in die Lobby des Hotels »Corinthia«.

An der Rezeption musste sie zum ersten Mal ihren neuen Ausweis vorzeigen. Ohne lange zu zögern, holte sie das rote Dokument aus der Sporttasche. Der Empfangsmitarbeiter warf nur einen flüchtigen Blick darauf und informierte sie, dass Herr Walser, »*your husband*«, an der Bar auf sie warte.

Ein Page begleitete sie. Ihre Knie zitterten. Sie fühlte sich proportional klein zur Höhe der Decken des Gebäudes, die sie auf mindestens sieben Meter schätzte. Auch der Bartresen mit der schweren Marmortheke war riesig. Im Raum herrschte reger Betrieb. »*After work*«. Die Menschen, die am Tresen standen oder an den Bartischen saßen, waren ausnahmslos perfekt gekleidet. Die Männer trugen Anzüge, einige hatten die Krawatten gelockert. Lässig hielten sie Drinks in den manikürten Händen. Die Frauen sahen erfolgreich aus und strahlten Selbstsicherheit aus. Die meisten hatten auch Anzüge oder strenge Bürokleider an. Ihre Haare saßen perfekt.

Wie schaffen die das nach einem langen Arbeitstag?, fragte sich Clara. Sie stand verloren im Raum und hielt nach Viktor Ausschau.

Dann, endlich!

Er saß an einem der Ecktische an den riesigen Rundbogenfenstern, von denen man auf die Straße sehen konnte, und tippte Nachrichten in sein Handy. Ihr Mr. Dreamy sah umwerfend aus. Er passte hierher. Bei seinem Anblick verliebte sie sich wieder neu in ihn. Ein schneeweißes Hemd und ein dunkelblauer Anzug unterstrichen seinen Typ. Er war mit Abstand der attraktivste Mann im Raum, und Clara ärgerte sich, dass sie sich für die Reise nicht besser gekleidet hatte. Sie war die einzige Person mit Jeans weit und breit.

Als könnte er ihre Gedanken hören, legte Viktor sein Handy beiseite. Er sah sie sofort und winkte ihr zu.

Sie bahnte sich einen Weg an der Theke und den vielen Leuten vorbei bis zu seinem Tisch.

»Na, Elena, wie war dein Flug?« Er umarmte und küsste sie zur Begrüßung. Vergessen waren die Zweifel und Ängste des Tages.

»Die Reise lief reibungslos.« Clara setzte sich zu ihm auf die Bank. »Ich bin froh, angekommen zu sein. Ich habe noch nie in so einem tollen Hotel übernachtet. Es ist der absolute Oberhammer. Wir schlafen doch hier, oder?«

»Na klar! Was denkst du denn? Ich übernachte immer hier, wenn ich in London bin. Ich heiße nicht jedes Mal gleich und trage schon mal eine Perücke oder eine andere Frisur, aber ein klein wenig Gewohnheit schätze sogar ich. Außerdem liebe ich diese Bar. Es gibt eine Menge beeindruckende Bars auf der Welt – Skybars, Deep-Sea-Bars, Icebars … aber diese finde ich besonders schön.«

»Apropos Namen.« Clara lachte. »Elena Walser? Wirklich?«

»Gefällt dir der Name nicht? Ich finde, er passt zu dir. Ich bin übrigens ›Matis‹. Gestatten, dein Ehemann. Matis Walser.«

»Freut mich.« Matis fand Clara genauso schrecklich wie Elena.

»Versteck deinen deutschen Pass gut. Aber wirf ihn nicht weg. Wenn etwas schiefläuft, reist du mit deinem Originalpass weiter oder zurück nach München.«

»Muss ich mir Sorgen machen?«

»Natürlich nicht. Morgen stehen zuallererst andere Dinge an: Shopping, Sightseeing und ein paar Gäste des Hotels um Kleinigkeiten erleichtern, um uns auf den großen Einsatz in drei Tagen einzustimmen. Was meinst du?« Wieder zeigte er sein unwiderstehliches Lächeln.

»Ich bin dabei. Von nun an bin ich bei allem dabei. Die Köchin Clara existiert nicht mehr. Ich bin Elena, die Frau von Matis Walser.« Clara fühlte sich euphorisch und sicher. »Aber shoppen gehen sollte ich unbedingt, wenn wir in diesem Hotel wohnen wollen.«

»In London gibt es die besten Kaufhäuser der Welt. Du wirst dich selbst nicht wiedererkennen.«

Daran hatte Clara keinen Zweifel. Wie war das doch gleich? Das Innere eines Menschen zeigt sich im Außen? Wenn das stimmte, würden weder Kitty noch Daniela sie wiedererkennen.

»Komm, wir bestellen Austern und Champagner.«

»Ist das ebenfalls eine deiner Gewohnheiten?«

»Du beginnst, mich zu verstehen.«

Der nächste Gast, der die Northall Bar vom Eingang an der Straße in London Whitehall betrat, war ein Verwandter Viktors. Er blieb für die verliebte Clara und für Viktor unsichtbar. Sie selbst präsentierten sich ihm auf dem Silbertablett.

Eggs Benedict

»Das Frühstück ist das beste, das ich je gegessen habe.«

Clara aß bereits die zweiten Eggs Benedict und liebäugelte noch mit den gemischten Beeren oder dem Birchermüsli, das auf der Frühstückskarte stand. Schließlich musste sie glaubhaft eine Schweizerin verkörpern, und das Müsli war von einem Schweizer erfunden worden, das wusste sie. Sie gab sich alle Mühe, reich und vornehm zu erscheinen. Sie saß mit geradem Rücken, sprach gedämpft und nahm nur sehr kleine Bissen, was ihr schwerfiel. Das Frühstück war einfach zu lecker.

Reich sind hier sicher alle, dachte sie, als sie sich in dem geräumigen Frühstückssalon umsah. Es gab kaum jemanden, der nicht Designerkleidung trug, was meist übergroße Schriftzüge auf Pullovern oder Jacken bewiesen. Männer wie Frauen strahlten lässige Souveränität aus. Sie wirkten, als frühstückten sie jeden Tag so dekadent und hätten absolut nichts Besseres zu tun.

Clara hatte himmlisch geschlafen. Die reinen, weißen Laken des Hotelbetts in der Suite, die Viktor gebucht hatte, rochen nach Kardamom und Lavendel. Sie war darüber völlig aus dem Häuschen. Sie konnte die Köchin in sich nicht leugnen.

»Wer bitte kommt auf die geniale Idee, die Laken nach Kardamom und Lavendel riechen zu lassen? Die Mischung könnte von mir sein. Ich muss mir das unbedingt für eine Dessertvariation merken.«

Viktor verstand ihre Aufregung darüber nicht und lächelte nur müde. Er war heute Morgen sehr ruhig, versteckte sich hinter der »Times«, blätterte hin und wieder um, schaute in den Frühstücksraum. Seine Spiegeleier lagen traurig und fast unberührt vor ihm auf dem Teller.

Plötzlich faltete er hastig die Zeitung zusammen und warf sie achtlos auf den Brotkorb. »Entschuldige mich bitte. Ich bin gleich wieder zurück. Bleib sitzen und frühstücke fertig.«

Clara zuckte mit den Schultern und aß weiter, um sich für den

Shoppingtag zu wappnen. Ein rascher Finanzcheck am Morgen hatte ergeben, dass sie es sich leisten konnte, für sechshundert Euro einzukaufen. Damit sollte sich etwas Hübsches finden lassen, in dem sie sich wohlfühlte und das sie für den geplanten Coup, über den sie noch immer nichts Näheres wusste, tragen würde. Danach blieb auf dem Konto noch genug übrig, um die geringen laufenden Kosten, die sie momentan hatte, decken zu können. Das restliche Geld aus dem Schwarzraub hatte sie auf einem Extrakonto angelegt. Als eiserne Reserve.

Clara gab einem der Frühstückskellner ein Handzeichen und bestellte sich noch die gemischten Beeren.

Es ist nicht schwer, sich an Luxus zu gewöhnen, dachte sie.

Endlich kam Viktor zurück. Er setzte sich wieder an seinen Platz ihr gegenüber, ließ die kalten Eier zurückgehen und bestellte neue. Clara empfand das als Verschwendung. Er hätte sie gleich essen können, als sie noch warm gewesen waren.

Viktor wirkte nun viel entspannter.

»Wo warst du?« Clara war neugierig.

»Ich war in einer der Garden Suites. Die russische Familie, die dort wohnt, wurde eben vom Reiseleiter abgeholt. Die Frau hat eine beachtliche Schmucksammlung im Gepäck. Ich habe dir zwei Armbanduhren und Ohrringe geholt.« Viktor naschte von Claras Beeren. »Es hat länger gedauert, weil mir die Pagenuniform nicht richtig gepasst hat.«

Clara verschluckte sich an ihrem Breakfast-Tea. »Sag das noch einmal.«

»Ich habe dir Schmuck besorgt.«

»Bist du verrückt? Wir wohnen doch in diesem Hotel. Wenn dich jemand gesehen hat, werfen sie uns raus. Oder schlimmer, sie zeigen uns an.«

»Wenn, dann nur mich. Du hast den Raum nicht verlassen. Und natürlich habe ich dafür gesorgt, dass ich auf den Überwachungskameras in den Fluren und Aufzügen nicht erkannt werden kann. Ich bin doch kein Anfänger.«

»Ich fühle mich unwohl, wenn du hier die Gäste bestiehlst.«

»Entspann dich. Ich bin doch auch beklaut worden.« Er lachte.

»Das verstehe ich nicht …«

»Wenn wir abends von unserem Shoppingausflug und einem netten Dinner zurückkommen, werde ich feststellen, dass eine meiner wertvollen Armbanduhren fehlt, und natürlich sofort den Hotelmanager kommen lassen. Ich habe mich selbst zum Opfer gemacht, damit es einen Kamerabeweis dafür gibt, dass sich ein Verdächtiger um diese Zeit im Flur vor unserem Zimmer herumgetrieben hat. Hotels sind gut versichert. Was denkst du, wie oft es in Häusern wie diesem vorkommt, dass Schmuck oder andere Wertgegenstände entwendet werden?«

»Ich fühle mich trotzdem nicht gut dabei.« Clara rutschte nervös auf ihrem Stuhl hin und her. »Es würde mich aber doch interessieren, wie du den Schmuck der russischen Dame gestohlen hast?«

»Ich habe mir die Schlüsselkarte eines Zimmermädchens besorgt.«

»Die arme Frau. Sie bekommt doch bestimmt Schwierigkeiten. Und es erklärt auch nicht, wie du dich vor den Kameras unsichtbar machen konntest.«

»Unsichtbar machen ist das richtige Stichwort. Pass auf …« Viktor beugte sich nach vorn und erzählte Clara im Flüsterton, wie er vorgegangen war. »Ich hatte von einem früheren Aufenthalt noch eine Zimmerkarte. Die Daten darauf habe ich selbstverständlich gelöscht. Das geht mit einem Handy, einem Magneten oder in der Mikrowelle. Die alte Karte habe ich gegen die des Zimmermädchens getauscht; mittels meines Charmes.« Er lachte. »Sie dachte also nur, die Karte funktioniere nicht mehr, was häufig vorkommt. Danach konnte ich mir unbemerkt eine Pagenuniform besorgen. An der Krempe der Mütze habe ich winzig kleine LED-Lämpchen angebracht. Wenn man die einschaltet, sind die Überwachungskameras nutzlos. Man erkennt keine Gesichter, weil die Lichter zu sehr blenden. Das Sicherheitspersonal wird den Dieb also in der Abteilung der Pagen vermuten. Bis sie die alle kontrolliert haben, sind wir schon weg. Voilà. Genial, oder?«

»Ziemlich schlau auf jeden Fall.«

»Mach dir keine Gedanken, Elena.« Er grinste. »Ich mache das nicht zum ersten Mal. Entspann dich und freu dich darauf, die Stadt kennenzulernen. Und du brauchst ein schwarzes Kleid für die Veranstaltung übermorgen.«

»Ich habe sechshundert Euro, die ich ausgeben kann.« Mit hochgezogenen Augenbrauen bremste Viktor Claras Enthusiasmus. »Damit wirst du nicht weit kommen. Für ein anständiges Kleid solltest du schon mit mindestens dem Doppelten rechnen.«

»Du bist verrückt. Mein erstes Sofa hat weit weniger gekostet.«

»Du willst ja auch kein Sofa tragen, oder?« Viktor klang genervt. »Übermorgen gehen wir zu einer hochkarätigen Versteigerung bei Sotheby's in der New Bond Street. Die Auktion, die dort stattfindet, heißt ›Important Chinese Art‹. Die Stücke, die angeboten werden, stammen größtenteils aus der Ming-Dynastie. Sie sind also um die vierhundert Jahre alt. Die Chinesen haben damals nicht nur etwas vom Mauerbau, sondern auch von Porzellan verstanden. Ich habe es auf eine Vase aus Jade abgesehen. Ihr Schätzwert liegt zwischen achthunderttausend und eins Komma zwei Millionen US-Dollar. Da kannst du nicht mit einem billigen Kleid aufkreuzen. Das würde jeder im Raum sofort bemerken.«

Clara kam sich dumm vor und fühlte sich in der Jeans und der rosa Bluse schäbig. »Das kann ich mir nicht leisten. Dann wirst du wohl allein zu Sotheby's gehen müssen.« Den Namen des Auktionshauses betonte sie süffisant.

»Ich habe nicht vor, unsere Einkäufe zu bezahlen. Das kannst du dir doch wohl denken, oder?«

∗∗∗

Sie stiegen in der Oxford Street vor dem Kaufhaus Selfridges aus dem London Cab aus, das sie vor dem Hotel angehalten hatten. Viktor sah aus wie ein Millionär. Alles, was er trug, war maßgeschneidert. Perfektion bis ins Detail. Vom Jackett über die Hose bis hin zu dem Kaschmirschal, den er sich wegen der frischen Brise in London umgebunden hatte.

Der Himmel strahlte blau, aber es war kühl. Ähnlich wie Claras Stimmung. Sie fühlte sich nicht wohl. Sie passte nicht hierher. Sie gehörte nicht zu den Gästen ihres Hotels. Wer konnte sich schon als Normalsterblicher eine Suite für dreitausend Pfund pro Nacht leisten? Das hatte sie in der Preistabelle, die neben dem Telefon in ihrem Zimmer lag, gelesen.

Natürlich hatte sie Sinn und Verständnis für Schönheit und Luxus – bei dem Gedanken schmeckte sie die Frühstückseier wieder auf der Zunge –, sie war schließlich nicht zufällig eine tolle Köchin geworden, aber ihre Welt war das definitiv nicht.

Sei's drum, dachte sie und schluckte ihre Minderwertigkeitsgefühle herunter. Teure Klamotten würden vielleicht helfen, dass sie sich besser fühlte.

Sie hakte sich bei Viktor ein. Gemeinsam gingen sie in das Kaufhaus.

»Pretty Woman«? »Frühstück bei Tiffany«? »My Fair Lady«? – War es das, was den arrogant dreinblickenden Verkäuferinnen durch den Kopf ging, als Viktor und Clara die Kollektion in der Dior-Boutique durchsahen? Sie bedachten Viktor mit zuckersüßem Lächeln und sie mit hochgezogenen Augenbrauen.

Zielsicher griff Viktor drei Kleider, was bei der Verkäuferin ein selbstgefälliges Kopfnicken hervorrief.

»Die Kleider dürften für Ihre Begleitung nicht die richtige Größe haben«, sagte sie und nahm ihm die Bügel ab.

»Dann holen Sie sie bitte in der richtigen Größe, bringen Sie Schuhe und passende Taschen dazu und bereiten Sie eine Anprobe vor«, erwiderte er.

»Sehr wohl, mein Herr.« Die Verkäuferin drehte sich auf dem Absatz um und stöckelte davon.

»So habe ich noch nie eingekauft. Hast du gesehen, was die Kleider gekostet haben?«

»Ich habe dir doch gesagt, dass man mit fünfhundert Pfund nicht weit kommt.«

»Wie willst du es schaffen, die Sachen nicht zu bezahlen?«

»In London benutze ich eine gefälschte Kreditkarte für Matis

Walser. Sie ist an ein Scheinkonto auf den Kaimaninseln gekoppelt. Ein korrupter Bankmanager dort hat mir die Karte besorgt. Die Abrechnungen werden ins Leere laufen, die Betreibungen auch. Das funktioniert relativ reibungslos, wenn man sich mit Banksystemen und Computern auskennt und Zugriff auf beides hat.«

»Geht das tatsächlich so leicht, wie es sich aus deinem Mund anhört?«

»Na ja, ganz so unkompliziert nun auch wieder nicht. Es gehört ziemlich viel Papierkram, den man natürlich auch fälschen muss, dazu. Das kann nicht jeder – zum Glück.«

»Ja, zum Glück«, sagte Clara nachdenklich. »Gibt es wirklich keinen Weg, den Betrug zu dir zurückzuverfolgen?«

»Wie denn? Sobald wir London verlassen, vernichten wir die Pässe ›Walser‹ und kehren nie wieder als Schweizer zurück.«

Die Verkäuferin kam mit einem Garderobenwagen mit den drei Kleidern in der richtigen Größe, etlichen Paar Schuhen und vier ziemlich teuer aussehenden Handtaschen zu ihnen und bat Clara, ihr zu folgen. Die Umkleidekabinen bei Selfridges waren keine Kabinen, sondern Räume, in denen ein bequemes Sofa und ein Wagen mit Erfrischungen für Begleitpersonen standen. Das angebotene Glas Champagner ließ sich Viktor nicht entgehen.

Clara probierte ein Kleid nach dem anderen an. Jedes saß perfekt. Die Schnitte schmeichelten ihrer Figur. Der Unterschied, sich selbst in einem teuren Kleid und einem ihrer eigenen zu sehen, war ein himmelweiter. Sofort veränderte sich ihre Körperhaltung.

Zusammen mit passenden Schuhen und einer Handtasche, von deren Wert sie ein halbes Jahr lang leben konnte, fühlte sich Clara wie eine Frau, die sich neben Viktor nicht verstecken musste. Begeistert suchte er das kleine Schwarze aus, das ihm am besten gefiel. Clara hätte sich für ein anderes entschieden, aber sie wollte alles tun, um ihm zu gefallen.

Die Verkäuferin markierte lächelnd die Etiketten der Sachen, um sie beim Check-out zu hinterlegen.

»Nimm dir noch etwas für die nächsten Tage mit. Ein paar Kleider, einen Hosenanzug, Kaschmirpullis, was dir gefällt«, sagte Viktor. »Ich muss ein paar Telefonate führen. Wenn ich fertig bin, komme ich zurück.«

»Ich weiß doch gar nicht, was ich kaufen soll.«

»Ich bin mir sicher, du findest das Passende.«

Welche Frau träumte nicht von so einer Aufforderung? Clara fühlte sich dem Personal zwar nicht richtig gewachsen, aber sie würde es schon schaffen. Schließlich war sie die Schweizerin Elena Walser, Millionärsgattin.

Nach ein paar Runden in verschiedenen Designerabteilungen stand Clara wieder hinter dem Paravent im Anproberaum und kämpfte mit dem Rückenverschluss eines roten Pullis, als sie hörte, wie sich Schritte näherten.

»Matis, hilfst du mir bitte mit den Knöpfen?« Die Hände, die ihren Nacken berührten, waren eiskalt.

»Die Farbe steht Ihnen ausgezeichnet.«

Die Stimme fuhr ihr durch Mark und Bein. Das war nicht Viktor. Ihr wurde flau im Magen.

Sie drehte sich um und schaute in Peartrees blaue Augen.

»Kommissar ...«, stammelte sie, unfähig, einen klaren Gedanken zu fassen.

»Guten Tag, Frau Maler. Ich habe Ihnen versprochen, dass wir uns bald wiedersehen.«

Clara schwieg.

»In Ihrer Wohnung in München war es plötzlich sehr ruhig. Sie haben freundlicherweise das Licht angelassen, was nicht nötig gewesen wäre. Ein Trick wie dieser täuscht mich nicht lange.«

»Oh ... habe ich das? Das ist blöd. Wissen Sie, ich wollte schon lange mal nach London, und da ich zurzeit nicht berufstätig bin, dachte ich mir, das wäre doch eine gute Gelegenheit.«

»Ja, das ist es wohl.«

Offensichtlich legte es Peartree darauf an, sie noch nervöser zu machen. Betont langsam drehte er sich um und setzte sich auf das Sofa.

»Interessant, dass Sie in einem Luxuskaufhaus Ihren Städtetrip beginnen. Die meisten Touristen würden sich zuerst den Buckingham-Palast, den Tower oder Westminster Abbey ansehen.«

»Ich war neugierig. Als ich eben die Oxford Street entlangspaziert bin, hat es mich hereingezogen.«

»Und ich dachte, mein Bruder hat Sie zum Einkaufen überredet. Teure Klamotten sind eine weitere seiner Leidenschaften. Er ist doch in der Nähe?« Peartree schaute lachend zur Tür, so als würde Viktor jeden Moment erscheinen. »Ich weiß, dass Thomas in London ist. Ich weiß auch, wo Sie wohnen. Schöne Hotelbar, nicht wahr? Leider kann ich Ihnen immer noch kein Vergehen nachweisen. An der Rezeption gibt mir niemand Auskunft. Sie haben dort häufiger mit sehr mächtigen Gästen zu tun und wohl Angst, etwas Falsches zu sagen. Downing Street liegt gleich um die Ecke; da weiß man nie, wen man vor sich hat. Einen Diplomaten, jemanden vom Geheimdienst, einen Auftragskiller, einen Multimillionär? Alles ist möglich.«

Clara stand stocksteif hinter dem Paravent. Sie fühlte sich nackt, obwohl sie voll bekleidet war.

»Mein Problem ist«, fuhr Peartree fort, »dass ich weder die City-Polizei noch Scotland Yard für Thomas begeistern konnte. Für die bedeutet er nichts, weil er in England noch nicht auffällig geworden ist. Ich persönlich denke, es liegt an seinen Maßanzügen. Er sieht darin aber auch toll aus. Die Engländer verzeihen einiges, wenn sie jemand an James Bond erinnert. Oder, Frau Maler?«

»Ich kenne Ihren Bruder nicht.« Zögernd kam sie hinter dem Paravent hervor und setzte sich neben Peartree auf das Sofa. So weit von ihm entfernt, wie es ging. Ihre Knie waren weich. Sie hatte Angst zu straucheln.

»Dass ich für Interpol ermittle, interessiert die Zuständige nicht. Noch nicht. Thomas hat sich in der Branche der Fälscher, Betrüger und Räuber einen hervorragenden Namen gemacht. Faber-Fälschungen steigen praktisch monatlich im Preis. Aber für offizielle Stellen ist er noch ein fast unbeschriebenes Blatt, was auch wieder seine Genialität zeigt.« Peartree hielt inne, als suche er nach den richtigen Worten. »Hier hat er Großes geplant, und ich werde herausfinden, was es ist.«

»Wie …?«, stammelte Clara.

»Wie ich Sie gefunden habe? Das war zwar zeitaufwendig, aber nicht schwer. Ich habe mir wieder eine Nacht um die Ohren geschlagen, um die Sicherheitsaufnahmen vom Flughafen und vom Hauptbahnhof München anzusehen. Ich habe Sie entdeckt, als Sie in den Zug nach Zürich gestiegen sind. Die Stadt kann ich Ihnen übrigens für Ihren nächsten City-Trip empfehlen. Waren Sie vorher schon mal in der Schweiz?«

Clara konnte sich kaum noch zusammenreißen. Sie fürchtete, ihr Kreislauf würde gleich versagen.

Peartree ließ sie nicht aus den Augen. »Sie haben noch nicht viel falsch gemacht. Glaube ich. Sicher weiß ich es natürlich nicht. Kürzlich gab es einen Raub in München, den ich gefühlsmäßig meinem Bruder zuordnen würde. Es wird noch ermittelt. Bald weiß ich mehr.« Seine Stimme war ungewöhnlich sanft. Sie passte nicht zur Situation.

Claras Sinne spielten verrückt. Warum dachte sie ausgerechnet in diesem Moment über seine Stimme nach? Die Haare auf ihren Armen stellten sich auf. Panik und nackte Angst erfüllten sie. Sie hatte eben erst angefangen, die Welt zu entdecken.

Sie lachte leise. Seelenvakuum. Parathymie. Unangemessene Reaktion. Kontrollverlust.

Peartree sah sie verständnislos an, bevor sich sein Gesichtsausdruck änderte. Er zeigte Bedauern. Und Mitleid.

»Es tut mir leid. Ich weiß nicht, warum ich so reagiere«, sagte Clara irritiert. »Ich bin wirklich sehr überrascht, Sie hier zu sehen.«

»Ich finde es schade, dass eine hübsche und fähige Frau wie Sie in die Charmefalle meines Bruders getappt ist. Thomas tut niemandem gut. Auch nicht sich selbst. Wie oft habe ich versucht, ihn in die richtige Bahn zu lenken. Er hatte alles im Überfluss: Talent, Wissen, Geschick, Eloquenz, Charme, blendendes Aussehen. Die Herzen und der gute Wille der Menschen sind ihm mühelos zugeflogen. Er war der Liebling unserer Eltern. Mama hat ihm keinen Wunsch abschlagen können und ihm immer wieder verziehen. Ihr Tod hat etwas in ihm zerstört, das eine blutende Wunde hinterlassen hat, und die Heilung setzt einfach nicht ein.

Er verhält sich wie ein Süchtiger, ständig auf der Suche nach dem nächsten Kick, getrieben vom Hass auf unseren Vater. Anders als ich konnte Thomas nie mit unserer Vergangenheit Frieden schließen. Er bewegt sich rast- und ruhelos durch Europa und baut seine kriminellen Tätigkeiten weiter aus. Er täuscht Kuratoren und Sammler ebenso wie ausgewiesene Experten. Finanziell müsste er gut gestellt sein. Aber das Geld motiviert ihn nicht. Es ist seine verletzte Jungenseele. Sein gebrochenes Herz. Als großer Bruder möchte ich ihm helfen. Ihn davor bewahren, für lange Zeit im Gefängnis zu landen, erschossen oder verschleppt zu werden. Mit seinen Kunden ist nicht zu spaßen. Die Leute, mit denen Thomas Geschäfte macht, sind Superreiche, mächtige Mafiosi, zwielichtige Clanmitglieder, Waffenhändler, Terroristen, Diktatoren. Ich bin völlig ratlos und sehe im Prinzip nur noch einen Ausweg.«

Clara hatte ihm aufmerksam zugehört. »Welchen denn?«

»Angenommen, Frau Maler, Sie helfen mir und erzählen mir, was Thomas vorhat. Dann könnte ich alles Weitere regeln. In ein paar Jahren wäre er wieder ein freier Mann.«

Ganz leise sagte Clara: »Ich weiß doch von nichts.«

»Was ist, wenn Sie meinem Bruder helfen, den Auftrag auszuführen, und dabei erwischt werden? Was geschieht danach?«

»Ich weiß nicht, wovon Sie reden.«

»Ja, sicher. Das sagten Sie bereits. Aber stellen Sie sich einmal vor, was es für Sie für Konsequenzen hätte, in einem Nicht-EU-Land mit einem falschen Pass bei einem Millionenbetrug erwischt zu werden. Ihr Leben, wie Sie es kennen, wäre vorbei. Sie würden verurteilt werden, vielleicht sogar in ein britisches Gefängnis kommen. Die Zustände dort übersteigen Ihre Vorstellungskraft. Das kann ich Ihnen versprechen. Als Vorbestrafte würden Sie keine adäquate Anstellung mehr finden. Und was würden Ihre Freunde oder Ihre Familie sagen? Bedeuten die Ihnen gar nichts?«

»Mein Leben hat mich unglücklich gemacht.« Clara erschrak vor sich selbst. Sie legte eine Hand auf den Mund. Erwischt, ertappt.

In Peartrees Augen blitzte Hoffnung auf. Clara war drauf und dran nachzugeben.

»Und jetzt sind Sie glücklich? Ich verstehe Sie sogar. Mein Bruder ist toll. Mit ihm ist es immer aufregend. Aber ich muss Sie warnen. Er ist ein Narzisst. Und außerdem manisch-depressiv. Sie haben bestimmt auch schon seine Stimmungsschwankungen bemerkt. Wenn es hart auf hart kommt, wird er Sie schnell fallen lassen. Er macht das nicht absichtlich. Er mag Sie. Aber es ist immer das Gleiche. Thomas kümmert sich um Thomas. Und er braucht Hilfe.«

Clara vergrub ihr Gesicht in den Händen. Sie wollte das nicht hören! Warum musste Peartree alles zerstören? »Lassen Sie mich in Ruhe«, sagte sie schluchzend.

»Das werde ich. Ich gebe Ihnen aber wieder meine Karte. Die Adresse des Hotels, in dem ich wohne, steht auch darauf. Es ist nicht weit vom ›Corinthia‹ entfernt. Sie können jederzeit zu mir kommen. Ich bin Tag und Nacht zu erreichen. Um aus der Nummer unbeschadet herauszukommen, brauchen Sie meine Hilfe. Aber dafür muss ich Thomas auf frischer Tat ertappen, und das schaffe ich nicht ohne Ihre Mitarbeit.«

Er legte die Visitenkarte auf das Sofa neben Clara und berührte sie sanft an der Schulter. Dann stand er auf und ging. Die Tür des Ankleidezimmers ließ er offen stehen.

Wagyu Steak

Clara schluchzte unkontrolliert. Vor einer halben Stunde hatte sie als Schweizer Millionärsgattin noch euphorisch Designerkleider anprobiert, und nun sollte sie in ein britisches Gefängnis? Nein! In ihr loderte Widerstand auf. Es regte sich Zorn; und es regte sich Trotz.

Sie stand auf, wischte sich die Tränen ab und stellte sich vor einen der Spiegel. Sie straffte ihre Schultern, fuhr sich durch die Haare und trug neuen Lippenstift auf. Sie war Clara Maler. Eine fähige Frau in den Dreißigern, die verliebt war und die ihrem Freund half, seine Geschäfte zu führen. Basta.

Wie konnte man nur ständig so hin- und hergerissen sein? Das war anstrengend.

»Wie gut du kräftige Farben tragen kannst.« Strahlend stand Viktor in der Tür. Er hatte eine der Verkäuferinnen im Schlepptau, die einen vollen Kleiderwagen hinter sich herzog.

Die Tränen liefen weiter Claras Wangen hinab.

»Dein Bruder ist hier. Er ist uns nach London gefolgt. Er war in diesem Raum. Er hat auf diesem Sofa gesessen und mit mir geredet. Er weiß, wo wir wohnen. Du kannst deinen Coup vergessen. Wir müssen weg.«

»Bitte bringen Sie die Sachen schon zur Kasse. Wir kommen gleich«, sagte er zu der Verkäuferin, die die Szene verständnislos beobachtet hatte. Zu Clara gewandt fuhr er fort:»Wovon sprichst du?«

Clara schnäuzte sich lautstark die Nase.»Du hast mich gehört. Dein Bruder durchschaut dich. Er bringt uns sogar mit dem Raub bei Susanne Schwarz in Verbindung. Er ahnt, dass du etwas Großes planst, und er war in der Hotelbar und wohnt in der Nähe von uns. Er wird sicher auch schon wissen, dass du die russische Familie bestohlen hast. Ich habe Angst, ich möchte nicht in ein britisches Gefängnis!«

»Beruhige dich ...«

»Ich versuche ja, stark zu sein, aber du wirst verstehen, dass es gelinde gesagt befremdlich für mich ist, von einem Interpol-Kommissar beschattet zu werden. Ich habe mich nicht mehr unter Kontrolle. Ich schwanke nur noch.«

»Gabriel ist nicht hinter dir her. Er versucht nur, dich einzuschüchtern, weil er rein gar nichts gegen mich in der Hand hat. Offensichtlich hat er noch nicht aufgegeben, mich retten zu wollen. Er denkt nämlich, ich brauche Hilfe. Was absoluter Blödsinn ist. Ich habe alles im Griff. Außerdem hat er nur eine beratende und vernetzende Funktion. Gefährlich werden könnte die Kripo, aber die sind zu langsam. Scotland Yard im Allgemeinen und die London City Police im Besonderen. In England hatte ich noch nie Probleme damit, meine Aufträge abzuwickeln. Solange du ihm nichts sagst, ist alles gut. Sein Plan ist, uns auf frischer Tat zu ertappen.«

»Das hat er auch gesagt.«

»Ha! Siehst du. Er hätte in der Interpol-Zentrale in Lyon bleiben sollen. Dort hat er längere Zeit die Listen der als gestohlen und verschwunden gemeldeten Kunstgegenstände katalogisiert. Das passt besser zu diesem Langweiler.«

»Als langweilig würde ich ihn nicht bezeichnen. Er ist dir sehr ähnlich. Nur anders.« Clara wischte sich mit einem Taschentuch die Augen trocken.

»Ich kann überhaupt keine Ähnlichkeit zu ihm feststellen. Wir sind extrem verschieden«, sagte Viktor. Für ihn war die Angelegenheit damit erledigt. Er machte sich bereit zu gehen. »Zieh dich wieder um, aber nimm den roten Pulli noch mit. Er steht dir zu gut. Ich bezahle oder, besser gesagt, ich checke unsere Sachen aus. Danach lenken wir uns in der Stadt ab. Ab morgen wird richtig gearbeitet. Komm nach unten, wenn du fertig bist.«

Natürlich ließ sich Clara wieder von Viktor beruhigen. Sie zog sich um, steckte aber die Visitenkarte, die Peartree auf das Sofa gelegt hatte, in die Gesäßtasche ihrer Jeans. Sie hatte nicht vor, gegen Viktor zu arbeiten oder auszusteigen. Dafür hatte sie sich zu weit auf ihn eingelassen. Aber eine kleine Regung in ihrem Hinterkopf riet ihr, die Karte mitzunehmen. Nur ein winziger

Impuls. Sie konnte ihn nicht benennen. Da war etwas in Peartrees Stimme und in seinen Augen gewesen, das sie nicht losließ. Das Läuten ihres Handys riss sie aus den verwirrenden Gedanken. Sie erschrak. Viktor hatte sie gebeten, es im Flugzeug und danach ausgeschaltet zu lassen. Sie hatte es vergessen. Sie war von den Eindrücken so überwältigt gewesen, dass sie weder daran gedacht hatte, Nachrichten zu prüfen, noch, sich zu Hause zu melden.

Zu Hause. Komisch. Es fühlte sich nicht mehr richtig an, München, den Ort ihrer Kindheit, an dem ihre Freunde und ihre Familie waren, so zu bezeichnen. Was hatte Viktor mit ihr gemacht?

Das Display des Telefons zeigte an, dass es Kitty war. Gespielt fröhlich nahm sie das Gespräch an.

»Hallo, Kittylein! Na, alles klar?«

Das Schweigen am anderen Ende war den Bruchteil einer Sekunde zu lang. Kein gutes Zeichen.

Dann polterte Kitty los. »Bei mir schon. Die Frage ist, ob bei dir noch alles okay ist!«

»Ja, doch. Es geht mir sehr gut.«

»Wo bist du?«

»Warum fragst du mich das?« Was sollte Clara ihrer besten Freundin sagen? In London? Mein neuer Freund plant einen Coup bei Sotheby's, und ich helfe ihm?

»Du hast keine Wohnung und keinen Job. Schon vergessen? Schläfst du noch bei deinem Neuen?«

»Ja.«

»Du hast deine Maniküre bei mir versäumt und es nicht für nötig gehalten, dich dafür zu entschuldigen. Ich bin echt sauer.«

»Ach Kitty, das tut mir leid. Ich erstatte dir den Ausfall natürlich. Ich habe den Termin echt vergessen.«

»Du kommst seit zwei Jahren jeden letzten Freitag im Monat zu mir in den Salon. Wie kannst du das so plötzlich vergessen?«

»Ich sagte doch: Es tut mir leid, und ich bezahle den Ausfall. Was erwartest du noch von mir? Momentan habe ich andere Dinge zu tun.«

»Ich frage mich langsam, ob du was im Schilde führst, das

keiner von uns wissen darf. Ich erkenne dich kaum wieder.«
Kitty war wütend. Und enttäuscht.

»Ich verspreche dir, dass ich mich bessern werde. Mein Leben befindet sich zurzeit in einer Art Zwischenphase.«

»In einer Zwischenphase also. Du spinnst doch.« Als Clara nichts erwiderte, fuhr sie fort: »Na schön. Ich wollte hauptsächlich wissen, ob es dir gut geht. Einen Termin zu verpassen sieht dir gar nicht ähnlich. Bitte melde dich wieder. Ich vermisse dich.«

»Ich vermisse dich auch«, log Clara. »Ich melde mich. Mach's gut.« Sie legte auf und steckte das Handy in die kleine Umhängetasche, die sie gestern von zu Hause mitgebracht hatte. Es war komisch, Kittys Stimme zu hören. Clara wollte keine Verbindung in ihre Vergangenheit.

Als sie ins Erdgeschoss des Kaufhauses kam, bezahlte Viktor die Rechnung am Check-out-Tresen. Neben ihm stand der über und über mit Tüten beladene Garderobenwagen. Außerdem waren darauf zwei Handtaschen, Koffer, Reisetaschen und Schuhkartons gestapelt.

»Sind die gesamten Sachen für uns?«, fragte sie ungläubig.

»Aber sicher doch, Elena. Dann kannst du dich nicht mehr beschweren, du hättest zu wenig dabei.« Viktor lachte aufgesetzt. »Die Koffer wirst du wohl auch benötigen, oder wie möchtest du deine neue Garderobe sonst transportieren?«

»Du denkst wirklich an alles, Matis.« Es war paradox.

»Bitte schicken Sie unsere Einkäufe in das Hotel ›Corinthia‹ in Whitehall«, sagte Viktor zu dem Herrn hinter dem Kassentresen und reichte ihm eine schwarze Kreditkarte. Der Mann lächelte hölzern und nahm sie mit einer tiefen Verbeugung an.

Clara hätte niemals vermutet, dass die Karte nicht gedeckt war. Die Bezahlung funktionierte reibungslos. Das Kartengerät spuckte in Windeseile die Quittung aus. Viktor prüfte sie oberflächlich und steckte sie ein. Als Clara die Summe darauf sah, erschrak sie. Der Einkauf belief sich auf dreiundzwanzigtausend Pfund. Ein Jahresgehalt. Sie hatten soeben das Traditionsluxuskaufhaus Selfridges um dreiundzwanzigtausend Pfund an Designerausstattung betrogen.

Erneut wurde ihr flau im Magen. In ihrem inneren Ohr saß Peartree und sagte: Sie werden verurteilt.

Gegen die Achterbahn der Gefühle, die Clara an diesem Vormittag schon durchlebt hatte, half als Schutzmechanismus nur noch eines: Verdrängung.

***

Und die funktionierte prima. Hatte sie in den letzten Jahren unterdrückt, wie unglücklich sie gewesen war, schaffte Clara es nun, erfolgreich zu ignorieren, wie viel Angst sie hatte.

Arm in Arm spazierte sie mit Viktor durch ein London, in dem die Frühlingssonne die matten Pastellfarben auflockerte. Die Bäume trugen zartgrüne Blätter, hier und da blühten erste Magnolien, Krokusse leuchteten in Pflanzkübeln, und die meisten Menschen, die ihnen begegneten, lächelten. Sie schlenderten die Oxford Street hinunter Richtung Hyde Park. Viktor schien die Gegend wie seine Westentasche zu kennen. Er führte Clara in die elegante Hyde-Bar im Park Tower in Knightsbridge. Die Bar mit Restaurant gehörte zu einem Hotel, das dem ihren in nichts nachstand.

Sie setzten sich an einen Hochtisch mit Barhockern und genossen einen phantastischen Ausblick über den gesamten Park. Mit weniger hätte sich Viktor auch nicht zufriedengegeben.

»Ich hätte Lust auf Steak. Du nicht auch?«, fragte er Clara und schaute sie über die Speisekarte hinweg an.

»Das hört sich verlockend an. Aber hast du gesehen, was das kostet? Die verlangen für das Hundertfünfzig-Gramm-Steak achtzig Pfund. Die sind verrückt.«

»Es ist das beste Fleisch, das man kaufen kann, finde ich. Und wir sind in London. Vergiss das nicht. In dieser Stadt ist alles teuer.«

»Ich sehe es. Das Clubsandwich kostet vierzig Pfund. Sind die Pommes dazu vergoldet?«

»Wieso machst du dir Gedanken über Geld? Du hast doch gesehen, wie gut meine Karte funktioniert hat. Du bist wohl noch nicht in deiner Rolle als Elena Walser angekommen?«

»Doch, ich genieße es sehr, deine Ehefrau zu spielen. Und ich verstehe, warum du London liebst.«

»Später zeige ich dir noch mehr. Ich wollte dich erst über unser Vorhaben informieren. Wir müssen dich vorbereiten.«

»Endlich! Ich bin sehr gespannt, was ich zu tun habe.«

»Der Coup wird morgen Nachmittag mit einem Besuch bei Sotheby's beginnen. Ein Fahrer holt uns am Hotel ab. Dort findet eine exklusive Besichtigung der Stücke, die am Mittwoch versteigert werden, statt. Ich habe uns angemeldet. Wir werden allerdings nicht als Matis und Elena zu dem Termin gehen, sondern wieder als ein anderes Paar. Ich habe uns Perücken gekauft. Das erweist sich jetzt sogar als doppelt praktisch, falls mein Brüderchen wieder vor dem Hotel herumlungert. Bis er uns verkleidet erkennt, sind wir schon weg.« Viktor schob sich ein Stück Brot in den Mund. Der freundliche Kellner hatte es auf den Tisch gestellt, nachdem er die Lunchbestellung für zwei Steaks entgegengenommen hatte.

»Gut. Nur zum Verständnis: Wieso gehen wir morgen als andere Personen hin als am Tag der Versteigerung?«

»Wir möchten doch niemandem im Gedächtnis bleiben. Niemand soll sich an uns erinnern.«

Clara lachte. »Wie soll man sich nicht an dich erinnern? Du bleibst jedem im Gedächtnis.«

»Wie meinst du das?«, fragte Viktor irritiert.

»So, wie ich es sagte. Für mich bist du aus dem Nichts gekommen. Und irgendwie warst du immer schon da. Man kann dich nicht übersehen. Aber dir zu begegnen ist auch nicht leicht, verstehst du, was ich meine? Du brauchst Raum, und den nimmst du dir.«

»Ist das was Schlechtes?« Er grinste spitzbübisch, indem er sein Kinn senkte und die Augenbrauen nach oben zog.

In seinem Gesichtsausdruck glaubte Clara den Jungen zu erkennen, der seine Mutter verloren hatte und seitdem auf der Suche nach einem Zuhause war. Sie sah seine Verletzlichkeit, die er sich selbst nie eingestehen würde. Am liebsten hätte sie ihn in den Arm genommen und gesagt: Alles wird gut. Lass uns reinen Tisch machen und in Frieden leben. Ich als Köchin, du als ehrlicher Künstler. Doch sie traute sich nicht, diesen Vorschlag zu machen. Viktor hätte sie ausgelacht.

Stattdessen nahm sie seine Hand. »Nein, es ist nichts Schlechtes. Du bist, wer du bist.«

In diesem Moment wurde ihr bewusst, wie viel Wahrheit in den Worten lag. Viktor würde nie ein normales Leben führen können. Er war dazu nicht gemacht. Er wusste das, und sie hatte es auch begriffen.

Die Erkenntnis war schmerzhaft. Aber der Schmerz tat gleichmäßig weh. Man konnte sich daran gewöhnen, er würde zu einem Teil von ihr werden und irgendwann nicht mehr auffallen.

Der Kellner servierte die Steaks mit typisch englischem Kartoffelpüree. Für Claras Geschmack war es zu knoblauchlastig und zu sämig. Sie mochte es lieber, wenn man die Kartoffeln noch identifizieren konnte. Das Fleisch war hervorragend.

Die Flasche Rotwein, die Viktor dazu bestellt hatte, war fast leer, die Sicht auf den nachmittäglichen Hyde Park wundervoll. Clara nahm noch einen großen Schluck, spülte ihre Bedenken erneut hinunter und dachte: Was soll's. Ich wollte leben. Also lebe ich.

»Erzähl weiter. Wir schauen uns die Stücke an, die versteigert werden. Aber du weißt schon, welches du brauchst?«

»Genauso ist es.«

»Wer ist diesmal dein Auftraggeber?«

»Ein sehr, sehr reicher Chinese, der ein wenig verrückt ist. Eigentlich ist er sogar absolut verrückt und außerdem korrupt, unberechenbar und skrupellos. Er hat sein Geld mit einem Pharmaunternehmen gemacht. Er ist besessen von Ahnenforschung, weil er die fixe Idee hat, ein Nachkomme des letzten Kaisers der Ming-Dynastie zu sein. Er denkt, er sollte der Kaiser von China sein.«

»Das ist nicht dein Ernst!«

»Das ist mein voller Ernst. Du kannst dir nicht vorstellen, was für durchgeknallte Menschen es gibt.«

»Warum ersteigert er die Vase nicht selbst?«

»Ja, das habe ich ihn auch gefragt, als er mich angerufen hat. Er meinte, er bezahle erstens aus Prinzip nicht für ein Stück, das rechtmäßig seit Jahrhunderten seiner Familie gehöre, und er habe aus vertraulicher Quelle erfahren, dass die Vase vor der Auktion morgen aus dem Programm genommen wird. Das Chinesische Nationalmuseum in Peking, das weltweit das größte ist, sucht immer nach neuen Attraktionen und hat sich bei Sotheby's die Vase im Vorfeld schon gesichert. Den Chinesen macht es nichts aus, anstelle von eins Komma zwei Millionen runde zwei Millionen zu bezahlen. Somit haben sich sowohl das Auktionshaus als auch der derzeitige Besitzer, ein texanischer Ölmulti, den seine dritte Scheidung die Hälfte seines Vermögens gekostet hat, dazu bereit erklärt, den Deal unter der Hand zu machen. Mein Kunde hat getobt. Das kannst du dir sicher denken.«

»Aber dich muss er auch bezahlen.«

»Ja, aber nicht den kompletten Preis. Und das stört ihn nicht. Geld ist ihm egal. Er hat mehr als genug davon. Ihn interessieren die Vase und sein eingebildetes Geburtsrecht.«

»Und wenn es stimmt? Wenn er tatsächlich ein Nachfahre eines Kaisers ist?«

»Daran glaube ich nicht. Als die Ming-Dynastie abgesetzt worden ist, sind sämtliche Adeligen getötet worden. Ich denke, es ist unwahrscheinlich, dass diese Linie noch existiert – nach fünfhundert Jahren.«

Clara dachte nach. »Wenn du so erzählst, Viktor, habe ich den Eindruck, als würdest du über einen Film sprechen, den du gesehen hast. Aber es ist dein Leben.«

»Filme sind langweilig. Ich kenne keinen, der mich nicht nach zehn Minuten einschlafen lässt. Deshalb liebe ich die Kunst. Sie wird nie langweilig. Ein Gemälde kann man stundenlang betrachten und entdeckt trotzdem wieder Neues.«

»Wie kommen solche Leute wie dieser chinesische Mann auf dich?«

»Mein Geschäft ist ein Business wie jedes andere auch. Man kennt sich, knüpft Kontakte, gibt Nummern von Ansprechpartnern weiter. Ich habe mir einen Ruf erarbeitet. Ich bin nicht öffentlich tätig, aber meine Arbeit identifiziert mich. Die Spielregeln meiner Branche unterscheiden sich zwar von anderen Berufen, aber das macht es spannend.«

Viktor bezahlte den unfassbar teuren Lunch wieder mit der schwarzen Karte und gab dem Kellner ein großzügiges Trinkgeld. In bar. Danach gingen sie in Richtung Hotel. Viktor wählte den Weg vorbei am Buckingham Palace und an Downing Street 10. Als Clara sich wünschte, die Themse zu sehen, spazierten sie noch weiter zu Big Ben. Dort standen sie auf der Brücke und ignorierten das geschäftige Treiben um sie herum. Der Moment war perfekt. Sie hielten sich an den Händen. Mitten in der Metropole waren sie für sich.

Bis aus Claras Tasche ein dumpfes Summen zu hören war.

»Was ist das?«, fragte Viktor.

»Nur mein Handy. Als wir einkaufen waren, hat mich meine Freundin Kitty angerufen. Das wird vermutlich meine Mutter sein.« Clara hatte nicht die Absicht, das Telefon aus der Tasche zu holen.

»Das heißt, du hast mit deinem Handy telefoniert?«

»Ja. Ich weiß, du sagtest, ich soll es ausschalten, aber das habe ich vergessen. Ist das schlimm?«

»Das fragst du nicht im Ernst. Hast du schon mal was von Handyortung gehört? Wie dämlich bist du? Du gefährdest unsere gesamte Operation. Du gefährdest mein Leben!«

Viktor schrie sie an. Mitten auf der Tower Bridge verlor er die Nerven.

»Die Daten aus deinem Handy können sehr gefährlich für mich sein. Bestimmt hat Gabriel schon veranlasst, dass Scotland Yard mithört. Wo hattest du es?«

Er griff grob nach Claras Umhängetasche und holte das Handy heraus. Das Display leuchtete und zeigte drei entgangene Anrufe an. Er schaltete das Telefon aus, holte aus und warf es mit aller Kraft in die Themse.

»Hoffentlich haben die unseren Lunch nicht abgehört. Sonst kann ich den Auftrag vergessen und habe den verrückten Chinesen am Hals.«

Clara stand fassungslos daneben. So aufbrausend hatte sie ihn noch nie erlebt. Musste sie sein Temperament fürchten? Er hatte ihr Telefon in den Fluss geworfen. Sämtliche Nummern, ihre Fotos, die Kontakte ihrer Freunde und Bekannten waren weg. Wie sollte sie Verbindung zu jemandem aufnehmen?

»Viktor …«, stammelte sie.

Ein Zittern durchfuhr ihn, so als käme er wieder zu sich. »Ich hätte daran denken müssen, dich zu erinnern. Du kannst nichts dafür. Du bist einfach zu naiv und gutgläubig. Wenn das Telefon die ganze Zeit über in der Tasche war, haben sie vielleicht nichts gehört. Geh zum Hotel zurück. Nimm dir ein Taxi, wenn du den Weg nicht findest. Ich muss einige Nachforschungen anstellen und ein paar Leute treffen. Wenn ihre Handys auch schon abgehört werden, brauche ich bis morgen einen neuen Plan. Bis dahin müssen wir unsere Tarnung aufrechterhalten. Zieh dir was Hübsches an, damit du reich aussiehst, und triff mich um zwanzig Uhr im Hotelrestaurant.«

Er würdigte sie keines weiteren Blickes und war im Bruchteil einer Sekunde im Menschengewirr verschwunden.

Clara blieb eingeschüchtert zurück. Allein, mitten auf der Tower Bridge. Vor ein paar Minuten war der Moment perfekt gewesen. Jetzt fühlte sie sich wie am Scheideweg. Wohin sollte sie gehen? Zu wem? In der einen Jackentasche ertastete sie Peartrees Visitenkarte, in der anderen die Zimmerkarte des Hotels.

Es war später Nachmittag geworden, und die Rushhour hatte eingesetzt. Der Verkehr hatte zugenommen. Busse, Taxis, Autos und Fußgänger begegneten sich in sinnlosem Reigen. Die Menschen, die nach Hause oder in Pubs wollten, drängten über die Brücke.

Clara ging nach rechts.

Fish and Chips

Als Clara in die Hotelsuite zurückkam, hatte sie für einen Moment die Illusion, alles wäre gut. Das helle Wohnzimmer strahlte nichts als Wohlgefühl aus. Die Sitzgruppe aus beigefarbenem Leinen nahm fast den gesamten Raum ein, und auf dem dazugehörigen Couchtisch stand ein herrlicher Strauß weißer Lilien. Im nächsten Moment fühlte sie sich, als befände sie sich wieder im Kaufhaus. Im hinteren Bereich des Wohnzimmers, am Durchgang zum Schlaf- und Badezimmer, stand ein Kleiderwagen, der von den Taschen, Kartons und Garderobensäcken überquoll. Erschöpft ließ sie sich in einen der Sessel fallen und zog ihre Schuhe aus. Unfein legte sie die Beine auf dem Tisch ab. Ihre Füße schmerzten von dem langen Spaziergang durch die Stadt. Viktor hatte sie sehr erschreckt. Diese Seite an ihm kannte sie noch nicht. Ja, er war launisch und kompliziert. Aber eben war er unbeherrscht und gemein gewesen. Sie verstand das Problem mit dem Handy. Aber sie hatte ihn nicht absichtlich in Gefahr gebracht. Sie fühlte sich ungerecht behandelt und erniedrigt.

Und was sollte das: »… damit du reich aussiehst«? Hielt er sie für ein dummes Mädchen, dem man ansah, dass sie »nur« ein normales Leben führte? In ihrer Welt war sie gut zurechtgekommen. Was er von sich selbst nicht behaupten konnte.

Die Gedanken weckten in ihr den Ehrgeiz, Viktor zu beweisen, dass auch sie für große Auftritte gemacht war.

Sie packte die Taschen am Garderobenständer aus, um sich einen Überblick zu verschaffen, und wählte eine elegante dunkelblaue Hose aus dem Sammelsurium an Designerklamotten. Dazu zog sie ein elfenbeinfarbenes Seidentop an. Ihre Haare steckte sie streng gebürstet nach oben. Sie frischte ihr Make-up auf, schminkte sich die Lippen rot und zwängte die noch schmerzenden Füße in dunkelblaue High Heels. Aus der Taschensammlung nahm sie sich eine kleine aus weichem, braunem Leder und packte den Lippenstift, die Zimmerkarte und Peartrees Visitenkarte hinein. Sie tat dies, ohne zu überlegen. Sie hatte das Gefühl, es wäre besser, sie dabeizuhaben.

Gegen neunzehn Uhr, sie hatte noch beinahe eine Stunde Zeit, beschloss sie, sich in die Bar des Hotels zu setzen und die Leute zu beobachten. Sie sehnte sich nach Gesellschaft und Ablenkung.

Ehe sie das Zimmer verließ, stellte sie sich vor den Spiegel und prüfte ihre Erscheinung. Die Frau, die sie sah, war eine andere. Kleider machten eben doch Leute. Das vor ihr war nicht Clara Maler, die Köchin der Cucina, die in Jeans und Kochjacke mit verschwitztem Gesicht hinter dem Herd stand. Sie sah aus wie Elena Walser, die mit ihrem Mann Geschäfte in London zu erledigen hatte.

Langsam ging sie die Hotelgänge in Richtung Aufzug entlang, der sie in die Lobby brachte. In solchen Schuhen zu laufen war sie nicht gewohnt. Ihre Zehen machten sich bei jedem Schritt lauter bemerkbar und protestierten gegen den Platzmangel.

»Frau Walser!«

Sie fühlte sich sofort angesprochen. Ihre Rolle funktionierte.

Sie drehte sich um. Vor ihr stand ein aufgeregter Hotelangestellter.

»Frau Walser, bitte entschuldigen Sie die Störung. Eine Frage ...«

»Ja bitte?«, sagte sie.

»Bedauerlicherweise kam es heute Morgen in unserem Hause zu unschönen Vorfällen, und wir befragen die Gäste, ob ihnen etwas Außergewöhnliches aufgefallen ist.«

»Was meinen Sie? Was ist denn geschehen?« Clara wusste sehr wohl, wovon der Mann sprach, aber sie blieb absolut unbeeindruckt.

»Aus ein paar Zimmern und Suiten wurden Wertgegenstände entwendet. Schmuck, Pässe, Uhren, Manschettenknöpfe und sogar Zigarren, die ein Gast mitgebracht hatte. Ist bei Ihnen auch etwas gestohlen worden?«

»Ich reise stets nur mit wenig Schmuck. Mir fehlt nichts. Mein Mann hat gerade noch geschäftlich zu tun. Ob eine seiner Uhren weg ist, kann ich nicht sagen.« Clara zuckte nicht einmal mit der

Wimper. »Auch unser Bargeld im Safe habe ich nicht gezählt, als ich mich umgezogen habe. In einem Hotel wie diesem sollte man mit Sicherheit und Diskretion rechnen können, finden Sie nicht?«

»Natürlich, Madam. Bitte melden Sie sich, wenn Sie Unregelmäßigkeiten bemerken. Wir stehen Ihnen jederzeit gern zur Verfügung.«

»Das werden wir. Vielen Dank.« Dass Viktor aus mehreren Zimmern Wertgegenstände entwendet hatte und nicht nur den Schmuck der reichen Russin, wie er ihr gesagt hatte, nahm sie zur Kenntnis. Sonst nichts. Es war nur ein weiterer Puzzlestein, um das Bild von ihm zu vervollständigen.

In der Hotelbar herrschte reges Treiben, das war schon von außen zu hören. Als Clara die Tür öffnete, schlug ihr eine Woge an purem Leben entgegen, die Luft geschwängert von Schweiß und Esprit. Die Menschen lachten, diskutierten, tranken, flirteten. Happy Hour. Dasein. Pulsierende Existenz.

Der Schwall an Musik und Stimmengewirr hüllte Clara augenblicklich ein. Dieses Mal fühlte sie sich weder fehl am Platz noch underdressed. Sie sah aus, als gehöre sie zu der elitären Gruppe der Politiker, Anwälte, Wirtschaftsprüfer oder Berater, die das Geld hatten, an einem Mittwochabend die überteuerten Drinks zu genießen. Aufrecht und mit einem ehrlichen Lächeln auf den Lippen ging sie zum Tresen, wo sie nicht lange zauderte und auf dem einzigen freien Hocker Platz nahm. Unschlüssig, was sie bestellen sollte, blätterte sie in der Karte.

»Dieser Gin Tonic ist für Sie, Madam«, sagte der Barkeeper und stellte den Drink vor Clara auf den Tresen.

»Danke. Von wem ist er?«, fragte sie. Ihr Englisch wurde mit jedem Dialog besser.

»Von dem Mann dort hinten.« Der Barmann zeigte in Richtung Fenster.

Clara reckte sich, um besser sehen können, erkannte aber niemanden. Egal, dachte sie und nippte erst nur an dem Drink, ehe sie zügig trank und sich dann verschluckte.

Neben ihr stand Peartree.

»Sie schon wieder?«, sagte sie hustend. »Was wollen Sie? Sie sehen doch, dass ich allein bin.«

»Ich sehe, dass Sie bezaubernd aussehen.« Er prostete ihr zu. Er hatte den gleichen Drink. »Wann kommt mein Bruder?«

»Bitte lassen Sie mich in Ruhe.« Clara wusste nicht, was sie ihm noch sagen sollte.

»Sie verrennen sich hier in etwas, dessen Ausmaß Sie nicht abschätzen können.«

»Ich weiß, was ich tue. Ich bin nicht naiv oder dumm.«

»Das denke ich auch nicht über Sie. Das Gegenteil ist der Fall. Ich möchte Sie nur schützen und meinen Bruder endlich stoppen.«

»Wieso eigentlich?« Clara nahm noch einen Schluck. Der Drink war richtig gut.

»Wieso was?«, fragte Peartree.

»Wieso wollen Sie Ihren Bruder, der nicht hier ist und den ich nicht kenne – nur fürs Protokoll –, aufhalten? Sie sagten, Scotland Yard interessiere sich nicht für ihn. Und wie ich verstanden habe, auch keine andere europäische Polizei. Warum lassen Sie ihn dann nicht in Ruhe und tun, was Sie sonst tun?«

»Genau das mache ich. Ich tue, was ich immer tue. Ich bin Kunstermittler bei Interpol. Das sagte ich bereits. Ich helfe zum Beispiel Leuten, die dachten, sie kaufen teure, wertvolle Kunst, und dabei betrogen wurden. Von Gaunern wie meinem Bruder. So wie er denkt, er führt das Familiengeschäft unserer Eltern weiter, so denke ich, ich bin es meinen Eltern schuldig, unser Familienkarma wieder in Ordnung zu bringen und für Gerechtigkeit zu sorgen. Ich liebe Kunst genauso wie Thomas, nur eben auf eine andere Art. Ich erschaffe sie nicht, ich möchte sie erhalten. Das ist meine Aufgabe.«

»Vergessen Sie Ihren Bruder doch einfach.«

»Das kann ich nicht. Früher oder später wird er gefasst werden. Er wird leichtsinnig. Ein Museum in Irland hat kürzlich Strafanzeige gestellt, weil sie doch noch herausgefunden haben, dass das Bild, das er ihnen verkauft hat, nur eine Kopie gewesen ist. Den Fehler hat er beim Rahmen gemacht. Das Holz war zu jung. Stellen Sie sich das mal vor. Das ist ein Anfängerfehler. Natürlich hat er unter falschem Namen gearbeitet, aber die Schlinge zieht sich zu. Ich weiß genau, dass ihn die irische Polizei auch sucht. Ich möchte ihn nicht für zwanzig Jahre hinter Gittern sehen. Er ist mein kleiner Bruder, und ich fühle mich verpflichtet. Ich konnte damals nichts tun, als er unglücklich bei seinen Pflegeeltern gewesen ist, aber heute kann ich ihm helfen. Das ist auch einer der Gründe, weshalb ich zu Interpol gegangen bin. So komme ich an Informationen der Polizei in ganz Europa.«

Clara verstand ihn. Auch sie hatte das Gefühl, Viktor helfen zu müssen. Und sie mochte Peartree. Aber sie konnte ihm nichts sagen. Viktor würde sie sofort fallen lassen und innerhalb kürzester Zeit wieder aus ihrem Leben verschwinden. Das wollte sie sich nicht vorstellen.

»Warum reden Sie nicht mit ihm, wenn Sie doch glauben zu wissen, wo er ist?«

»Das könnte ich, aber von seinen Plänen brächte ihn das nicht ab.«

»Er würde trotzdem alles durchziehen, nur anders.«

»Ja. Deshalb appelliere ich noch einmal an Sie. Sie sind die Einzige, die zurzeit Zugang zu ihm zu haben scheint. Ich weiß nicht, was er vorhat, aber er scheint nervös zu sein. Das ist mir in München schon aufgefallen. So viele Bilder, wie ich in dem Loft gesehen habe, malt er normalerweise in drei Jahren. Er agiert getrieben. Vielleicht hat er sich dieses Mal mit den Falschen eingelassen. Ich habe Angst um ihn.«

»Angenommen, Ihr Bruder hat tatsächlich etwas vor in London. Was kommt danach?«

»Fragen Sie ihn. Ich weiß nicht, was sein langfristiger Plan ist und ob er überhaupt einen hat. Ich habe keine Ahnung, was er sich vom Leben erwartet, aber es wird nicht das sein, was Sie sich wünschen.«

»Ich habe damit nichts zu tun.«

»Natürlich nicht. Sie kennen Thomas nicht, ich vergaß.« Peartree deutete grinsend eine kleine Verbeugung an. »Hatten Sie noch Zeit, sich die Stadt anzusehen?«

Er wechselt das Thema. Bestimmt ein Polizeitrick, dachte Clara. Doch auf Small Talk wollte sie sich nicht einlassen. Sicher wollte er nur ihr Vertrauen gewinnen und sie zum Reden bringen.

»Wie heißt Viktor mit richtigem Namen?«, fragte sie, statt Antwort zu geben.

»Er heißt Thomas Marcus Peartree, Marcus nach unserem Vater. In seinem echten Pass ist er achtunddreißig Jahre alt. In seiner Seele zwölf. Er war selten richtig verliebt und kann sich nicht binden. Sein Herz wurde gebrochen, als unsere Mutter starb. Passen Sie auf, dass er Ihres nicht auch bricht.«

Clara hatte noch nie so traurige Augen gesehen. Nicht nur Viktors – oder Thomas' – Herz war in seiner Kindheit gebrochen worden, auch das von Peartree. Aber er schöpfte aus dem Schmerz die Kraft, seinen Bruder retten zu wollen. Viktor, der er für sie blieb, hatte für sich die Strategie gewählt davonzulaufen.

»Ich lasse Sie jetzt in Frieden. Sie sind sicher noch zum Abendessen verabredet.« Wieder berührte Peartree Clara leicht am Oberarm, wie vormittags im Kaufhaus, ehe er ging.

Clara sah ihm nach, bis er den Ausgang zur Straße erreicht hatte. Sie wollte es nicht wahrhaben, aber sie fühlte sich hin- und hergerissen.

***

Viktor wartete schon im Restaurant, Clara entdeckte ihn sofort. Vor ihm auf dem Tisch stand eine Flasche Rotwein, die halb leer war. Das Hotelrestaurant »Kerridge's« war sehr düster eingerichtet mit dunkel vertäfelten Wänden und schweren Sitzbänken, die in Halbkreisen angeordnet waren.

Als Clara den Tisch erreicht hatte, stand Viktor auf und küsste sie auf die Wange. Er roch nach Alkohol und Zigarren.

»Du bist der Beweis dafür, dass jeder Mensch mit teuren Kleidern besser aussieht.«

Sollte das ein Kompliment sein? Es fühlte sich nicht danach an.

Clara setzte sich schweigend auf die Bank. Viktor schenkte ihr ebenfalls Rotwein ein.

»Konntest du klären, ob die Handys abgehört wurden? Mein Fehler, tut mir leid. Es war keine Absicht. Ich wollte dich nicht in Schwierigkeiten bringen.« Sollte sie ihm erzählen, dass sie eben bereits zum zweiten Mal an diesem Tag mit Peartree gesprochen hatte? Sie wollte Viktor nicht weiter unter Druck setzen.

»Ja. Der Plan bleibt bestehen. Wir konnten nicht feststellen, dass ein Telefon eines meiner Mitarbeiter abgehört wird. Aber zur Sicherheit haben wir die Handys getauscht und die alten vernichtet. Für dich habe ich auch ein neues besorgt.« Er gab ihr eine Tasche. »Du musst es nur noch anschalten. Es hat eine schwedische Nummer. Dort kann man uns lange suchen.« Er lachte komisch und trank sein Glas in einem Zug aus.

»Was soll ich mit einer schwedischen Nummer? Wer soll mich auf diesem Handy anrufen? Wen soll ich kontaktieren? Sämtliche Nummern meiner Bekannten sind in meinem alten Telefon gespeichert, das auf dem Grund der Themse liegt.«

»Wen interessiert es schon, welche Nummer du hast. Wichtig ist nur, dass du ein Telefon hast. Wenn du es nicht willst, wirf es auch in die Themse. Mir egal.«

»Vielleicht sollten wir essen? Du musst dich beruhigen. Du wirkst ungehalten.« Viktor war erkennbar angetrunken. Clara wusste nicht, wie er sich unter zu viel Alkoholeinfluss verhalten würde.

»Ja, du hast recht. Entschuldige bitte. Ich werde mich benehmen und versuchen, mich zu entspannen. Für mich steht viel auf dem Spiel, und ich möchte auf keinen Fall, dass etwas schiefläuft.«

»Das möchte ich auch nicht«, sagte Clara und griff nach seiner Hand.

Er ließ die Berührung geschehen und lehnte sich zurück.

Sie bestellten Waldorfsalat als Vorspeise und den englischen Klassiker *fish and chips with peas pudding*, frittiertes Fischfilet mit Pommes frites und Erbsenpüree.

»Auf was muss ich morgen achten, wenn wir die Stücke der Auktion ansehen?«, fragte Clara.

»Deine Rolle ist, von einigen Auktionsgegenständen hingerissen zu sein und lebhaft mit den Angestellten zu plaudern. Erzähl ihnen, wie gut das eine oder andere Stück auf den Kamin in unserem Chalet in St. Moritz passen würde, was für eine tolle Idee es wäre, deinem Vater, der auch ein Sammler ist, eines davon zu schenken, und so weiter. Tob dich richtig aus. Sei charmant und zieh die Aufmerksamkeit auf dich – und verschaffe mir Zeit. Ich habe lediglich Pläne von den Räumen, in denen die Vase aufbewahrt wird, aber wirklich dort zu sein ist immer besser. Man hat zu dem Raum nur Zutritt, wenn man für eine Auktion angemeldet und akkreditiert ist. Ich muss den Fluchtweg kontrollieren und möchte die Vase live gesehen haben, bevor ich sie stehle. Ich habe ein Duplikat davon nach den Fotos im Auktionskatalog anfertigen lassen, aber ich prüfe lieber noch, ob es gut genug ist. Wir nehmen die Originalvase und lassen die Kopie zurück. Die wird im Gefecht zerbrechen, sodass die Anwesenden für ein paar Minuten völlig aus dem Häuschen sein werden.«

»Aber wie sollen wir an das Original rankommen? Es wird doch bestimmt gut bewacht?«

»Ja. Die Vase wird in einem gläsernen Ausstellungskubus stehen.«

»Wie bekommst du den auf?«

»Das wird einer meiner Leute machen. Ich möchte dir nicht mehr sagen, als du wissen musst. So wird es dir leichter fallen, Angst und Überraschung zu spielen«, erklärte er. »Die Mitarbeiter und Besucher werden nach dem Coup gründlich befragt werden. Je natürlicher du bist, desto besser. Wahrscheinlich taucht mein feiner Herr Bruder sowieso mit der Polizei auf und fragt explizit nach uns. Wie ich ihn kenne, hört er Tag und Nacht den Polizeifunk ab, und sobald er mitbekommt, dass bei Sotheby's der Alarm losgegangen ist, wird er vermuten, dass ich der Übeltäter bin. Das hat man von Familie. Ärger, sonst nichts.« Viktor trank den letzten Tropfen der Flasche aus und bestellte noch vor dem Hauptgang eine zweite.

Der Waldorfsalat hatte hervorragend geschmeckt. Das Verhältnis zwischen Apfel, Sellerie, hausgemachter Mayonnaise und Walnüssen war perfekt gewesen.

»Wo fahren wir danach hin? Hast du dich entschieden?«

»Direkt nach Biggin Hill, zu einem Sportflugplatz fünfundzwanzig Kilometer vor London. Dort wartet eine Cessna auf uns, um uns nach Mailand zu bringen. Von da geht es weiter nach Frankfurt und schließlich nach Jamaika, wo wir vorerst bleiben werden. Die Stadt hat eine sehr hohe Kriminalitätsrate. Da hat die Polizei anderes zu tun, als auf uns zu achten.«

»Nach Jamaika?« Clara hatte den Faden verloren. »Nicht nach Mexiko?«

»Das hat sich zerschlagen. Ich halte Jamaika für die bessere Wahl. Du brauchst dich um nichts zu kümmern. Tu nur, was ich dir sage, ausschließlich, und mach dir keine Sorgen. Alles ist gut organisiert. Spiel lediglich die reiche Ehefrau und pack deine Koffer. Die werden vor der Auktion abgeholt und zum Flugzeug gebracht.«

Die zweite Flasche Wein war geöffnet, und Viktor trank weiter. Er wurde ruhiger. Clara wollte die Gelegenheit nutzen und mehr über seine Pläne »danach« erfahren.

»Was machen wir auf Jamaika?«

»Was wohl?« Er lachte. »Erst die Vase übergeben und anschließend das Leben genießen. Ich wette, du hast noch nie ein so blaues Meer gesehen.«

»Um ehrlich zu sein, habe ich noch nie irgendein Meer gesehen. Nur den Tegernsee, den Schliersee und den Starnberger See«, sagte Clara kleinlaut und war froh, dass der Hauptgang serviert wurde. »Wie bringst du die Vase durch den Zoll am Flughafen?«, fragte sie, als sich die Kellnerin wieder entfernt hatte.

»Hier, meine Liebe«, Viktor steckte sich genussvoll eine Pommes, mit der er erst durch das Erbsenpüree fuhr, in den Mund, »kommst du ins Spiel. Einer deiner neuen Koffer hat ein spezielles Fach für Schuhe. Die Vase misst exakt den Durchmesser eines Stiefelschafts, der braunen Boots, die du in deiner neuen Garderobe gefunden hast. Dort hinein kommt das gute Stück.

Ich habe bereits eine Silikonform anfertigen lassen, die in den Stiefel und in die Vase passt. Darin ist sie gut geschützt.«

Clara schluckte. »Ich soll eine fünfhundert Jahre alte zwei Millionen Dollar teure Vase über mehrere Ländergrenzen schmuggeln? Mit einem gefälschten Pass?«

Viktor verdrehte die Augen. »Würdest du lieber als Clara Maler reisen?« Er aß unbeirrt weiter.

Clara sagte kein Wort. Auch der Appetit war ihr vergangen.

Viktor legte das Besteck ab und sah Clara lange an »Du kannst das«, sagte er schließlich. »Zudem reisen wir größtenteils privat. An jedem Flughafen wartet eine Privatmaschine auf uns. Niemand kontrolliert die genau.«

Clara ließ ihre Zweifel auf sich beruhen. Er war in Redelaune. Das wollte sie nutzen. »Wenn wir in Sicherheit sind und das Leben genossen haben, was machen wir dann?«

»Ich aktiviere meine Kontakte zu alten Freunden und nehme wieder Aufträge an. Und ich werde natürlich malen. Ohne geht es nicht.«

»Heißt das, es geht die ganze Zeit so weiter?«

»Sicher. Was hast du denn erwartet?«

»Ich weiß es nicht. Aber ich denke schon, dass ich wieder ein normales Leben führen möchte. Egal wo. Hast du denn gar keinen Traum? Etwas, das du eines Tages erreicht haben möchtest? Wie willst du leben? Möchtest du sesshaft werden?«

Viktor überlegte. »Ich lebe meinen Traum. Auch wenn du dir das offensichtlich nicht vorstellen kannst, aber ich liebe, was ich tue. Ich genieße es, überall und nirgends zu sein. Einen normalen Job zu haben, tagtäglich in ein Büro zu gehen oder in eine Firma – das kann ich mir nicht vorstellen.«

»Wie viele Herzen hast du schon gebrochen?«, fragte Clara rundheraus. Sie fand sich in Viktors Schilderungen und Plänen nicht wieder. Sie hatte für ihn nicht nur ihr bisheriges Leben aufgegeben, sondern offensichtlich auch ihre Zukunft.

»Was meinst du damit?«

»Was ist mit uns? Sind wir ein Paar? Spielen wir nur verliebt? Ich komme mir vor, als wäre ich eine Boje in deinem blauen Meer, die nicht angebunden ist. Ich treibe auf offenen Gewässern und brauche Halt.«

»Woher kommt das plötzlich? Ich dachte, es passt gut mit uns. Du bist mir nahe. Lass es doch einfach geschehen. Wir werden sehen, wohin das mit uns führt und wie wir in Zukunft miteinander zurechtkommen.«

»Ich habe mich in dich verliebt. Aber mir fehlt das Fallnetz.« Plötzlich schien Viktor nüchtern. »Ein Netz oder Sicherheit kann ich dir nicht bieten. Aber ich kann dir versprechen, dass ich in absehbarer Zeit nicht genug von dir haben werde. Du bist aufregend – bis jetzt zumindest. Plötzlich so spießig? Ist es wegen deines Handys? Fehler passieren schon mal. Das war zwar ausgesprochen dumm von dir, aber ich vergebe dir. Du wolltest doch aus deinem kleinbürgerlichen Leben in München raus. Warst du früher glücklicher mit deinem Langweilerfreund und als Angestellte?«

»So schlimm war es nicht. Ist es spießig, von jemandem geliebt werden zu wollen, den man wiederlieben kann?«

»Auf meine Art liebe ich dich irgendwie. Ich bin kein Mann, der sich mir nichts, dir nichts bindet. Es fällt mir schwer, Vertrauen zu fassen. Das ist berufsbedingt.« Er schenkte ihr ein schiefes Lächeln.

»Gib mir einen Grund, nicht davonzulaufen. Ich habe Angst. Ich fühle mich verloren.«

»Ich brauche dich. Bitte hilf mir. Ich fühle mich auch verloren.«

Manchmal war es besser, nicht zu fragen. Clara hatte genug gehört.

Erdnüsse aus der Minibar

Nach dem Abendessen war die Hotelsuite für Clara wie die Höhle eines schlaffen Monsters mit fauligem Atem. Der Glanz war verflogen. Lust- und kraftlos befreite sie ihre schmerzenden Füße aus den hohen Schuhen.

Viktor war sehr betrunken. Die Rechnung im Restaurant hatte er auf das Zimmer schreiben lassen. Nichts davon würde tatsächlich bezahlt werden. Dem Kellner hatte er wieder ein stattliches Trinkgeld zugesteckt. Er streifte ebenfalls die Schuhe ab und warf seine Kleider auf den Boden. Er schaffte es noch ins Schlafzimmer, ließ sich seufzend ins Bett fallen und fing an zu schnarchen, sobald sein Kopf das Kissen berührt hatte.

Clara folgte ihm und deckte ihn zu. Sie setzte sich zu ihm auf die Bettkante und strich ihm die Haare aus der Stirn. Wer war dieser Mann? Er hatte so viele Gesichter, so viele Namen, so viele Leben.

Als sie ihn jetzt schlafen sah, kam er ihr verletzlich vor. Zugleich war er der unabhängigste Mensch, den sie je getroffen hatte. Er machte, was er wollte, und legte keinen Wert auf die Meinungen, die Sorgen oder Gefühle anderer Menschen. Das war wahre Unabhängigkeit. Er brauchte sie nicht. Viktor brauchte niemanden.

Clara wollte keinen Mann, der nur aus Pflichtgefühl mit ihr zusammen war oder für den sie im Moment bequem war. Sie war bereit gewesen, ihm alles zu geben. Nicht nur ihr Herz, auch ihr Leben. Peartrees Worte hallten in ihrem Gedächtnis nach. Viktors Herz war gebrochen. Sie konnte es nicht heilen. Im Gegenteil, sie musste achtgeben, dass nicht er das ihre brach und es böse mit ihr selbst endete.

Eine Träne fiel auf die Daunendecke, still und leise. Sie konnte sich nicht daran erinnern, wann sie das letzte Mal geweint hatte, bevor Viktor in ihr Leben getreten war. Jetzt verging kein Tag ohne Tränen. Viktor und sie, es war zu wenig. Auf diese Weise konnte ein gemeinsames Leben nicht funktionieren. Sie waren nicht auf Augenhöhe, kein gleichberechtigtes Paar. Sie lebten nicht einmal in zwei gleichen Welten. Er war da, sie dort. Welche Wahl hatte sie?

Clara war erschöpft, aber sie wusste, sie würde nicht einschlafen können. Sie ging zurück ins Wohnzimmer und schloss die Tür hinter sich. Die braunen Stiefel, von denen Viktor gesprochen hatte, standen neben dem Sofa. Im linken Schuh fand sie die Silikonform für die Vase.

Er ist schlau, dachte Clara. Sie hatte keinen Zweifel daran, dass sein Vorhaben gelingen würde. Sie wusste nur nicht, ob sie dabei eine derart tragende Rolle – als Packesel – spielen wollte. Mit einem zwei Millionen Dollar teuren Kunstgegenstand, der rechtmäßig der chinesischen Regierung gehörte, durch die Welt zu jetten – das war nicht sie. Und es war auch nicht Elena Walser, ihr Alter Ego, mit dem sie sich durchaus angefreundet hatte. Ein Leben als reiche Ehefrau konnte angenehm sein, das musste sie zugeben. Aber mit Clara Maler hatte das nichts zu tun.

Begleitet von einem tiefen Seufzer packte sie die Koffer. Für morgen legte sie sich einen Hosenanzug, für übermorgen das schwarze Kleid zurecht.

Als sie fertig war, schlug die Stille um sie herum voll zu. Die Wucht des Gefühlschaos traf sie mit aller Macht und ließ sie straucheln. Sie setzte sich auf den Boden neben die Minibar und holte eine kleine Flasche Gin und eine Schachtel Erdnüsse heraus. Sie dachte an Peartree, öffnete die Flasche, nahm einen Schluck daraus und prostete ihm im Geiste zu. Wie sie es vor ein paar Stunden in der Hotelbar getan hatte.

Sie träumte Liebeslieder und summte leise mit. Sie sehnte sich nach Viktor, von dem sie nur durch eine Wand getrennt war. Sie wünschte sich Peartrees Gesellschaft. Sie wollte nicht allein sein.

Mit Wehmut, für die ihr größter Suppentopf noch zu klein gewesen wäre, erinnerte sie sich an die Donnerstagabende in der Cucina, an denen sie auf Mr. Dreamy, den unbekannten Schönen, gewartet hatte. Wie tief dieses Gefühl der unerfüllten Sehnsucht damals gewesen war und zugleich wie teuflisch.

Viktor war für sie wie Euphorie gewesen. Er hatte sie wieder zum Leben erweckt. Sie hatte die Veränderung gewollt, und sie bereute nichts. Damit es dabei bleiben konnte, war es an der Zeit, die Denkrichtung zu korrigieren.

Sie stand auf und suchte in ihrer Handtasche nach der Visitenkarte, die ihr Peartree im Ankleideraum von Selfridges gegeben hatte. Sie benutzte das Festnetztelefon im Zimmer. Um externe Anrufe machen zu können, musste man eine Null vorwählen und auf das Freizeichen warten. Sobald es zu hören war, tippte sie die Nummer ein. Er hob sofort ab.

»Ja?«

»Geschichten werden vergessen, wenn niemand über sie spricht. Ich erzähle Ihnen meine mit Viktor. Haben Sie Zeit?«

Sie beichtete Peartree alles. Der Traum von einem Leben mit Viktor war immer nur geliehen gewesen.

✳✳✳

Das Licht des neuen Morgens gab sich vergeblich Mühe, sich durch die geschlossenen Vorhänge bemerkbar zu machen.

Clara konnte nicht einschätzen, wie spät oder früh es war. Sie lag auf dem Rücken und bewegte sich nicht. Ihr Körper war noch unfähig dazu. Wie lange hatte sie versucht, das Geschehene gedanklich zu sortieren? Gestern war der verrückteste Tag ihres Lebens gewesen, und die kommenden beiden sollten das noch übertreffen. Das hatte sie im Gefühl.

Über eine Stunde hatte sie in der Nacht mit Peartree geredet. Angefangen bei dem Überfall an der Josephskirche auf sie selbst über die Übergaben, die sie für Viktor in der Cucina durchgeführt hatte, den Raub in der Villa der Schauspielerin Susanne Schwarz bis hin zu Viktors Plänen heute und morgen in London. Sie hatte nichts ausgelassen. Außer das für die Polizei und Interpol unwichtige Detail, dass sie sich schäbig fühlte. Sie war nun nicht mehr nur eine Kriminelle, sondern auch noch eine Verräterin. Sie lieferte den Mann, den sie zu lieben glaubte, aus.

In der Zeit, die sie zusammen gewesen waren, hatte sie Angst davor gehabt, dass er sie fallen lassen würde. Nun war sie es, die ihn aufgab – mit der leisen Hoffnung, ihm letztendlich damit doch einen Gefallen zu tun und ihn vor Schlimmerem zu bewahren, wie ihr Peartree wieder und wieder zu versichern versucht hatte. Er hatte ihr anvertraut, dass immer häufiger einer von Viktors falschen Namen, die Peartree kannte, auf der Liste verdächtiger Personen auftauchte. Die Muster seiner Verbrechen waren stets die gleichen, und auch wenn es ihm bisher gut gelungen war, sämtliche Kunstermittler und Kommissare – außer Peartree – zu täuschen, war es nur eine Frage der Zeit, bis die Fäden bei Thomas Faber zusammenlaufen würden.

Clara traute sich nicht zu, im ständigen Adrenalinflash als Kriminelle durch die Welt zu flüchten. Viktor hatte ihr gestern Angst gemacht. Sie hoffte, dass sein Bruder ihm helfen und Viktor ihr eines Tages dankbar sein würde.

In schaurig klaren Momenten wusste sie es besser. Und es tat weh. Viktor würde sie hassen und ihr niemals verzeihen, dass sie seinen Plan verraten hatte. Die Polizei würde es nicht schaffen, ihn zu schnappen. Das würde er nicht zulassen. Dessen war sich Clara sicher.

Sie wollte nicht, dass er gestoppt wurde. Sie wollte, dass er frei war und leben konnte, wie er es sich wünschte. Hier ging es nur um sie selbst. Sie rettete sich selbst. Für was? Das wusste sie noch nicht. Wohin sie wollte? Auch darüber hatte sie noch nicht nachgedacht.

»Guten Morgen, Schlafmütze.« Viktor kam frisch geduscht in dem weißen, flauschigen Bademantel des Hotels aus dem Bad. »Auf, auf! Der Countdown läuft. Und du wirst doch sicher das Frühstück nicht verpassen wollen, oder? Du musst dich stärken, um deine Rolle später perfekt spielen zu können.« Er kam an ihre Seite des Bettes und drückte ihr einen Kuss auf die Stirn, der wie eine Markierung brannte.

Wieso hatte er keinen Kater? So betrunken, wie er gewesen war, hätte Clara mit einem weit weniger ausgeschlafenen Viktor gerechnet. Er schien den gestrigen Abend vergessen zu haben.

Sie konnte ihm nicht in die Augen sehen. Mühsam quälte sie

sich aus dem Bett und stellte sich unter die heiße Dusche. Als das Wasser über ihr Gesicht lief, weinte sie wieder. Letzte Nacht, am Boden vor der Minibar sitzend, war sie sich sicher gewesen, das Richtige zu tun. Jetzt, bei Tageslicht, Sonnenschein und lauem Wind, der durch das gekippte Badezimmerfenster blies, sah es anders aus. Hatte sie den größten Fehler ihres Lebens gemacht oder die klügste Entscheidung getroffen, die man in ihrer Situation treffen konnte? Es war nicht die Zeit zum Grübeln, und sie hatte auch keine Wahl. Sie musste das von Viktor geplante Programm mit durchziehen.

Sie machte sich fertig und zog sich die Kleider an, die sich geliehen anfühlten.

Gerade als sie die Suite verlassen wollten, um in den Frühstücksraum zu gehen, klopfte es an der Tür. Viktor öffnete und blaffte im nächsten Moment den Hoteldirektor an, der kleinlaut von einem Fuß auf den anderen stieg. »Was ist das für ein Hotel? Ich vermisse drei meiner wertvollsten Uhren. Meiner Frau fehlen ein Diamantarmband und ein Ring, den ihr meine Großmutter geschenkt hat. Sie ist untröstlich!«

Clara schaute den armen Mann traurig an. Sie musste es nicht spielen.

»Ich kann mich nur im Namen aller Angestellten aus tiefstem Herzen entschuldigen, Herr Walser«, sagte der Hoteldirektor. »Die Täter hatten es auf Schmuck und Dokumente abgesehen. Pässe anderer Gäste sind verschwunden. Sie können England nicht mehr verlassen, bis sie Ersatz haben.«

»Was interessieren mich die anderen?«, entgegnete Viktor ärgerlich. »Der Wert unseres Schmucks, den wir vermissen, beläuft sich auf hundertfünfzigtausend Schweizer Franken. Soll ich Ihnen eine Rechnung schicken?«

»Dass das nicht der übliche Weg ist, können Sie sich sicher vorstellen. Aber übersenden Sie mir bitte die Versicherungspolicen Ihrer Wertgegenstände. Unsere Anwälte werden sich darum kümmern und die nötigen Abklärungen vornehmen.« Der Direktor entschuldigte sich noch einmal aufrichtig, verabschiedete sich schließlich.

»Er tut mir leid«, sagte Clara.

»Wieso? Er muss den Schmuck nicht bezahlen.«

»Den gibt es nicht. Du hast dir ausgedacht, dass wir beklaut worden sind.«

»Na und? Das macht doch nichts. Ich schade höchstens der Versicherung. Keiner Privatperson. Ich finde, das geht in Ordnung. Bist du so weit? Den Schmuck der Russin legst du im Auto an, das uns zum Auktionshaus bringt. Ich habe ihn im Jackett. Im Hotel kannst du ihn leider nicht offen tragen. Auch die Perücken, die ich besorgt habe, setzen wir erst später auf.« Er trug sie in einer Tasche von Selfridges bei sich.

Zwischen dem Frühstück gestern und dem heute lagen nicht nur Welten, sondern Galaxien. Die Stimmung am Tisch entsprach in etwa einer Scheibe trockenen Brotes. Die Eggs Benedict blieben Clara beinahe im Halse stecken, während Viktor zwei Espressi trank, French Toast aß und in der »Sun« las.

Sie verließen das Hotel, um auf den bestellten Wagen zu warten. Im Auto legte Clara eine Kette, ein Armband und eine Uhr, die über und über mit Diamanten besetzt war, an. Das Gewicht des Schmucks schnürte ihr die Kehle zu.

Die Perücken, die Viktor ausgesucht hatte, waren grässlich. Sie passten aber perfekt. Clara trug nun einen dunklen Kurzhaarschnitt. Sie sah nur flüchtig in den Rückspiegel, um den Sitz ihrer neuen Haarpracht zu prüfen. Mehr ertrug sie nicht. Sie fühlte sich sehr unwohl. Viktor setzte eine dunkelblonde Lockenperücke auf, die Clara lächerlich an ihm fand.

»Bist du aufgeregt? Du bist sehr ruhig.« Viktor wandte sich ihr zu.

»Ja, ich bin nervös.«

»Das brauchst du nicht. Hau auf den Putz. Je mehr du angibst, desto mehr beeindruckst du die Leute bei Sotheby's, und desto mehr Zeit bleibt mir, die Location zu prüfen. Dort haben sie nur mit richtig Reichen zu tun. Die Extravaganz und Dekadenz dieser Leute kennen keine Grenzen und übersteigen sicherlich sowieso deine Vorstellungskraft.«

Clara nickte stumm.

»Wir treten als deutsches Ehepaar auf. Das ist am einfachsten. Dein Englisch ist noch zu schlecht. So kannst du mit mir deutsch und mit den anderen englisch reden. Die Mitarbeiter des Auktionshauses werden sehr höflich sein, aber eventuell verstehen sie nicht alles, was du sagen willst. Lass dich nicht verunsichern und rede munter weiter. Unsere Namen auf der Einladungskarte für die private Führung lauten: Schumann, Ralf und Andrea. Verstanden?«

»Ja, ich habe verstanden.«

Der Wagen hielt vor einem beigefarbenen, gepflegten Gebäude mit dem typischen blauen Sotheby's-Logo. Beim Aussteigen kam sich Clara vor, als spiele sie in einer schäbigen Soap mit.

Eine junge Dame – natürlich wieder wunderschön, wie die Verkäuferinnen gestern – begrüßte sie an der Tür und führte sie in eine Art Vorraum mit Garderobe. Dort kontrollierte ein Sicherheitsmann die Einladungen sowie Claras Handtasche und geleitete sie weiter in die hinteren Räume zur inoffiziellen Präsentation der zu versteigernden Stücke.

Ein kahlköpfiger Angestellter, der eine karierte Fliege um den Hals trug, begrüßte sie höflich. »Herr und Frau Schumann, ich heiße Sie herzlich willkommen. Mein Name ist George Smith. Ich werde die Präsentation der Kunstgegenstände für Sie vornehmen und freue mich auf Ihre Fragen dazu.«

»Vielen Dank, wir freuen uns, hier zu sein«, sagte Viktor förmlich und gab George Smith die Hand.

Clara lächelte den Mann nur flüchtig an, um ihm nicht in die Augen sehen zu müssen, und wandte sich den vielen gläsernen Vitrinen zu.

Sie schauten sich alles an. Teller, Schalen, Vasen, Becher aus Jade oder Porzellan. In Weiß, Weiß-Blau oder Weiß-Grün. Fünfhundert Jahre alt. Unglaublich wertvoll. Jedes einzelne Stück mit so viel Geschichte behaftet.

Viktor stieß Clara mit dem Ellenbogen in die Seite. Das war ihr Zeichen.

»Schau doch, Schatz!«, rief sie. »Dieser Teller! Der würde wundervoll über den Kamin in unserem Chalet in St. Moritz passen. Über den im Schlafzimmer, nicht im Essbereich. Was denkst du?«

Viktor ging näher heran. »Ich weiß nicht. Ich fände eine der Vasen schöner.«

»Wenn Sie sich für die Vasen interessieren, kann ich Ihnen ein paar unglaubliche Exemplare zeigen«, sagte George Smith, der ihnen überallhin folgte, gestelzt.

»Ja, diese zum Beispiel.« Viktor stand vor der Vitrine, die sein Auftragsgut beinhaltete.

»Sie haben ein gutes Auge, mein Herr. Aber speziell dieses Exemplar werden wir leider aus der Auktion nehmen müssen. Der Verkäufer und ein chinesisches Museum haben sich bereits geeinigt. Sie steht nur noch hier, damit Sie sich daran erfreuen können.«

»Macht doch nichts, Schatz. Wir finden sicher etwas anderes. Wenn nicht für St. Moritz, dann für das Stadtappartement in Paris.« Clara spielte ihre Rolle gut.

»Ja, das wäre auch eine Möglichkeit. Mr. Smith, könnte ich bitte in einem ruhigen Raum ein Telefonat führen? Es dauert nicht lang, es geht um etwas Geschäftliches.«

»Es gibt nur noch ein paar angrenzende Lagerräume. Darf ich Sie in den Empfangsbereich zurückbringen? Dort ist es bequemer für Sie.«

»Das ist nicht nötig. Es ist nur ein kurzes, vertrauliches Gespräch.« Viktor verschwand mit dem Telefon am Ohr in einem der Nebenräume.

Clara blieb mit Mr. Smith zurück, der sie hilflos ansah. »Eigentlich darf ich niemanden dorthin lassen.«

»Machen Sie sich keine Sorgen, mein Mann ist sicher gleich zurück. Er telefoniert den ganzen Tag. Er ist ein Vollblutgeschäftsmann.« Sie ging zu einer Vitrine mit einem Teller mit grün-blauer Bemalung. »Was ist denn das für ein schönes Stück?«

»Es wird im 14. Jahrhundert eingeordnet. Die Farbgebung war damals typisch. Die zwei Vögel darauf sind Kraniche. Sie symbolisieren Klugheit und Wachheit und gelten allgemein als die ›Vögel des Glücks‹. Schön, nicht?«

»Wunderschön. Auch die Bedeutung«, entgegnete Clara. Vögel des Glücks. Nicht für sie gemacht. Ihr Glück war ein hinterhältiges Miststück.

Viktor kam sichtlich zufrieden zurück. »Ich bin so weit fertig. Was denkst du, Schatz? Hast du noch was gefunden?«

»Ich liebe diesen Teller. Ich möchte ihn für unser Haus in Berlin.« Clara wurde durch ihre Spiegelung in der Glasvitrine abgelenkt. Sie hasste die Perücke, die schrecklich an der Kopfhaut kratzte.

»Genau genommen ist es ein Wandteller und eine wirkliche Rarität. Ihre Frau hat guten Geschmack. Der Schätzwert liegt bei etwa zwanzigtausend Dollar.« Mr. Smith lächelte freundlich.

»Das ist ja ein wahres Schnäppchen. Ich werde mich bemühen, ihn morgen für dich zu ersteigern«, sagte Viktor an Clara gewandt. »Aber jetzt komm, ich muss zu meinem nächsten Termin.« Er gab George Smith die Hand und verließ zügig die Auktionsräume. Clara hatte Mühe, ihm zu folgen.

Sie stiegen in das Auto ein, das vor der Tür auf sie gewartet hatte. Als sie die nächste Kreuzung erreicht hatten und in die Maddox Street eingebogen waren, rissen sie sich beide die Perücken vom Kopf. Clara legte auch den Schmuck wieder ab und gab ihn Viktor. Sie wollte ihn nicht.

»Die Sicherheitsvorkehrungen sind halb so wild. Mein eingeschleuster Wachmann wird keine Mühe haben zu fliehen, wenn er den Ausstellungskasten der Vase geöffnet hat und wir das gute Stück an uns genommen haben. Er muss dann nur noch die Kopie auf den Boden fallen lassen und verschwinden. Chaos bricht aus, die Damen werden kreischen – das tun sie immer –, und wir nutzen die Gelegenheit. Du täuschst Übelkeit vor, und los geht's zum Flughafen.«

»Hört sich wieder einmal leicht an.«

»Wenn es gut vorbereitet und geplant ist, ist es das auch. Wie die letzten Male. Du wirst schon sehen. Mach dir keine Sorgen. Und vergiss nicht, die Koffer fertig zu packen. Sie werden abgeholt und im Fluchtauto deponiert. So fällt es nicht auf, dass wir morgen das Hotel zwar verlassen, aber nicht auschecken.«

Was du noch brauchst, lassen wir zurück. Wir kaufen es neu. Ach ja – und denk unbedingt an die braunen Stiefel. Die müssen in das silberne Boardcase, damit ich die Vase in die Silikonform legen kann. Nachmittags bin ich wieder unterwegs. Geh doch noch an der Themse spazieren oder in ein Museum. Wir treffen uns zum Abendessen im Hotel. In Ordnung?«

»Ja, in Ordnung.« Clara wollte, dass Viktor ging. Sie hatte Angst, das Spiel nicht aufrechterhalten zu können.

Schwarzer Kaffee

Die hohen Schuhe hatte Clara gegen Sneaker getauscht, den Blazer des Hosenanzugs gegen eine Strickjacke. Der Frühling in London versöhnte sie für ein paar Stunden mit ihrem Schicksal. Morgen war in Deutschland Gründonnerstag. In der Cucina gab es jedes Jahr zu Ostern ein spezielles Menü. Was sich Enzo als der neue Souschef wohl überlegen würde? Sicherlich ein typisches Familienessen.

Plötzlich hatte Clara Küchenduft in der Nase. Sie roch Ofengemüse mit reichlich Rosmarin und würzigem Lamm. Sie atmete bewusst tief ein und konzentrierte sich auf die frische Luft, die frühlingsgeschwängerte Prise, die von der Themse her in ihre Lungen drängte. Was ihre ehemaligen Kollegen in München machten, ging sie nichts mehr an.

Schritt für Schritt ließ sie sich treiben, versuchte, nicht über Viktor, Mr. Dreamy oder den morgigen Tag nachzudenken.

Kitty und Daniela kamen ihr in den Sinn, ihre Mutter und Franklin. Wie es ihm wohl ohne sie ging? Bestimmt war er glücklicher. Er hatte bekommen, was er wollte. Eine Frau, die bereit war, mit ihm eine Familie zu gründen.

Auch sie selbst hatte bekommen, was sie gewollt hatte. Ein aufregenderes Leben. Tja – wie hieß es noch gleich? Sei vorsichtig mit dem, was du dir wünschst; es könnte in Erfüllung gehen.

London zeigte sich von seiner allerschönsten Seite. Ihr olfaktorisches Gedächtnis würde den Geruch an der Themse nach Wasser, Großstadt und Frühling immer mit diesen Tagen in Verbindung bringen. – Oh, wie sie es vermisste, ihre Nase in Kochtöpfe zu stecken. – Vereinzelte Kirschbäume blühten schon früh in diesem Jahr und säumten den Bürgersteig wie zarte rosafarbene Wattekugeln. Würden diese Schönheiten für sie zum Sinnbild ihres Verrats an Viktor werden? Der Gedanke schmerzte sie – sowohl in der Seele als auch körperlich.

Auf der nächsten Parkbank nahm sie Platz. Sie saß nur da, unbeweglich und in sich gekehrt, und schaute auf den Fluss und die Skyline auf der anderen Seite. Mit den Schiffen und Booten zogen Erinnerungen in Bruchstücken an ihr vorüber. Zwei Personen drängten sich dabei von selbst in den Vordergrund: Viktor und Gabriel.

Clara nahm die Gesichter der Menschen wahr, die an ihr vorbeigingen. Plötzlich hatte sie das Gefühl, ihre Augen spielten ihr einen Streich. Ein paar Meter entfernt stand Peartree und lehnte an der Mauer zum Fluss. In der Hand hielt er zwei Kaffeebecher und schaute Clara offen an. So als hätte er nur darauf gewartet, dass sie ihn in der Menge ausmachte und zu sich winkte. Was sie aber nicht tat.

Sich ihm am Telefon anzuvertrauen, in einem schwachen und einsamen Moment, war anders, als direkt mit ihm zu reden. Sie schämte sich. Vor sich selbst und vor ihm gleichermaßen.

Peartree löste sich von der Brüstung und kam verlegen lächelnd auf sie zu. Er war ähnlich gekleidet wie Viktor, sportlich-elegant in Jeans und Jackett. Auch seine Bewegungen glichen denen seines Bruders. Dennoch hätten die Unterschiede zwischen den beiden Männern nicht größer sein können. Ihre Ausstrahlung war komplett anders. Viktor umgaben Geheimnisse. Peartree strahlte Verlässlichkeit aus.

»Kaffee?«, fragte er, als er vor Clara stand, die zu ihm aufschaute. Er hielt ihr den Becher entgegen. Der schwarze Kaffee dampfte noch.

Clara nahm den Becher, pustete hinein und nippte. »Danke. Woher wissen Sie, dass ich meinen Kaffee schwarz trinke?«

»Ich kenne auch Ihre Schuhgröße und den Mädchennamen Ihrer Mutter.« Er setzte sich neben sie. »Wie geht es Ihnen?«

»Ich möchte Ihnen nichts vormachen. Mich plagt mein Gewissen. Ich habe den Mann, den ich liebe, verraten.«

»Seien Sie nicht so streng mit sich selbst. Sie wissen, dass Sie ihm letztendlich einen Gefallen tun.«

»Ich weiß, dass das nicht stimmt. Ich bin nur feige.«

»Ich werde mit Thomas reden, wenn wir ihn morgen verhören. Eventuell lässt er sich auf ein psychologisches Gutachten ein, das ihn für teilweise unzurechnungsfähig erklärt. Er käme für eine gewisse Zeit in einer Einrichtung unter, könnte dort arbeiten oder noch einmal studieren und in wenigen Jahren frei sein, wenn ich mich bereit erkläre, sein Vormund zu werden.«

Clara schnaubte verächtlich.»Dem würde er niemals zustimmen.«

Peartree schaute verlegen auf den Boden.»Sie haben recht. Das würde er nie tun. Ich überlege noch, was das Beste ist.«

»Was soll das heißen? Ich dachte, Sie hätten einen Plan, wie Sie Viktor helfen wollen. Haben Sie nicht von einem geregelten Leben für ihn gesprochen? Sie meinten doch, er könne Künstler sein. Von einem Aufenthalt in der Psychiatrie haben Sie nie etwas gesagt.« Clara war aufgebracht.»Sonst hätte ich mich Ihnen doch nicht anvertraut!«

Peartree seufzte tief und trank seinen Kaffee aus. Nach einer Weile sagte er:»Und was hätten Sie dann gemacht? Der Coup morgen wird nicht klappen. Thomas ist nicht sorgfältig vorbereitet. Da sind noch eine Menge Ungereimtheiten.«

»Für mich hört sich sein Plan sehr schlüssig an. Er hat an jedes Detail gedacht.«

»Finden Sie? Überlegen Sie doch mal: Wenn der falsche Wachmann den Glastresor der Vase zerstört, werden sofort sämtliche Anwesenden in Alarmbereitschaft versetzt. Wie soll mein Bruder es schaffen, das Original gegen sein Fake-Objekt auszutauschen? Die Security wird eingreifen, die Polizei wird anrücken. Oder was ist, wenn das Original auch beschädigt wird oder sogar kaputtgeht? Dann hat er nicht nur Ärger mit seinem Kunden, sondern auch noch mit der chinesischen Regierung. Auch die Flucht mit dem Auto zum Flughafen ist nicht klug. Sie haben den Londoner Verkehr gesehen. Was machen Sie, wenn Sie feststecken? Und das werden Sie.«

»Vielleicht ist es ja kein Fluchtwagen, sondern ein Motorrad oder ein Helikopter. Das würde doch passen«, überlegte Clara laut.

»Hm.« Peartree sah sie einigermaßen überrascht an.»In Ihnen schlummert ja auch kriminelle Energie.« Er lächelte.

»Sie haben ja keine Ahnung. Mein Kopf ist voller Wut. Ich konnte nicht schlafen und erkenne mich selbst nicht mehr. Ich habe noch nie jemanden betrogen. Noch nie. Verstehen Sie?« Peartree saß hilflos neben ihr. Er hatte nicht Viktors Temperament. Der hätte sie umarmt, und es wäre wieder gut gewesen. Immerhin legte er ihr den Arm um die Schulter und redete beruhigend auf sie ein. »Sie tun das Richtige. Sie müssen auch an sich denken. Sie kennen meinen Bruder erst seit ein paar Wochen.«

»Ich habe mich noch nie so lebendig gefühlt wie mit ihm. Ich glaube, er ist der einzige Mann, in den ich je richtig verliebt war.« Clara schnäuzte sich die Nase.

Unbeholfen zog Peartree seinen Arm zurück. Schweigend sahen sie auf die Themse. Der Nachmittag neigte sich dem Ende zu, die Touristen waren weniger geworden. Das Licht veränderte sich.

Schließlich unterbrach Clara die Stille zwischen ihnen. »Ich weiß nicht mehr, wer ich bin oder wer ich sein soll, wenn ich Viktor morgen verliere. Er hat mir gestern mit seinem Verhalten Angst gemacht, und ich habe mich sehr einsam gefühlt. Die Facetten, die er von sich gezeigt hat, haben mir nicht gefallen. Aber hat nicht jeder Mensch dunkle Seiten und Geheimnisse?«

»Das stimmt schon. Aber die meisten Menschen verstoßen nicht gegen das Gesetz. Thomas schadet sich selbst und anderen. Sie sind nicht die erste Frau, die er sich zur Komplizin gemacht hat. Er nutzt Sie aus. Eine schwierige Kindheit ist irgendwann keine Entschuldigung mehr. Oder was denken Sie?«

»In diesem Punkt stimme ich Ihnen zu. Seit ich zehn Jahre alt gewesen bin, habe ich keinen Kontakt mehr zu meinem Vater, der meine Mutter verlassen hat. Anfangs war es schwer. Irgendwann bin ich damit zurechtgekommen.«

»Ich werde dafür sorgen, dass Sie straffrei bleiben. Um das zu erreichen, habe ich bei der Münchner Kripo meine Kontakte spielen lassen und einen Deal verhandelt. Der Einbruch bei der Schauspielerin Susanne Schwarz geht einzig und allein auf das Konto meines Bruders. Sie sind nach dem morgigen Tag frei. Sie können gehen, fliegen oder fahren, wohin Sie wollen.«

»Wenn ich wüsste, wo das ist, hätte ich eine Perspektive. So habe ich ab morgen nichts mehr.«

»Ich bin sicher, das wird nicht lange der Fall sein. Eine Frau wie Sie findet einen Weg.« Peartree war auf einmal schüchtern.

»Ich danke Ihnen, dass Sie mir durch diesen Nachmittag geholfen haben. Aber ich muss jetzt gehen. Viktor erwartet mich zum Abendessen, und ich muss noch packen.« Clara stand auf. »Darf ich wenigstens ein paar der Kleider behalten?«

»Ich schätze, das lässt sich vorerst arrangieren.« Peartree stand auch auf.

Er ist der größere der Brüder, dachte Clara. Er überragte sie um einen ganzen Kopf.

Peartree kam einen zögerlichen Schritt auf sie zu. Er legte ihr die Arme um die Schultern und zog sie leicht an sich. Sie konnte ihn riechen. Er roch nach Minze. Sie mochte es.

Clara fühlte sich besser. Niemand wusste, was das Leben noch für sie bereithielt. Aber sie war zuversichtlicher gestimmt, in den vergangenen Wochen nicht alles falsch gemacht zu haben. Sie lernte gerade neu laufen. In High Heels. Und die standen ihr verdammt gut.

Eclairs

Viktor wartete in der Hotelbar auf Clara. Wie vor zwei Tagen, an ihrem ersten Abend in London, saß er an einem Tisch in der Ecke vor der Fensterreihe. Zwei Nächte, zwischen denen Welten lagen. Als Clara ihn hier zuletzt getroffen hatte, waren sie Elena und Matis gewesen. Davon war nichts mehr geblieben.

»Hallo! Komm, setz dich.« Viktor sah sie nicht einmal an. Seine Nase steckte in der Menükarte, vor ihm stand ein Pint Bier.

Clara strich demonstrativ ihren braunen Rock glatt und stülpte die Ärmel ihres blauen Hemdes zurück. In der vollen Bar stand die Luft.

»Wie war dein Nachmittag? Was hast du noch gemacht? Ich verhungere fast.«

»Ich war an der Themse spazieren. Sonst nichts weiter.« Clara hielt nach dem Kellner Ausschau, der prompt kam, bestellte ein Glas Weißwein und nahm sich vom Nachbartisch ebenfalls eine Karte. »Auf was hast du Appetit?«

»Ich dachte an Austern und Burger. Was meinst du?« Viktor musterte sie nun doch über den Rand der Karte hinweg. »Also, ich muss sagen, Frau Walser, Sie machen sich. Du siehst richtig gut aus.«

»Ich habe keinen großen Hunger. Und auf Austern habe ich auch nicht schon wieder Lust. Ich nehme die Pasta.«

Viktor nickte, trank einen Schluck Bier und sah entspannt aus dem Fenster.

»Wie lief es denn bei dir?«, fragte sie. »Und wie fandest du es bei Sotheby's?«

»Ich bin zufrieden. Wir sind gut vorbereitet.« Viktor lehnte sich zurück. »Hast du die Koffer gepackt und in der Suite bereitgestellt? Ein Page müsste sie jeden Moment abholen und meinem Fahrer übergeben. Ihn wird keiner der Hotelangestellten fragen, wohin er mit dem Gepäck will. Wenn wir morgen mit den Koffern an der Rezeption vorbeigehen würden, ohne auszuchecken und zu bezahlen, wäre das auffällig. Ich möchte nicht riskieren, dass es noch einen ungeplanten Zwischenfall gibt.«

»Das möchte ich auch nicht.«

»Der Glastresor, in dem die Vase ausgestellt ist, ist tatsächlich elektrisch gesichert. Wie ich vermutet hatte. Wir haben den Hersteller ausfindig gemacht und herausgefunden, welcher der Drähte gekappt werden muss. Es ist nicht der rote oder grüne, wie sonst meistens. Nein. Du wirst es nicht glauben. In diesem Fall ist es der schwarze. Verstehst du? Es ist nie der schwarze. Alles wird morgen genau so laufen, wie ich es geplant habe. Alles wird gut. Der Chinese hat bald seine Vase, und ich mache einen Haufen Kohle. Mit deinem Anteil bekommst du ein schönes finanzielles Polster, das du anlegen kannst. Ich empfehle dir Krypto.«

»Ich werde darüber nachdenken«, log Clara. Nichts interessierte sie weniger.

Viktor beugte sich über den Tisch, nahm ihre Hand und küsste sie. Das hatte er noch nie getan. »Manchmal sind die Dinge besser als gedacht. Ich fühle mich, als könnte ich über Wasser gehen oder sogar fliegen.« Er riss die Arme hoch und streckte sich euphorisch. Als sein Bier leer war, bestellte er sofort per Handzeichen ein neues. »Der Wind dreht sich wieder. Morgen wird ein stürmischer, aber herrlicher Frühlingstag. Und danach kommt der Sommer, Clara. Es wird uns gut gehen. Wir werden am Meer sitzen, Fisch essen und Champagner trinken. Wir werden an lauen Sommerabenden am Strand spazieren gehen. Ich kann malen und mir neue Projekte überlegen, und du kannst kochen. Ich hätte mal wieder Lust auf deine Minestrone. Oder du nimmst endlich dein Buch in Angriff – unter Pseudonym natürlich.«

Clara war den Tränen nahe. Sie wusste nichts mehr. Viktor war komisch. Aufgedreht, überdreht. Manisch und doch liebevoll. Sie wusste, dass sie für ihn von Anfang an austauschbar gewesen war. Aber für sie war er immer noch der Mann, auf den sie in der Cucina gewartet hatte. Fast kam es ihr vor, als warte sie noch. Auf sein wahres Ich.

»Ich denke, es wird morgen regnen. Der Wetterbericht sagt Regen in London voraus.«

»Wen interessiert das? Das hat doch mit unserer Sache nichts zu tun. In London regnet es andauernd.«

»Es wird regnen.«

»Was ist mit dir, Clara? Hast du Bedenken?«

»Nein, nein, Matis.« Sie versuchte ein Lächeln. »Ich vertraue dir.«

Der Kellner kam ihr mit Viktors Bier und dem Essen zu Hilfe. »Sie werden uns nicht finden, und wenn die Welt untergeht. Die anderen, vor allem mein Bruder, denken nicht so wie wir. Wir sind schon zu weit gekommen, ein Zurück gibt es nicht mehr. Sollen die uns doch suchen und über unsere Aktionen spekulieren, bis sie schwarz werden. Sie werden nie verstehen, was wir wollen und wie wir leben. Gabriel tut mir leid. Er ist und bleibt ein Loser.«

»Ich hoffe, du hast recht. Manchmal verstehe ich dich auch nicht. In der einen Sekunde bist du mir nah, in der nächsten völlig fremd.«

»Du denkst zu viel nach. Es ist auch mal gut, sich treiben zu lassen. Möchtest du eine Auster probieren? Sie sind wieder phantastisch.« Viktor hielt ihr den Löffel an die Lippen.

Clara schlürfte und schmeckte das salzige Meer. Als sie die Augen schloss, war da Peartrees Gesicht. Wie wäre es wohl, mit ihm zu Abend zu essen?

❖ ❖ ❖

Die Nacht, die letzte in der Hotelsuite, verlief ruhelos. Zwischen zwei Welten waren sich Clara und Viktor nah wie nie. Für sie war es ein Ende, für ihn ein Anfang und ein Ausblick auf den Sommer.

Der Morgen an »Tag null«, wie Viktor ihn nannte, barg vorerst keine Überraschungen. Clara hatte den Widerstand gegen ihre eigenen Handlungen aufgegeben. Sie funktionierte nur noch, würde den Plan durchziehen und sehen, wie es weiterging. Wohin sie sollte? Sie verdrängte den Gedanken. In ein paar Stunden hatte sie nichts mehr. Keine Wohnung, keinen Job, keinen Freund. Carte blanche. Ihr Leben würde zum ersten Mal eine reine, weiße Leinwand sein.

Peartree hatte ihr versprochen, sie aus allem rauszuhalten. Es erstaunte sie selbst, wie schnell sie sich mit dem Gedanken angefreundet hatte, von vorn zu beginnen. Nicht viele Menschen hatten diese Chance.

Wenn sie Viktor ansah, sah sie nur noch einen Fälscher. Jemanden, der für sie, wenn sie ehrlich war, unbegreiflich und unerreichbar war. Er würde sich ihr niemals authentisch öffnen. Sie hatte hier in London Charakterzüge an ihm entdeckt, die ihr nicht gefielen. Seine Berührungen beschleunigten ihren Herzschlag nicht mehr. Letzte Nacht hatte sie Abschied genommen. Verstand über Gefühl.

Die Eggs Benedict schmeckten auch diesmal nicht. Vermutlich würde sie die nie mehr irgendwo bestellen. Obwohl es schon fast Mittag war, hatte sie keinen Hunger.

Viktor gab sich betont lässig, aber Clara spürte, dass auch er angespannt war. Er versteckte sich wieder hinter der Zeitung, aber er las nicht. Seine Augen bewegten sich fahrig über den Rand der Seiten hinweg. Er beobachtete den Raum, wirkte suchend. Nach wem hielt er Ausschau? Nach seinem Bruder?

»Bist du fertig? Der Wagen kommt in einer knappen halben Stunde.«

»Ja, wir können los.« Alles, was Clara noch besaß, hatte sie in die große schwarze Handtasche gepackt, die Viktor gekauft – mitgenommen – hatte. Es war nicht viel. Make-up, ihre Zahnbürste, die Pässe auf die Namen Elena Walser und Clara Maler und das Telefon mit der schwedischen Nummer, mit dem sie nichts anzufangen wusste. Und dann war da natürlich das Duplikat der Ming-Vase, das sie in einen Schal gewickelt hatten, um es später im Auktionshaus zu zerschlagen. Clara trug das kleine Schwarze, das für diesen Tag vorgesehen war. Genau so, wie es Viktor gewollt hatte.

Sie gingen auf die Straße hinaus und stiegen in den Wagen, der schon auf sie wartete. Der Fahrer war ein rothaariger Typ mit

Bart, der Viktor lapidar mit »Hi« begrüßte. Clara beachtete er nicht.

Der Verkehr vom Hotel in Whitehall bis zur New Bond Street zu Sotheby's war dichter als gestern. Peartree hatte recht gehabt. Das wäre bei der Flucht auf jeden Fall ein Problem gewesen.

Die Fahrt verbrachten sie schweigend. Jeder für sich. Am Auktionshaus angekommen, wurden sie wieder freundlich in Empfang genommen und zu ihren Plätzen in dem Saal geleitet, in dem die Versteigerung stattfinden würde. Wie von Viktor beabsichtigt, waren sie früh dran und mit die ersten Auktionsteilnehmer.

Sie saßen in einer der vorderen Reihen, nicht weit von dem Zugang zum Nebenraum entfernt, in dem sie gestern gewesen waren. Die Zeit, in der sie auf den Beginn der Veranstaltung warteten, kam Clara wie eine Ewigkeit vor. Sie hatte sich noch nie deplazierter gefühlt. Sie gehörte nicht hierher, und sie wollte auch nicht hier sein.

Beim Erscheinen des Auktionators atmete sie erleichtert auf. Endlich ging es los.

»Good morning, ladies and gentlemen.«

Das erste Stück, das ausführlicher vorgestellt wurde, war der Teller, der Clara so gut gefallen hatte. Er ging rasch an einen Briten.

Viktor sah ständig auf die Uhr. Es vergingen sehr lange Minuten. Für jedes Stück gab es mehrere Interessenten.

Plötzlich kam aus dem Nebenraum ohrenbetäubender Lärm. Ein Schuss, gefolgt von einer Explosion, zerschnitt eine weitere Gebotsphase der Auktion. Unmittelbar darauf setzte ein Alarm ein, der in den Ohren schmerzte. Die Menschen im Saal zuckten zusammen, einige Frauen kreischten, sprangen auf. Stühle fielen um. Das Chaos war perfekt.

Clara war wie gelähmt. Viktor packte sie grob am Arm und zog sie in den Nebenraum. Dort stand der gekaufte Wachmann mit einer Pistole in der Hand. Er hatte das Glas des Ausstellungskastens zerschossen, sodass die Vase, die Viktor wollte, frei zugänglich war. Clara fragte sich, warum er nicht die Drähte der Elektronik zerschnitten hatte. Der Alarm, der durch das Zerspringen des Glases ausgelöst worden war, war direkt zur Polizei geleitet worden. Was lief hier schief?

Viktor griff in die schwarze Tasche, die an Claras Arm hing, und holte die falsche Vase heraus. Clara, jeder Bewegung unfähig, war für ihn absolut nutzlos.

Mit Wucht schlug Viktor das Duplikat auf den Boden. Es zerbarst in tausend Scherben. Er griff nach dem Original und ließ es in Claras Tasche verschwinden. Mitarbeiter des Auktionshauses, die dem Aufruhr mutig gefolgt waren, starrten fassungslos auf die Scherben. Für sie war ein unschätzbares Kunstwerk verloren. Noch mehr Wachleute kamen. Alle schrien durcheinander.

Voll von Adrenalin packte Viktor Clara geistesgegenwärtig am Arm, zog mit der anderen Hand selbst eine Waffe aus dem Hosenbund und bahnte ihnen den Weg zum Notausgang, vor dem das Fluchtfahrzeug stand, während sein Komplize im Fokus der Anwesenden blieb.

All das geschah in nur wenigen Augenblicken.

Viktor stieß den Notausgang auf und zerrte Clara wütend auf die Straße.

»Komm endlich!«, brüllte er – und erstarrte.

Draußen wartete Peartree mit Polizisten von Scotland Yard. Schachmatt.

»Es ist vorbei, Thomas«, sagte der Kommissar. »Du hast keine Chance. Gib auf. Ich werde dir helfen.«

Die Waffe auf seinen großen Bruder gerichtet, ging Viktor wie ein in die Enge getriebenes Raubtier in Lauerstellung. Er würde niemals aufgeben. Nie. Der Blick, den er Clara zuwarf, traf sie bis ins Mark. Er hatte ihren Verrat durchschaut.

Hinter ihnen flog geräuschvoll die Tür des Notausgangs auf. Der falsche Wachmann, panisch, mit aufgerissenen Augen, torkelte heraus. Viktor nutzte den Moment der Ablenkung, warf Clara grob auf die befahrene Straße und lief los.

Er rannte um sein Leben, sprang zwischen die Fahrzeuge und Fußgänger und schlug beiseite, wer oder was ihm in den Weg kam.

Die Polizisten von Scotland Yard nahmen zu Fuß oder mit Motorrädern die Verfolgung auf. Schüsse fielen, Autos hupten, krachten ineinander. Wieder Schüsse. Viktors Ziel musste die nächste U-Bahn-Station sein, deren Schlund ihn aufnehmen würde.

Clara lag benommen am Boden. Ihre Brust schmerzte. Der Aufprall war brutal gewesen. Sie nahm Dunkelheit wahr, die ihr erbarmungslos in den Körper kroch. Schwacher Nebel hüllte sie ein, zog sie hinab in ein Loch aus Wohlgefallen, der sich schließlich in Gleichgültigkeit verlor.

Regen setzte ein.

✳✳✳

Der Raum, in dem sie sich befand, wurde geflutet. Sie spürte das kühle Nass auf der Haut, versuchte zu schwimmen, konnte sich aber nicht bewegen. Ihr Körper reagierte nicht. Sie wartete darauf, dass jemand die Tür öffnete und das Wasser entweichen konnte. Es reichte ihr jetzt bis zum Kinn.

Panisch schnappte sie nach Luft und öffnete die Augen. Grelles Licht blendete sie. War sie tot oder lebendig? Sie hörte ein Piepsen, konnte das Geräusch aber nicht zuordnen. Da waren Stimmen. Keine, die sie kannte. Niemand, der zu ihr sprach.

Als sie das nächste Mal aufwachte, wusste sie: Sie war am Leben. Sie konnte sich sofort orientieren und verstand, dass sie sich in einem Krankenhauszimmer befand. Pflegerinnen gingen hin und her. Irgendwann kam eine an Claras Bett und leuchtete ihr mit einer Taschenlampe in die Pupillen.

Ein Gesicht beugte sich über sie. Peartree.

»Willkommen zurück, Frau Maler. Wie fühlen Sie sich?«, fragte er leise.

»Wo bin ich?«

»In einem Krankenhaus in London. Sie wurden angeschossen und operiert.«

»Wie lange bin ich schon hier?«

»Seit drei Tagen.«

Langsam kam die Erinnerung zurück. Der schiefgelaufene Coup bei Sotheby's, der Knall, der Aufprall – Viktor.

»Wo ist Viktor?«

»Er konnte entkommen. Scotland Yard hat ihn nicht erwischt. Die Londoner U-Bahn-Tunnel haben ihn verschluckt. Wir haben sämtliche Kameraaufnahmen nach ihm durchforstet, um herauszufinden, in welche Bahn er gestiegen ist oder welchen Ausgang er genommen hat. Ohne Erfolg. Wie Sie gesagt haben. Thomas gibt niemals auf. Wir haben seine Spur verloren. Die Kugel, die Sie getroffen hat, wurde von einem Polizisten nach meinem Bruder gefeuert. Da Thomas und der beteiligte Wachmann eine Waffe hatten, hat er geschossen.«

Clara verstand. Es war vorbei. »Bitte lassen Sie mich allein.«

✳ ✳ ✳

In den folgenden zwei Wochen besuchte Peartree sie jeden Tag. Bald würde sie entlassen werden. Die Kugel hatte ihre Lunge verfehlt, andere Organe waren nicht in Mitleidenschaft gezogen. Sie würde wieder ganz gesund werden.

»Ich habe dir Eclairs mitgebracht. Sie sind aus dem ›Corinthia‹. Ich war dort und habe eure Hotelkosten beglichen.«

Clara und Gabriel hatten sich immer besser kennengelernt. Sie hatte erkannt, wie dankbar sie ihm sein musste. Und das war sie aus tiefstem Herzen. Er hatte ihr Leben, das sie aufs Spiel gesetzt hatte, gerettet.

»Du hättest die Rechnung nicht bezahlen sollen. Sie war sicher sehr hoch. Dein Bruder versteht es, ausschweifend zu leben.«

»Glaub mir, das weiß niemand besser als ich. Aber ich möchte nicht, dass du mit Schulden belastet bist. Eines Tages werde ich mir das Geld von ihm zurückholen. Er hat es geschafft, alles zu behalten. Er hat die Vase bekommen, somit also das Honorar des Chinesen. Und unsere Abteilung für virtuelle Währung hat herausgefunden, dass er in den letzten Jahren den Großteil dessen, was er verdient hat, in Kryptowährung umgewandelt hat. Wir konnten keines seiner Konten sicherstellen. Aber irgendwann

wird er die Bitcoins waschen müssen, dann finden ihn meine
Kollegen – wenn es mir nicht vorher gelingt. In einem Punkt
sind wir uns nämlich ähnlich: Wir geben niemals auf.«

Gabriel setzte sich zu Clara auf die Bettkante und sah sie liebevoll an. Endlich traute sie sich, ihn zu berühren. Sie legte ihre
Hand in seine.

Er lächelte, beugte sich zu ihr und küsste sie sanft.

»Mein Bruder wird seine Geschichte weiterschreiben. Und
wir die unsere, wenn du mich lässt. Ich wünsche es mir so sehr.«

Epilog

Clara wärmte ihre Finger an der Kaffeetasse. Die Sonne blendete; sie kniff zum Schutz die Augen zusammen. Der Rahmen der Haustür des Cottages, an dem sie lehnte, war noch feucht vom Morgentau. Die Luft am äußersten Stadtrand von Crawley war kühl und frisch. Es roch nach Moos und saftigen Wiesen. Vögel zwitscherten.

Sie und Gabriel waren kürzlich in das kleine Häuschen gezogen und genossen aufregende Zeiten: den Umzug nach England, Gabriels Versetzung, die Eröffnung ihres kleinen Bistros, die kurz bevorstand, und die geplante Veröffentlichung ihres eigenen Kochbuchs.

In der Zeit, in der sie sich von der Schusswunde erholt hatte, hatte sie ihre Lieblingsrezepte niedergeschrieben. Der Titel der Rezeptsammlung lautete: »Clara's Kitchen Secrets«. Sie hatte es ihrem ehemaligen Chef Dante, der jetzt ihr Stiefvater war, gewidmet.

Zwischen Clara und Gabriel gab es aber keine Geheimnisse. Er brachte mühelos das Beste in ihr zum Vorschein. Plötzlich gelang ihr alles, was sie sich vornahm. Ihre Träume verwirklichten sich wie selbstverständlich.

Seit Monaten hatte sie sich nicht mehr gefragt, wann sie zum letzten Mal glücklich gewesen war. Sie war es – jeden Tag. Noch vor einem Jahr in München war ihre Fröhlichkeit meist nur gespielt gewesen, ihre Nettigkeit aufgesetzt.

Das lag alles weit hinter ihr.

In England hatte sie sich zusammen mit Gabriel ein neues Zuhause geschaffen. Das echte Abenteuer, ein gemeinsames Leben, begann jetzt.

Claras
Küchengeheimnisse

❧ Claras Minestrone ❧

2–3 Personen, einfach

2 *Zwiebeln*
1 *Knoblauchzehe*
100 *g grüne Bohnen*
100 *g Staudensellerie*
2 *kleinere Kartoffeln (mehlig kochend)*
300 *g Tomaten*
2 *EL Olivenöl*
1 *EL Tomatenmark*
Zucker
600 *ml Geflügelbrühe*
50 *g Nudeln (schön sind Pipette rigate oder Mini-Farfalle)*
Salz, Pfeffer
4 *Stiele Oregano (oder 1 TL getrockneter Oregano)*
3 *EL geraspelter Parmesan*

Die Zwiebeln und der Knoblauch werden fein gewürfelt, die Bohnen geputzt und halbiert; den Sellerie ebenfalls putzen und in 0,5 cm breite Stücke schneiden. Dann die Kartoffeln vorbereiten: schälen und in Würfel schneiden. Danach die Tomaten vom Stielansatz befreien und in grobe Stücke schneiden. Das Öl in einem größeren Topf erhitzen, Zwiebeln und Knoblauch zugeben, zwei Minuten anschwitzen. Danach kommen das Tomatenmark und eine Prise Zucker in den Topf und werden rasch eingerührt und kurz mitgedünstet. Jetzt die Brühe dazugießen. Wenn die Flüssigkeit kocht, das restliche Gemüse in den Topf geben: Bohnen, Kartoffeln, Sellerie, Tomaten und die Stiele Oregano zugedeckt bei mittlerer Hitze 10 Minuten garen. Nun die Nudeln mit in den Topf werfen, die Temperatur weiter reduzieren und schön durchziehen lassen, bis die Pasta al dente ist. Die Minestrone, je nach Geschmack, mit Salz und Pfeffer würzen. Mit Oregano und Parmesan bestreut servieren.

Tipp: Wenn es noch schneller gehen soll, kann man auch gut Tiefkühlbohnen und gewürfelte Tomaten aus der Dose verwenden. Am Geschmack ändert das nichts. Wichtig ist, dass die Suppe nicht zu wässrig ist. Sie soll sämig sein und rund im Geschmack.

Dazu schmeckt frisches Baguette. Wer Gäste beeindrucken möchte, stellt noch einen Teller mit sehr dünn geschnittenem Parmaschinken dazu.

❧ Fiori di zucchina ripieni ❧
Gefüllte Zucchiniblüten

4 Personen, mittelschwer

12 Zucchiniblüten
(vom Markt oder aus einem sehr gut sortierten Supermarkt)
100 g frischer Ricotta
2 Eier
1 EL geriebener Parmesan
Salz, Pfeffer

125 ml Weißwein
Butter
½ Zitrone
Olivenöl

Mit einer langen Pinzette die Blütenstempel aus den Zucchiniblüten entfernen; sehr vorsichtig. Den Backofen auf 180 °C vorheizen. Die Füllung aus den übrigen Zutaten rühren und in einen Spritzbeutel füllen. Die Masse in die Blüten spritzen und die Blütenenden zusammendrehen. Die Blüten in eine Auflaufform, die den Wein, die Butter und den Saft der Zitrone enthält, legen und mit dem Olivenöl beträufeln. 15 Minuten im vorgeheizten Backofen bei 160 °C garen. Portionsweise anrichten.

Tipp: Mit der Füllung für die Blüten kann man spielen. Es eignet sich jede Zutat, aus der man eine Paste machen kann. Getrocknete Tomaten, anderes Gemüse – alles, was schmeckt. Denkbar wäre zum Beispiel auch eine Lachsfarce. Die Garzeit verlängert sich dann um 10 Minuten.

Dazu passt Reis, wenn man das Gericht als Hauptgang servieren möchte.

❧ Saltimbocca ❧
Kalbsschnitzel mit Salbei

4 Personen, einfach

8 kleine und dünn geschnittene Kalbsschnitzel à 75 g
16 Salbeiblätter
8 Scheiben Parmaschinken
100 g Mehl
Salz, Pfeffer
50 g Butter
Öl zum Braten
150 ml Marsala
Schuss Sahne

Die 8 kleinen Kalbsschnitzel zwischen 2 Lagen Frischhaltefolie legen und mit dem Boden einer schweren Pfanne flach klopfen. Anschließend auf jedes Schnitzel 2 Salbeiblätter und 1 Scheibe Parmaschinken legen. Die Schnitzel in der Mitte zusammenklappen und mit einem Zahnstocher feststecken. 100 g Mehl mit Salz und Pfeffer würzen und das Fleisch darin wenden, dass es leicht bestäubt ist. 50 g Butter mit einem Schuss Öl in einer großen Pfanne erhitzen und die Schnitzel auf jeder Seite 2 Minuten braten. Dann aus der Pfanne heben und warm stellen. 150 ml Marsala in die Pfanne gießen, den Bratenfond lösen und kurz aufkochen, den Schuss Sahne dazugeben. Mit Salz und Pfeffer würzen und durch ein Sieb passieren; auf vorgewärmte Teller geben und die Saltimbocca hineinlegen.

Tipp: Wer die Kombination Parmaschinken mit Kalb nicht mag, kann zum Beispiel eine Scheibe Cheddarkäse oder eine dünne Scheibe eines großen Champignons verwenden.

Dazu passen Salzkartoffeln oder Kartoffelpüree.

❧ Ossobuco con gremolata ❧
Kalbshaxenscheiben mit Gremolata

4 Personen, einfach

4 Scheiben Kalbshaxe, quer zum Kochen gesägt
Salz, Pfeffer
50 g Mehl
3 EL Olivenöl
125 ml Weißwein
250 ml Rinderbrühe
400 g Dosentomaten, passiert
2 Zwiebeln
2 Möhren
2 Lorbeerblätter
2 Gewürznelken
1 Bund Petersilie
1 Knoblauchzehe
1 Biozitrone

4 Scheiben Kalbshaxe mit Salz und Pfeffer würzen und in 50 g Mehl wenden. Überschüssiges Mehl abklopfen. 3 EL Olivenöl in einem großen Bräter erhitzen und das Fleisch hineinlegen. Den Backofen auf 180 °C vorheizen. Das Fleisch von beiden Seiten bei mittlerer Hitze anbraten. 125 ml Weißwein und 250 ml Brühe angießen. 400 g passierte Tomaten dazugeben. 2 Zwiebeln und 2 Möhren in feine Würfel schneiden und ebenfalls in die Brühe geben. 2 Lorbeerblätter und 2 Gewürznelken zufügen. Aufkochen lassen. Zugedeckt im 180 °C heißen Ofen 2 bis 2,5 Stunden schmoren, dabei mehrmals wenden. Für die Gremolata 1 Bund Petersilie mit 1 Knoblauchzehe und der Schale der Zitrone fein hacken. Das Fleisch aus dem Bräter heben, die Soße durch ein Sieb passieren. Aufkochen, gegebenenfalls abbinden (mit Mehlschwitze), abschmecken, portionsweise anrichten und die Gremolata dekorativ auf dem Fleisch verteilen.

Tipp: Keine Eile! Dieses Gericht braucht Zeit im Ofen. Je länger, desto besser – aber sanft.

Dazu passen Kartoffelgerichte, aber auch Pasta oder nur eine frische Scheibe Baguette oder Ciabatta.

❧ Piccioni in umido ❧
Geschmorte Tauben

4 Personen, mittelschwer

2 Tauben, küchenfertig (bei sehr guten Metzgern
oder bei Delikatessenhändlern erhältlich)
½ Petersilienwurzel
1 Möhre
75 g Pancetta
2 Frühlingszwiebeln
1 kleiner Spitzkohl
3 EL Olivenöl
500 ml Geflügelfond
1 Sternanis
Salz, Pfeffer
Butter

Das Brustfleisch von 2 Tauben mit einem scharfen Messer auslösen, die Keulen abtrennen. Brustfilets und Keulen beiseitestellen. (Kann eventuell der Metzger erledigen. Einfach nett fragen.) Die Knochen hacken. ½ Petersilienwurzel, 1 Möhre und 75 g Pancetta in feine Würfel schneiden. 2 Frühlingszwiebeln mit dem Grün in feine Ringe schneiden. 1 kleinen Spitzkohl in Streifen schneiden. In einer Pfanne 1 EL Olivenöl erhitzen und die Knochen darin rundherum anbraten. Frühlingszwiebeln, Möhre und Petersilienwurzel dazugeben und anrösten. 500 ml Geflügelfond angießen und 1 Stunde bei kleiner Hitze köcheln lassen. Die Soße durch ein Sieb in einen Topf passieren. In einer Pfanne 1 EL Olivenöl erhitzen und den Pancetta darin anbraten. Den Spitzkohl untermischen, 200 ml Wasser angießen und den Sternanis zufügen. Mit Salz und Pfeffer würzen und 15 Minuten bei kleiner Hitze dünsten, bis das Gemüse eindickt. Kalte Butter dazugeben, um noch mehr Bindung zu erhalten. Das Fleisch auf der Hautseite anbraten, mit Salz und Pfeffer würzen und mit der Soße aufgießen. Die Pfanne mit einem Deckel verschließen und bei kleiner Hitze 20–30 Minuten garen. Gemüse und Fleisch gemeinsam anrichten.

Tipp: Wem Tauben zu exotisch sind oder wer keine bekommt, kann auch Maishähnchen für dieses Gericht verwenden.

Dazu passen Graupen sehr gut.

❧ Pesce spada ai ferri ❧
Gegrillter Schwertfisch

4 Personen, einfach

1 Knoblauchzehe
1 EL Kapern
1 EL gehackte Petersilie
250 ml Olivenöl
2 EL Zitronensaft
Salz, Pfeffer
2 Scheiben Schwertfisch à 400 g
1 TL Rosmarin
1 Zitrone

1 Knoblauchzehe, 1 EL Kapern und 1 EL Petersilie fein hacken. Alles mit 150 ml Olivenöl und 2 EL Zitronensaft verrühren, mit Salz und Pfeffer würzen. Die Soße 10 Minuten lang ziehen lassen. 2 große Scheiben Schwertfisch waschen und gut trocken tupfen. 100 ml Olivenöl mit 1 TL fein gehacktem Rosmarin, Salz und Pfeffer verrühren. Den Fisch mit dem gewürzten Olivenöl bestreichen und auf dem heißen Grill (oder in einer Grillpfanne) bei mittlerer Hitze auf jeder Seite circa 8 Minuten grillen. Während dieser Zeit öfter mit dem Öl bestreichen. Die Schwertfischscheiben halbieren, am schönsten ist diagonal. Portionsweise mit der Kapernsoße und dünnen Zitronenscheiben anrichten.

Tipp: Im Sommer kann man sämtliche frischen Kräuter aus dem Garten oder vom Wochenmarkt verwenden. Je nach Geschmack. Geeignet sind auch Koriander oder Thymian.

Dazu passt Reis oder Polenta.

❧ Blini mit Kaviar ❧

2 Personen, mittelschwer

250 g Mehl
20 g Trockenhefe
350 ml lauwarme Milch
50 g Butter
2 Eier
Salz
1 Becher Crème fraîche
1 Dose Kaviar

Das Mehl in eine Rührschüssel geben, eine Mulde in die Mitte drücken, die Hefe einstreuen. Die Milch in die Mulde gießen, Hefe und Mehl damit verrühren und den Teig abgedeckt ruhen lassen. Die Butter schmelzen und abkühlen lassen. Mit den Eiern und ½ TL Salz zum Teig geben und vermengen. Den Teig noch einmal gehen lassen. Butter in einer großen Pfanne erhitzen und mit einer Kelle Teig portionsweise kleine Blini (6 cm Durchmesser) ausbacken. Einen Klecks Crème fraîche daraufgeben und wiederum darauf einen kleinen Löffel Kaviar.

Tipp: Um das Gericht noch mehr abzurunden, ist frischer Dill auf dem Kaviar sehr beliebt. Besser sind Zitronenzesten.

Dazu passt Champagner.

❧ Ziegenkäse-Arancini ❧
mit Haselnüssen

4 Personen, mittelschwer

300 g Risottoreis (Arborio)
750 ml Gemüsebrühe
2 EL Butter
30 g Parmesan, gerieben
2 Eier
120 g Ziegenfrischkäse
20 g Haselnüsse
100 g Semmelbrösel
1 Liter Öl zum Frittieren
Salz, Pfeffer

Den Reis mit der Brühe zum Kochen bringen und circa 25 Minuten ausquellen lassen. Ab und zu umrühren und eventuell mehr Gemüsebrühe (auch Wein oder Wasser) zugeben, wenn die Masse zu fest wird. Die Butter und den Parmesan unter den Reis mischen, 1 Ei zufügen und abkühlen lassen. Die Reismasse und den Ziegenfrischkäse in 16 Portionen teilen. Jede einzelne Portion flach drücken und mit einem Klecks Käse und einer Haselnuss füllen und zu einer Kugel formen. Die Kugeln erst in einem verquirlten Ei und zum Schluss in den Semmelbröseln wenden. Im heißen Öl 5 Minuten (so lange, bis sie golden sind) frittieren.

Tipp: Die Bällchen schmecken auch kalt sehr gut! Auf einem Salatbett sind sie eine tolle Vorspeise und lassen sich für Gäste perfekt schon am Vormittag vorbereiten.

Dazu passt ein Tomatensalat mit frischem Basilikum perfekt.

✤ Pollo marinato con limone ✤

Hühnchenbrust mit eingelegter Zitrone
aus dem Ofen

4 Personen, leicht

2 Thymianzweige
4 oder 5 Hühnerbrüste, pariert
Salz, Pfeffer, Paprikapulver
2 Packungen Halloumi-Käse
1 Glas eingelegte Zitronen (erhältlich in einem
italienischen Supermarkt oder im Asiashop)
Frische Kräuter, je nach Geschmack
Chilipulver

In eine mittelgroße Auflaufform (feuerfeste Schale) etwas Öl geben und über den Boden verteilen. Die Form mit den Thymianzweigen auslegen und darauf die Hühnerbrüste betten. Anschließend mit Salz, Pfeffer und Paprikapulver würzen. Den Käse (es eignen sich auch Mozzarella oder Feta) darauflegen. Die eingelegten Zitronen abtropfen lassen und in gleichmäßige Scheiben schneiden. Dekorativ auf den Käse legen. Die Auflaufform mit Alufolie bedeckt in den vorgeheizten Ofen (180 °C) geben. Nach einer halben Stunde die Folie abnehmen und mit Grillfunktion fertig garen, bis der Käse leicht braun ist. Noch frische Kräuter und das Cilipulver auf das Gericht streuen.

Tipp: Zu den Zitronen passen auch rote Paprikastücke oder Zucchinischeiben, wenn man Gemüse im Gericht haben möchte.

Dazu schmeckt Basmatireis, aber auch Kartoffeln oder nur Brot.

Tomatensoße

4 Personen, einfach

1 Karotte
⅛ Knollensellerie
1 Knoblauchzehe
2 rote Zwiebeln
Tomatenmark
1 EL Puderzucker
1 kg gemischte Tomaten
1 Dose gehackte Tomaten
Salz, Pfeffer

Die Karotte, den Sellerie, die Knoblauchzehe und die Zwiebeln schälen und in grobe Stücke schneiden. Öl in einem großen Topf erhitzen und das Gemüse darin anbraten. Tomatenmark und Puderzucker dazugeben. Das Gemüse karamellisiert so leicht. Nach und nach die frischen Tomaten, ebenfalls grob in Stücke geschnitten, in den Topf legen. Gut durchrühren. Die Dosentomaten dazugießen, eventuell mit Gemüsebrühe oder Wasser nachfüllen. Mit verschlossenem Deckel etwa ½ Stunde gut kochen lassen. Mit Salz und Pfeffer würzen und pürieren. Vor dem Servieren reduzieren lassen (bei offenem Deckel und mittlerer Temperatur).

Tipp: Im Sommer ist es schön, frisches Basilikum zuzugeben.

Dazu passt alles. Die Soße schmeckt klassisch zu Pasta, aber auch zu Reis, Hühnchen oder Fisch.

Immer etwas davon einfrieren. Das lohnt sich, wenn es schnell gehen muss.

❧ Lauch mit Dip ❧

2 Personen, einfach

1 Stange Lauch
Öl
1 Becher griechischer Joghurt
1 unbehandelte Zitrone
50 g Butter
Salz
getrocknete Kräuter

Die äußeren Blätter des Lauchs entfernen und die Stange waschen. Danach in etwa 10 cm lange Stücke schneiden und längs halbieren. In einer Pfanne das Öl erhitzen und den Lauch braten und rösten. Vorsichtig umdrehen. Auf niedriger Stufe gar braten lassen. Den Joghurt mit einem Spritzer Zitronensaft verrühren, aus der Schale Zesten hobeln und darüberfallen lassen. Den Lauch auf einem Teller anrichten und die Butter in kleinen Flocken daraufsetzen. Großzügig mit den getrockneten Kräutern (Oregano, Thymian, Rosmarin) bestreuen. Lauwarm servieren.

Tipp: Das Gericht eignet sich wunderbar für ein gesundes, kalorienarmes Abendessen oder als Vorspeise für Gäste. Wer es frischer mag, kann Cocktailtomaten filetieren und über den Lauch geben.

Dazu passt frisches Baguette.

Kabeljau mit Paprika und jungen Kartoffeln

2 Personen, mittelschwer

2 Kabeljaufilets ohne Haut
Salz, Pfeffer, Öl
300 g Frühkartoffeln
1 große rote Paprika
Paprikapulver
2 Stangen Frühlingszwiebeln
Balsamico-Creme

Den Kabeljau waschen, gut trocken tupfen. Mit Salz und Pfeffer würzen. In eine Auflaufform, in der Butter und Öl den Boden bedecken, legen. Im vorgeheizten Backofen bei 160 °C garen. Die Frühkartoffeln (die dünne, zarte Schale bleibt) halbieren und gute 5 Minuten in sprudelndem Salzwasser bissfest kochen. Danach abgießen und trocknen lassen. Die Paprika in etwa gleich große Stücke wie die Kartoffeln schneiden. Öl in einer Pfanne erhitzen und die Paprika zusammen mit den Kartoffeln braten. Das Gemüse mit reichlich Paprikapulver würzen und die klein geschnittenen Frühlingszwiebeln dazugeben. Wenn das Gemüse noch bissfest, aber durch ist, mit Salz und Pfeffer würzen und einen Schuss Balsamico-Creme mit in die Pfanne geben. Gut wenden. Den Fisch aus dem Ofen nehmen. Zuerst das Paprika-Kartoffel-Gemüse auf einem Teller anrichten. Ein Fischfilet darauflegen und mit dem Grün der Frühlingszwiebel (vorher aufsparen) garnieren.

Tipp: Aus der Paprika-Kartoffel-Pfanne kann man auch eine bunte Gemüse-Kartoffel-Pfanne machen. Es ist eine gute Gelegenheit, Gemüse aus dem Kühlschrank, das wegmüsste, zu verwenden.

Dazu passt Kräuterquark für die, die es saftiger mögen.